HEDWIG
COURTHS-MAHLER

EINE ANDERE WIRST DU KÜSSEN

BASTEI
LÜBBE

BASTEI-LÜBBE-TASCHENBUCH
Band 12048

Printed Februar 1994
Einbandgestaltung: Roland Winkler
Titelfoto: Studio Guth
Satz: MPM, Wasserburg
ISBN 3-404-12048-5

Der Preis dieses Bandes versteht sich einschließlich
der gesetzlichen Mehrwertsteuer.

BASTEI
LÜBBE

1

Sie wollen also die Tat nicht eingestehen, Angeklagter?«

»Nein, ich werde nicht eingestehen, was ich nicht getan habe. Ich kann nur immer wiederholen, daß ich unschuldig bin.«

»Aber Sie müssen einsehen, daß Ihr Leugnen Ihnen nichts hilft. Sie geben doch zu, daß Sie gegen den Ermordeten die Drohung ausgestoßen haben, ihn niederzuschlagen wie einen tollen Hund, wenn er je wieder Ihren Weg kreuzen würde.«

»Ja, diese Drohung habe ich eines Tages ausgestoßen, wie man in einer großen Erregung zuweilen törichte Worte sagt. Der Ermordete hatte mich, wie bereits festgestellt wurde, durch eine Schurkerei um meine Stellung bringen wollen, da er sie selber gern eingenommen hätte. Er war früher mein Freund gewesen, dem ich fast alles anvertraute. Er wußte, daß ich eine Erfindung gemacht hatte, die mich schnell vorwärtsbringen mußte. Die Pläne dazu befanden sich in meinem Schreibtisch, fix und fertig zur Ablieferung an die Direktion unserer Werke. Davon wußte nur der Ermordete, den ich für meinen Freund hielt und dem ich darum volles Vertrauen schenkte.

Er nutzte das aus, weil er wußte, daß ich durch diese Erfindung den Posten als Oberingenieur, der in unserem Betrieb frei geworden war und auf den er selbst reflektierte, bekommen würde. Also schlich er sich in meine Wohnung, wo er mit einem Nachschlüssel, den er sich verschafft hatte, meinen Schreibtisch öffnete. Er entnahm ihm meine Aufzeichnungen, die ich am nächsten Morgen abliefern wollte, und — verbrannte sie im Ofen meines Zimmers.

Mit einem andern Oberingenieur, dem ich die fraglichen Papiere bis zum nächsten Morgen anvertrauen wollte, weil sie mir in meinem Schreibtisch nicht sicher genug verwahrt schienen, betrat ich zu einer ungewöhnlichen Zeit meine Wohnung — und fand den jetzt Ermordeten mit den Zeichen tiefster Verlegenheit vor dem Ofen meines Zimmers. Ich sah das offene Schreibtischfach, sah, daß meine Pläne fehlten, und fand dann im Ofen einen Rest, der noch nicht verkohlt war. Kein Zweifel: der, den ich für meinen Freund hielt, hatte meine Arbeit gestohlen und vernichtet.

Ich gestehe, daß diese Niedertracht mich in furchtbare Aufregung versetzte. Ich sprang dem falschen Freund an die Gurgel, und — wenn nicht der Oberingenieur und einige andere Hinzukommende mich zurückgerissen hätten — es wäre möglich gewesen, daß ich ihn in meinem Zorn niedergeschlagen hätte. Als man mich festhielt, während er davonschlich, stieß ich allerdings jene Drohung aus. Und vielleicht war es mir damals in meiner unerhörten und doch wohl begreiflichen Aufregung sogar Ernst damit. Aber daß ich wochenlang danach mich wie ein Meuchelmörder an meinen einstigen Freund heranschleichen und ihn erstechen sollte, das wird niemand, der mich kennt, mir zutrauen. Hätte ich diesen Mord begangen, so hätte ich mich selbst der Polizei gestellt.

Aber ich habe mich damals, nachdem ich meinen Schmerz um den Verrat meines Freundes bezwungen hatte, um so schneller beruhigt, als ich zum Glück Duplikate meiner Pläne in einem Banksafe deponiert hatte. So war der Schaden, der mir zugefügt worden war, nicht allzu groß. Und der Ermordete mußte schwer genug für seine Tat büßen. Der Oberingenieur, der Zeuge unseres Zusammenstoßes gewesen ist, hat den ganzen Vorgang wahrheitsgetreu hier vor Gericht geschildert; er hat das Vorkommnis auch bei unserer Direktion gemeldet, und daraufhin ist der Schuldige entlassen worden. So sah ich von einer weiteren Ahndung seines Vergehens ab. Wie sollte ich also dazu kommen, ihn viele Wochen später in der Nacht zu überfallen und zu ermorden?«

»Sie vergessen aber, daß in dem Körper des Ermordeten ein Messer steckte, das als Ihr Eigentum von vielen Zeugen erkannt wurde.«

»Ich habe ja selbst zugegeben, daß dieses Messer mir gehörte. Es war eine Rarität und lag viele Jahre auf meinem Schreibtisch. Eines Tages war es auf mir unerklärliche Weise verschwunden.«

»Dafür können Sie keine Beweise erbringen. Seit wann vermissen Sie das Messer, das wohl eine Art Dolch ist?«

»Der Verlust fiel mir vor einiger Zeit auf. Wie lange das Messer damals schon verschwunden war, weiß ich nicht. Man achtet oft lange Zeit nicht auf einen derartigen Gegenstand. Jedenfalls fragte ich sofort, als ich den Verlust bemerkte, meine Wirtin, ob sie wisse, wo dieses Messer, das all die Zeit über in einer Scheide steckte, hingeraten sei. Das hat diese ja auch bei ihrer Vernehmung ausgesagt.«

»Und Sie wollen danach das Messer nicht mehr wiedergesehen haben?«

Die Stirn des Angeklagten rötete sich jäh, wie immer während der Verhandlung, wenn der Vorsitzende durchblicken ließ, daß er ihm keinen Glauben schenkte.

»Ich *habe* es nicht wiedergesehen.«

»Bis auf jene Nacht, in der der Mord geschah?«

Der Angeklagte fuhr erregt empor, seine Gesichtsmuskeln zuckten vor unterdrückter Erregung.

»Selbstverständlich auch in jener Nacht nicht, da ich weit weg vom Schauplatze der Tat in einem ganz anderen Stadtteil gewesen bin.«

»Das haben Sie schon wiederholt gesagt, ohne uns anzugeben, wo Sie sich in jener Nacht befanden.«

Der Angeklagte preßte die Lippen fest zusammen, seine Augen blickten rasch über die Anwesenden, deren Blicke gespannt an seinen Lippen hingen. Er sah aber nur eine schöne, halbverschleierte Frau, die mitten im Zuhörerraum saß und zuweilen die Farbe wechselte, was auch jetzt eben geschah. Dann sagte er ruhig und bestimmt:

»Ich habe bereits wiederholt gesagt, daß ich nicht in der Lage sei, mein Alibi zu beweisen, und daß ich nicht offenbaren würde, wo ich mich in jener Nacht befand.«

»Dann ist Ihre Sache sehr aussichtslos, Angeklagter. Alle Beweise sprechen dafür, daß Sie den Mord begangen haben, und das Gericht hat sich nur an Beweise zu halten.«

Der Verteidiger wechselte einige leise Worte mit dem Angeklagten, worauf dieser heftig den Kopf schüttelte. Ehe die Verhandlung jedoch weitergehen konnte, geschah etwas Unerwartetes. Aus der Zuhörermenge löste sich plötzlich eine schlanke Mädchengestalt, die während der ganzen Verhandlung still und in sich zusammengesunken dagesessen hatte, und trat mit entschlossenen Schritten vor den Richtertisch.

»Ich habe eine wichtige Aussage zu machen und bitte darum, angehört zu werden«, sagte sie mit fester, wenn auch nicht sehr lauter Stimme.

Der Angeklagte zuckte zusammen, sah starr in ihr Gesicht und warf dann wieder einen raschen, unruhigen Blick zu der schönen, halbverschleierten Dame hinüber, die leichenblaß emporgefahren war und auf das schlanke Mädchen starrte.

»Sie haben eine bestimmte Aussage zu machen?« fragte der Vorsitzende.

Die junge Dame, im schlichten, dunklen Kleid, sah dem Vorsitzenden groß und entschlossen in die Augen und bejahte seine Frage.

Ihre Personalien wurden festgestellt, sie gab ihren Namen an.

»Ich heiße Rose Anna Marten, bin einundzwanzig Jahre alt, wohne Barbarossastraße fünf«, so berichtete sie, und als alles das aufgenommen war, sagte sie, nachdem sie dem Angeklagten einen kurzen, flehenden Blick zugeworfen hatte:

»Herr Doktor Tiefenbach, den man hier des Mordes anklagt, ist unschuldig. Ich weiß, wo er in jener Nacht gewesen ist.«

Alles blickte überrascht und interessiert auf das schlanke Mädchen, das sehr bleich aussah, aber sehr ruhig erschien. Niemand merkte, daß der Angeklagte sich verfärbte und seine Stirn sich wie im Schmerz zusammenzog. Wieder flog ein unruhiger Blick zu der schönen, halbverschleierten Dame hinüber, die entsetzt auf das junge Mädchen blickte.

»So, Sie wissen das und wollen es hier bezeugen?«

»Ja!«

»Sie wissen auch, daß Sie Ihre Aussage unter Eid wiederholen müssen?« Einen Moment zögerte die junge Dame, sah aber nur den Vorsitzenden an und sagte dann:

»Ja, das weiß ich.«

»Nun also, dann sagen Sie uns, wo der Angeklagte sich in jener Nacht befunden hat.«

Wieder warf sie einen kurzen, flehenden Blick auf den Angeklagten. Dann sagte sie fest und bestimmt:

»Er war die ganze Nacht über mit mir zusammen!«

Es war eine Weile ganz still im Gerichtssaal; man hörte den schweren Atem des Angeklagten. Mehr mitleidig als verdammend sahen alle Augen auf Rose Anna Marten. Selbst der Vorsitzende.

»Er war die ganze Nacht über mit Ihnen zusammen – und wo?«

Die junge Dame zögerte wieder einen Moment. Dann sagte sie leise:

»In meiner Wohnung.«

»Also in der Barbarossastraße fünf.«

»Ja!«

»Und Sie sind willens, das durch Ihren Eid zu erhärten?«

»Ja!«

Jetzt hatte der Angeklagte seine Erstarrung besiegt, er richtete sich hoch auf und sah zu dem Vorsitzenden hinüber. Hochaufgerichtet und mit beschwörendem Ausdruck in den tiefblauen Augen stand er da und bat um das Wort.

»Lassen Sie die junge Dame auf keinen Fall diese Aussage beeidigen, sie würde einen Meineid schwören, und wenn sie das auch, wie mir klar ist, aus den edelsten Motiven tun würde, kann und darf ich dieses Opfer dennoch nicht annehmen. Ich will lieber als Mörder verurteilt werden, als meinen Freispruch einem so unerhörten Opfer verdanken. Ich war nicht mit ihr zusammen, weder in jener Nacht noch sonst jemals in meinem Leben, wenn ich einige flüchtige Begegnungen, wo wir kaum einige gleichgültige Worte wechselten, und zwar stets im Beisein dritter Personen, ausnehme. Es ist ein Akt unerhörter Selbstlosigkeit und Opferfreudigkeit von Fräulein Marten, daß sie hier ihre Ehre preisgibt, ja sogar noch einen Meineid schwören will, um meine Unschuld zu beweisen. Ich muß dieses Opfer zurückweisen, so dankbar ich ihr auch für diese Bereitwilligkeit bin. Ich weiß nicht einmal, weshalb sie das alles tun will, denn wenn sie auch von meiner Unschuld überzeugt ist, so fehlt dennoch jeder Grund und Anlaß für ihre Handlungsweise. Meine Unschuld wird hoffentlich auch ohne ihr Opfer, für das ich ihr tiefbewegt danke, an den Tag kommen. Ich würde mich in der eigenen Seele verachten, wenn ich es annehmen würde.«

Während er das sagte, sah er mit großem, festem Blick auf das junge Mädchen, das unter seinen Worten ihre ganze Festigkeit einbüßte und plötzlich ohnmächtig zusammenbrach. Es war, als wollte ihr der Angeklagte zu Hilfe eilen, aber sein Verteidiger hielt ihn zurück.

Einige Beamte trugen Rose Anna Marten hinaus, und Ralf Tiefenbach sah ihr mitleidig nach. Dann wandte er sich wieder der Tribüne zu, sah nach der verschleierten Dame und biß die Zähne fest aufeinander, als er sah, daß diese sich wie befreit aufgerichtet hatte und nun anscheinend ruhig und unbeteiligt dasaß.

Wieder zog sich seine Stirn zusammen.

Nach diesem Zwischenfall dauerte es eine Weile, bevor die Aufregung auf der Tribüne sich gelegt hatte. Der Vorsitzende nahm dann die Verhandlung wieder auf.

»Sie stellen also in Abrede, Angeklagter, daß das, was

Fräulein Marten zu beeidigen versprach, auf Wahrheit beruht?«

»Ich würde es beschwören, Herr Vorsitzender, aber ich weiß nicht, ob ich das in diesem Fall tun darf. So lassen Sie sich bitte daran genügen, daß ich mein Ehrenwort gebe, daß zwischen Fräulein Marten und mir niemals intime Bindungen bestanden haben, daß ich sie in jener Nacht überhaupt nicht gesehen habe, daß ich auch den Grund nicht kenne, der sie bestimmt hat, diese mich bestürzt machende Erklärung abzugeben.«

»Sie kennen sie also nicht näher?«

»Wie ich sagte, habe ich bisher nur wenige förmliche Worte in Gegenwart dritter Personen mit ihr gewechselt. Machen Sie, bitte, mit mir, war Sie wollen, nur glauben Sie mir, daß die junge Dame hier vor Gericht nicht die Wahrheit gesprochen hat. Und wenn ich noch etwas hinzufügen darf, so bitte ich ergebenst, daß der jungen Dame keine Unannehmlichkeiten aus ihrem heldenhaften und sicherlich edlen Motiven entspringenden Opfer erwachsen. Ihre Ohnmacht bezeugte wohl zur Genüge, daß sie sich in einem krankhaften Zustand befand und nicht wußte, was sie tat.«

Ehe der Vorsitzende antworten konnte, entstand am Eingange des Saales eine große Unruhe, und endlich ließ man einen Schupo vortreten, der seine Kopfbedeckung abgenommen hatte und vor dem Richtertisch trat. »Ich habe eine wichtige Aussage zu machen und bitte den Herrn Vorsitzenden dringend, mich anzuhören, ehe die Verhandlung weitergeht.«

Der Vorsitzende war über diese abermalige Unterbrechung, wie es schien, ein wenig ungehalten, und sowohl der Angeklagte als auch die verschleierte Dame horchten unruhig auf. Beide glaubten wohl, der Schupo wolle etwas über die eben hinausgetragene junge Dame äußern. Aber es handelte sich um etwas ganz anderes, was die Verhandlung allerdings enscheidend beeinflussen sollte. Der Schupo sagte aus, er komme von einer Rettungswache, in der soeben ein Sterbender eingeliefert worden sei, der einen Selbstmordversuch gemacht habe. Er sei noch einmal zu Besinnung gekommen und habe dringend gebeten, man möge einen Brief, den er in seiner Brusttasche trage, sogleich an den Schwurgerichtsvorsitzenden im Prozeß Tiefenbach abgeben, und mit diesem Brief einen schwarzen Gegenstand, den er näher bezeichnete und der sich ebenfalls in seiner Brusttasche befinde. Er selbst führe hiermit diesen Auftrag aus und lege dem Herrn Vorsitzenden den Brief und den Gegenstand – es scheine die Scheide eines großen, langen Messers zu sein – pflichtgemäß vor und bemerke außerdem, der Selbstmörder sei bald nach diesem Auftrag gestorben. Die Herren Ärzte, die ihn auf der Rettungswache behandelt hätten, seien von dem Sterbenden von dem Inhalt des Briefes unterrichtet worden, und er habe das mit angehört. Danach scheine es ihm, als enthalte der Brief eine Mitteilung von entscheidender Wichtigkeit für den Gang des schwebenden Prozesses.

Nach dieser Meldung trat der Schupo ab und stellte sich im Hintergrund des Saales auf.

Nach einigem Hin und Her öffnete der Vorsitzende den Brief, nachdem er die schwarze Messerscheide herumgezeigt hatte. Dabei konnte auch der Angeklagte den Gegenstand genau sehen, und sein gespannter Blick traf den Vorsitzenden, der seine Brille zurechtrückte.

»Herr Vorsitzender, in diesem Gegenstand erkenne ich die Scheide, in der das bewußte Messer stets auf meinem Schreibtische lag«, stieß er hervor. Der Vorsitzende nickte ihm zu.

»Wir kommen gleich darauf, ich will nur erst dieses Schreiben lesen und, wenn es nötig ist, auch offiziell vorlesen. Mir scheint die Sache wirklich von Wichtigkeit zu sein.«

Nachdem der Vorsitzende den Brief überflogen hatte, richtete er sich auf, sah den Angeklagten groß an und sagte ein wenig erregt:

»Das hier ist sehr günstig für Sie. Ich lese den Brief jetzt vor und bitte die Herren Geschworenen um größte Aufmerksamkeit.«

Und dann begann er laut und deutlich vorzulesen:

»Wenn dieser Brief in Ihre Hände gelangt, Herr Vorsitzender, werde ich ein toter Mann sein und habe irdische Gerechtigkeit nicht mehr zu fürchten. Ich will aber nicht, daß ein anderer für etwas, das ich getan, für eine Rache, die ich genommen, büßen soll, mag, wie es hier der Fall ist, ein noch so schwerer Verdacht auf ihm ruhen. Ich bekenne daher, der gewesen zu sein, der in der Nacht vom dritten zum vierten Mai den Ingenieur Herbert Sommer, den einstigen Freund des Herrn Doktor Tiefenbach, ermordet hat. Ich stehe, wenn diese Zeilen in Ihre Hände kommen, längst vor einem höheren Richter, und es ist nicht nötig, daß ich noch etwas verberge oder bemäntele.

Bis wenige Tage vor diesem Mord war ich nicht mit Herrn Ingenieur Sommer bekannt. Herrn Doktor Tiefenbach kenne ich persönlich überhaupt nicht, ich habe nur sehr genau die Berichte über die Verhandlung des Prozesses gelesen. Immer hoffte ich, daß er seine Unschuld auch ohne mein Bekenntnis würde nachweisen können. Es scheint mir aber kaum noch möglich zu sein, und außerdem habe ich keine Lust mehr, weiterzuleben, so, wie sich alles für mich gestaltet hat. Also mache ich Schluß und lege als anständiger Mensch, für den ich mich trotz allem halte, ein offenes Bekenntnis ab.

Der Ingenieur Herbert Sommer hat in einem unerlaubten Verhältnis zu meiner Frau gestanden; ich habe genügende Beweise dafür erhalten und will nicht näher darauf eingehen, um ein mir bis dahin geliebtes Wesen nicht mehr als nötig zu belasten. Einer der deutlichsten Beweise war, daß ich den Ingenieur Sommer in jener Nacht in einer Situation bei meiner Frau fand, die mich maßlos erregte. Ich faßte den Schänder meiner Ehre am Kragen und wollte ihn die Treppe hinunterwerfen. Er war flinker als ich und entfloh. Dabei verlor er ein dolchartiges Messer, das in einer schwarzen Scheide steckte und das wohl dasselbe ist, das Doktor Tiefenbach gehörte und das wahrscheinlich sein sauberer Freund, als er dessen Pläne vernichtete, aus irgendeinem Grund entwendet hat.

In meiner Wut lief ich, nachdem ich das Messer aufgehoben hatte, so schnell ich konnte, hinter ihm her. Ohne lange zu überlegen, nur von dem Wunsch beseelt, mich zu rächen, riß ich das Messer aus der Scheide, und als unten auf der Straße Sommer plötzlich stehenblieb und sich nach mir umwandte, stieß ich zu, aber nur, um ihm einen tüchtigen Denkzettel zu geben. Doch der von mir in meiner Wut ausgeführte Stoß war wohl zu heftig gewesen; auch war das Messer wohl schärfer und spitzer, als ich geglaubt hatte, kurzum, Sommer fiel lautlos zu Boden, und ich sah, als ich mich über ihn beugte, in seine brechenden Augen.

Da lief ich wieder zurück in meine Wohnung, hielt dabei, noch immer halb besinnungslos, die Scheide des Messers in der Hand und schloß mich in mein Zimmer ein, ohne meine Frau noch einmal zu sehen. Ich hatte meine Rache gefühlt, heftiger, als ich gewollt hatte, und fiel nun wie ein Klotz auf mein Lager.

Ich halte es nicht für nötig, weiter zu erklären, was zwischen mir und meiner Frau geschah, als am anderen Morgen die Nachricht kam, Sommer sei unweit unseres Hauses ermordet aufgefunden worden. Ich habe jedenfalls mit meiner Frau abgerechnet und habe sie ins Ausland geschickt. Gottlob haben wir keine Kinder. Sie ahnte sogleich, daß ich der Mörder sei, dachte aber nicht daran, mich anzugeben. So ist sie längst außer Landes, und zwischen uns besteht keine Gemeinschaft mehr. Mein Leben war jedenfalls verpfuscht. Ich wollte nur noch meine irdischen Angelegenheiten ordnen, ehe ich durch mein Bekenntnis Doktor Tiefenbach aus seiner bösen Lage befreite. Ich bitte ihn um Verzeihung, wenn ich ihn in diese Lage brachte. Mit diesem Brief, den ich dem Herrn Vorsitzenden werde aushändigen lassen, gebe ich als Beweis für die Wahrheit meiner Angaben auch die Messerscheide mit ab. Sie werden sich überzeugen können, daß das bewußte Messer genau hineinpaßt, und Herr Doktor Tiefenbach wird bestätigen, daß es sein Messer und die dazu passende Scheide ist. Mit diesem meinem Bekenntnis dürfte die Unschuld Doktor Tiefenbachs bewiesen sein. Ein Sterbender lügt nicht. Ich beschwöre jedes meiner Worte! Gott sei mir armem Sünder gnädig.

Fritz Kramer, Fabrikant.«

Eine atemlose Stille folgte der Vorlesung dieses Briefes, aber dann machte sich die Erregung des Publikums in lauten Rufen Luft, und Glückwünsche für Doktor Tiefenbach wurden vernehmbar. Der Vorsitzende gebot jedoch dieser wohlgemeinten Kundgebung energisch Einhalt.

Doktor Ralf Tiefenbach war auf seinen Sitz zurückgesunken und saß da mit blassem, erregtem Gesicht. Seine Augen flogen über die erregte Menge hin, und er sah vor allen die schöne verschleierte Frau inmitten dieser stehen, die ihm einen Glückwunsch zuzurufen schien. Da wandte er sich mit einem bitteren Lächeln zur Seite. Diese Frau, für die er, um ihre Ehre, ihren Namen zu schonen, sich schweigend als Mörder hätte aburteilen lassen wollen, war für ihn erledigt, durfte nicht mehr für ihn existieren.

Das Geständnis Fritz Kramers war ihm nähergegangen als allen andern Zuhörern. Es hatte ihm heftige Gewissensqualen verursacht, denn — war er nicht selbst den Rechten eines andern Mannes zu nahe getreten in jener Nacht, da das Verhängnis über ihn hereingebrochen war? Hatte er nicht auch, schwach und unfähig, zu widerstehen, sich durch die Lockungen dieser schönen Frau hinreißen lassen, etwas Ehrloses zu tun? Ja, ehrlos war es, einem andern Manne die Frau zu nehmen. Und was er in diesem Prozeß hatte erdulden müssen, sah er nur als gerechte Sühne für seinen Fehltritt an. Sein einstiger Freund Sommer hatte es mit dem Leben büßen müssen, daß er eine Ehe gebrochen hatte. Wie durfte er sich über den einstigen Freund noch erhaben dünken?

Als der Vorsitzende Ruhe gebot und es still wurde, schrak er aus seinem Brüten auf. Er fühlte sich nicht so sehr befreit und erlöst, wie man annahm, weil er wußte, daß er nicht schuldlos hatte büßen müssen. Aber ein heiliges Gelübde legte er sich ab in dieser Stunde, nie mehr leichtsinnig eines andern Rechte zu mißachten, nie mehr der Lockung einer schönen Frau zu verfallen, die eines andern Gattin war.

Und er dachte wieder an Rose Anna Marten, die sich für ihn hatte opfern wollen. Für ihn — oder für die Frau, die seine Mitschuldige war? Denn diese schöne verschleierte Frau war die Schwester Rose Anna Martens.

Wie mochte es ihr gehen? War sie wieder wohl und bei voller Besinnung, und wo befand sie sich?

Er mußte jetzt viel mehr an sie denken als an ihre schöne Schwester Ursula. Und allem, was weiter geschah, konnte er nur halbe Aufmerksamkeit widmen. Sein Freispruch und alles Folgende war für ihn wie ein Traum, der nicht von ihm weichen wollte.

Wie im Traum nahm er auch die Glückwünsche seiner nächsten Bekannten, seiner Freunde und Kollegen entgegen, die sich um ihn drängten und ihm nicht genug liebe, gute Worte sagen konnten. Keiner wollte an seine Schuld geglaubt haben. Sein direkter Vorgesetzter, der wirklich von seiner Unschuld überzeugt gewesen war, drückte ihm nur stumm die Hand und klopfte ihm lächelnd auf die Schulter.

2

Frau Resemann, die Wirtin Ralf Tiefenbachs, rumorte heftig herum in den drei Zimmern, die er von ihr gemietet hatte. Sie war bei der Gerichtsverhandlung zugegen gewesen und rasch nach Hause geeilt, um alles zu einem festlichen Empfang für ihren Mieter vorzubereiten. Sogar Blumen hatte sie in der Eile erstanden und ordnete diese in einer Vase, die sie auf den Tisch in seinem Wohnzimmer stellte.

Sie war froh, daß sie ihren jungen, sehr angenehmen

Mieter wiederbekam. Und selbstverständlich rechnete sie sich in der Stille aus, ob er ihr wohl die Miete für die Zeit, da er in Untersuchungshaft gesessen hatte, bezahlen würde. Na — er würde schon, er war ja ein vornehmer, nobler Herr und — sie konnte doch nichts dafür, daß er in einen falschen Verdacht geraten war.

Bei aller Ergebenheit vergaß Frau Resemann jedenfalls nicht, auf ihren Vorteil bedacht zu sein.

Immerhin gab sie sich redlich Mühe, zum Empfang ihres Zimmerherrn alles so festlich wie möglich herzurichten, denn er sollte doch merken, daß man ihm wohltun wollte.

Dabei dachte Frau Resemann sehr angestrengt darüber nach, was das mit der jungen Dame auf sich gehabt haben mochte, die nach ihrer merkwürdigen Aussage ohnmächtig zusammengebrochen war. Ob sie wirklich die Geliebte ihres Herrn Doktor gewesen war, oder wie das sonst zusammenhing.

Und wie sie, so machten sich fast alle Zuhörer aus dem Gerichtssaal Gedanken darüber, ob die junge Dame wirklich die Wahrheit gesagt hatte, und ob das Doktor Tiefenbach nur nicht hatte zugeben wollen, oder ob die junge Dame nicht die Wahrheit gesprochen — und — warum sie dann diese Aussage gemacht hatte.

Auf jeden Fall hatte Rose Anna Marten dadurch ihrem Ruf geschadet. Aber sie war wenigstens nicht dazu gekommen, einen Meineid zu schwören. Und als sie aus ihrer Bewußtlosigkeit erwacht war, hatte man sie nicht aufgehalten, als sie nach Hause zu gehen wünschte.

Frau Resemann hatte nach der aufregenden Verhandlung auch das noch in Erfahrung gebracht, weil sie sich dachte, ihr Herr Doktor Tiefenbach werde sich dafür interessieren. Als Ralf Tiefenbach ordnungsgemäß aus seiner Haft entlassen worden war, verließ er das Gefängnis, in dem er soviel Schlimmes erlebt hatte, durchaus nicht mit einem stolzen Gefühl. Es lag ihm fern, über seinen Freispruch zu triumphieren, denn immerhin war er sich bewußt, daß dies alles für ihn eine Strafe gewesen war dafür, daß er eines der Zehn Gebote übertreten hatte.

Auch machte er sich schwere Sorgen darüber, was wohl aus Rose Anna Marten geworden sei. Aber er konnte nichts darüber in Erfahrung bringen. Wenigstens vorläufig nicht.

Bedrückt bestieg er ein Auto, das er sich hatte holen lassen, und war froh, allein sein zu dürfen.

Zuerst fuhr er heim und freute sich wirklich über den festlichen Blumenstrauß und das nette Aussehen seiner Wohnung.

Er dankte Frau Resemann dafür, und sie konnte sich nicht genug tun, ihm zu seiner Freilassung und dazu, daß seine Unschuld an den Tag gekommen war, zu gratulieren. Und weil sie doch furchtbar neugierig war, wer die junge Dame wohl gewesen sein mochte, die sich zur Aussage gedrängt und dann bei der Erkenntnis, daß diese dem Angeklagten nichts nützen würde, einfach zusammengebrochen war, so äußerte sie diplomatisch:

»Ich hatte von Anfang an das Gefühl, Herr Doktor, daß Sie unschuldig seien und daß Sie freigesprochen würden, und war froh, wie die junge Dame so günstig für Sie aussagte. Aber dann erschrak ich, als Sie das so energisch zurückwiesen. Lieber Gott, mir klopfte das Herz nicht wenig. Warum taten Sie das nur? Wenn der Schupo dann nicht den Brief gebracht hätte, wären Sie trotz aller Unschuld gewiß und wahrhaftig verurteilt worden. Wenn die junge Dame Ihnen nun mal helfen wollte, hätten Sie ihr doch den Willen lassen können.«

»Nein, das hätte ich um keinen Preis tun dürfen, da die junge Dame nur ein Opfer bringen wollte.«

»Also Sie kennen sie wirklich so wenig, wie Sie angegeben haben?«

Ralf Tiefenbach zog die Stirn zusammen. Auch er empfand, daß Rose Anna Marten sich durch das, was sie getan, in einen schlechten Ruf gebracht hatte, und das quälte ihn sehr.

»Es ist wirklich so, wie ich angegeben habe, Frau Resemann; ich weiß nicht, warum die junge Dame mir ihre Ehre zum Opfer bringen wollte, und kann nur annehmen, daß sie nicht ganz bei Sinnen gewesen ist. Es kommt bei so jungen Mädchen zuweilen vor, daß sie sich in irgendeine Idee verrennen. Es tut mir furchtbar leid, daß ich ihr nicht helfen kann. Wenn ich nur wüßte, ob sie gesund ist und die Ohnmacht und die Aufregung ihr nichts geschadet haben.«

»Das habe ich mir gleich gedacht, daß Sie deswegen in Sorge sein würden, und deshalb habe ich mich, noch ehe ich fortging, nach ihr und ihrem Befinden erkundigt. Es wurde mir gesagt, sie sei bald wieder zu sich gekommen und sei gesund und wohl nach Haus gegangen.«

Ralf Tiefenbach atmete auf.

»Ich danke Ihnen, daß Sie mir diese Beruhigung bringen, Frau Resemann. Und — nun besorgen Sie mir eine Mahlzeit — ich habe zum erstenmal wieder Hunger.«

Auf diese Weise wollte er seine immer etwas geschwätzige und neugierige Wirtin zunächst einmal loswerden.

Als er allein war, warf er sich in einen Sessel und sah sich in seinem Arbeitszimmer um. Seine Augen schweiften über den Schreibtisch, auf dem früher das dolchartige Messer gelegen hatte, dem in dem Mordprozeß eine so große Rolle zugefallen war. Dann sah er zu dem behaglichen Kachelofen hinüber, in dem sein falscher Freund damals seine Pläne verbrannt hatte, in der Hoffnung, dadurch seine Erfindung zu vernichten. Nun hatte jener sein junges Leben lassen müssen für eine Schuld, wie sie manche junge Männer öfter in leichtsinnigen Stunden auf sich nehmen.

Er dachte an die Frau, die er zu lieben geglaubt, an diese Frau, die seine Leidenschaft erweckt und ihn in einen wahren Sinnenrausch hineingetrieben hatte. Ja — das hatte sie getan. Widerstehen hatte er wollen und war dann doch schwach geworden ihrer verführerischen Schönheit gegenüber. Bisher war seine Meinung von den Frauen keine sehr hohe gewesen. Alle, zu denen er in nähere Beziehungen getreten war, hatten sich ihm viel zu leicht ergeben. Seine Jugend und sein junges, heißes Blut hatte ihn zu mancher Torheit verleitet. Aber nun war das zu Ende, mußte und sollte zu Ende sein. Er hatte eine bittere Lehre bekommen, hatte einsehen müssen, wohin so eine haltlose Leidenschaft führen konnte. Zum Glück war es so gekommen, daß er noch die Möglichkeit hatte, gutzumachen. Nie wieder wollte er den Rechten eines andern Mannes zu nahe treten, das war seine feste Absicht. Mit Ursula Frankenstein, der Schwester Rose Anna Martens, würde er ein für allemal brechen, nie wollte er sie mit seinem Willen wiedersehen. Durch Rose Anna Marten war ihm plötzlich das Verständnis aufgegangen, daß es auch wertvolle Frauen gibt, Frauen, die höherstanden als alle, die er bisher näher kennengelernt hatte. In dem Moment, als Rose Anna Marten flehend in seine Augen gesehen hatte und mutig ihre Ehre preisgab, um ihn zu retten, war die Erkenntnis in ihm aufgeflammt, daß dieses Mädchen, über das er bisher achtlos hinweggesehen hatte, ihn liebte. Ja, nur eine Frau, die liebt, konnte imstande sein, ein solches Opfer zu bringen. Sie glaubte, daß er ohne diese Aussage von ihr verurteilt werden würde, und deshalb trat sie mit der Behauptung hervor, daß er die Nacht mit ihr zusammengewesen sei. Was für einen Grund sollte sie sonst wohl gehabt haben?

Einen Augenblick lang hatte er daran gedacht, ob sie etwa für ihre Schwester dieses Opfer habe bringen wollen. Aber davon war er schnell wieder angekommen. Ihre Schwester war doch nicht in Gefahr gewesen — und es drohte ihr auch keine solche. Denn er hätte sie niemals verraten! Und sie selbst? O nein, Ursula gehörte nicht zu den Frauen, die freiwillig ein Unrecht eingestehen, auch nicht, um den Genossen eines solchen vor einem furchtbaren Schicksal zu behüten. Frauen wie sie konnten wohl sündigen — aber sie sühnten nicht freiwillig. Kein Wort hätte die schöne Frau gesagt, was ihn hätte retten können. Das wußte er gewiß. Er hatte sie scharf beobachtet, als sie ihm gegenüber auf der Tribüne saß.

Aber Rose Anna Marten — die hatte sich für ihn opfern wollen — hätte um seinetwillen einen Meineid geschworen.

Seine Ritterlichkeit sträubte sich dagegen, gemütsruhig über diesen Fall hinwegzugehen. Nein, er durfte das nicht tun, er mußte für sie eintreten. In welcher Weise hätte er das anders tun können, als indem er ihr seine Hand anbot? Ja, das war er ihr schuldig. Und es erschien ihm gar nicht einmal schwer, sich vorzustellen, daß dieses Mädchen seine Frau werden sollte. Eine wertvolle Frau war diese schlichte Schwester der Frau Ursula. Er wußte von ihr nicht viel, Ursula hatte ihm nur erzählt, sie lebe bei ihr im Haus, sei eine arme Waise, wie sie es selbst gewesen, ehe der reiche Kaufmann Frankenstein sich um sie beworben habe. Und ihr Mann war einverstanden gewesen, daß Rose Anna ihr den Haushalt führte, denn die Schwester war tüchtig und fleißig und hielt alles viel besser in Ordnung, als sie selbst es gekonnt hätte. Das alles fiel ihm ein. Immer hatte Ursula nur Gutes von der Schwester erzählt.

Aber war Ursula nicht immer in Sorge gewesen, viel eher als der eigene Mann könne jene etwas von ihrer beider Beziehungen zueinander bemerken? Hatte sie nicht immer äußerste Vorsicht walten lassen? Ja, das hatte sie getan, und darum war es kaum anzunehmen, daß Rose Anna — oder Rosanna, wie sie im Haus genannt wurde — wissen sollte, wie es um ihn und um sie stand.

Oder ahnte sie es dennoch und schwieg nur, weil sie nicht die Macht besaß, es zu ändern?

Jedenfalls gab Rosanna Martens Verhalten ihm manches Rätsel auf, und er hätte sie gern gesprochen, um Klarheit zu gewinnen über sie und ihre Handlungsweise. Ursula Frankensteins Einfluß auf ihn — er lächelte, wenn er an ihn dachte. Wo war er geblieben? Zerronnen, zerstoben in nichts. Er begriff heute nicht mehr, wie und wodurch sie eine derartige Macht über ihn hatte erringen können, daß er in ihrer Nähe alles vergaß.

Nichts als ein Rausch, nichts als ein Trug der Sinne war alles gewesen, was er für sie zu empfinden gemeint hatte. Niemals aber ein großes, tiefes Gefühl.

Er wurde in seinen Grübeleien gestört durch Frau Resemann, die ihm meldete, sie habe drüben in seinem Wohnzimmer das Essen aufgetragen. In diesem Raum pflegte er seine Mahlzeiten einzunehmen, denn Frau Resemann, die sehr gut kochte, hatte seine gesamte Verpflegung übernommen, und zwar zu seiner vollen Zufriedenheit. Er hatte von dem Werk, in dem er angestellt war, nur einige Minuten bis hierher zu gehen, und deshalb hatte er die Wohnung gemietet.

Kurz vor seiner Verhaftung war seine Ernennung zum Oberingenieur herausgekommen. Er hatte sich noch nicht darüber freuen können, denn zunächst hatte der Verrat des Freundes ihm die Stimmung verdorben, und dann war seine Verhaftung erfolgt. Jetzt aber, als er bei Tische saß und mit Behagen seine Mahlzeit verzehrte, kam doch die Freude bei ihm durch, daß sich seine Stellung so sehr verbessert hatte und er durch seine Erfindung sehr viel mehr als vordem verdienen würde. Er war also sehr wohl in der Lage, eine Frau ein sorgloses Dasein zu bieten. Und — er wünschte sehr dringend, daß diese Frau Rosanna Marten sein möchte.

Er zauberte ihr Bild vor sein geistiges Auge. Sie war gewiß nicht so schön wie ihre Schwester, sie mußte neben dieser vielleicht verblassen, aber — wenn man sie so sah, wie sie im Gerichtssaal gestanden hatte, mit dem blassen, süßen Gesicht, mit den flehenden Augen, die schlanke, jugendschöne Gestalt hochaufgerichtet — ja —, da konnte sie es mit jeder anderen Frau aufnehmen, sogar mit Ursula Frankenstein. Ihre Züge waren feiner, edler, ihr goldbraunes Haar leuchtender als das der Schwester, und ihre grauen schimmernden Augen, die von fast schwarzen Brauen und Wimpern umgeben waren, blickten reiner und klarer als die leidenschaftlich flimmernden dunklen jener.

Und — Rosanna gehörte keinem andern!

Ob er hoffen durfte, ihr Jawort zu erhalten, wenn er sie bat, seine Frau zu werden?

Es wurde ihm seltsam warm und wohl bei dem Gedanken, sie an seine Seite stellen zu dürfen, sie hegen und pflegen zu können. Daß sie arm war, bekümmerte ihn nicht, er würde in der Lage sein, ihr ein angenehmes Leben zu schaffen. Aber — so leicht würde das alles nicht sein — denn Ursula stand zwischen ihm und ihr. Aber Ursula würde sich diese Gerichtsverhandlung wohl auch zur Lehre haben dienen lassen. Sie würde sich sagen, es sei besser, in Zukunft ihrem Mann die Treue zu halten. Herr Frankenstein war geschäftlich oft auf Reisen — war es auch in jener Zeit gewesen, als der Mord geschah. Für ein junges, schönes und leidenschaftliches Weib sehr verführerisch solche Zeiten der Freiheit, zumal der Mann reichlich zwanzig Jahre älter war als die Frau.

Etwas peinlich war Ralf freilich der Gedanke, durch eine etwaige Verheiratung mit Rosanna in verwandtschaftliche Beziehungen zu Ursula und deren betrogenem Gatten zu treten. Darüber mußte er erst hinwegkommen. Aber jedenfalls wollte er mit Rosanna Marten irgendwie und sehr bald zusammentreffen, mußte ihr danken für das Opfer, das sie ihm hatte bringen wollen; mußte ihr sagen, wie es auf ihn gewirkte habe. Er hatte das Gefühl, daß Rosanna nicht zu den Frauen gehöre, die leicht gewonnen wurden, aber er wollte geduldig um sie werben, wollte ihr schon klarmachen, daß er sie liebe und sie sein Leben teilen müsse.

3

Rosanna Marten hatte keine Ahnung, in welcher Weise Ralf Tiefenbach ihrer gedachte. In einem unbeschreiblichen Zustand war sie zu der Gerichtsverhandlung gegangen, hatte mit bange klopfendem Herzen unter den anderen Zuhörern gesessen, hatte gewußt, daß ihre Schwester einige Reihen weit hinter ihr saß und sicherlich in einer fürchterlichen Verfassung sein mußte. Denn sie wußte leider nur zu gut, wo Ralf Tiefenbach in der fraglichen Nacht gewesen war, wußte, daß zwischen ihm und der Schwester schon längst unerlaubte Beziehungen bestanden. Mochte Ursula auch in dem Glauben leben, ihr Geheimnis gut bewahrt zu haben. Vorsichtig war sie ganz gewiß gewesen, aber trotzdem hatte Rosanna von allem gewußt. Vielleicht hatte ihre Liebe sie scharfsichtig gemacht, denn — sie liebte Ralf Tiefenbach trotz allem mit der ganzen Kraft ihres tiefen Gemütes. Sie hatte ihn geliebt vom ersten Sehen an, das nur ein ganz flüchtiges gewesen war; hatte ihn geliebt, obwohl er achtlos über sie wegsah und nur Augen für Ursula hatte. Bei seinen Besuchen im Haus ihres Schwagers Frankenstein war ihr aufgefallen, daß er meistens während dessen Abwesenheit erschien. Daß Ursula sie immer fernzuhalten wußte, sobald Tiefenbach zugegen war, fiel ihr auch auf, aber — sie wußte leider nur zu genau, daß diese gern mit allen ihr zusagenden jungen Männern schöntat. Ursula war nur ein Jahr älter als Rosanna, aber viel leichtsinniger, und da Rosanna das wußte, war sie ständig in Angst und Sorge der Schwester wegen. Nicht, um selbst ein sicheres Unterkommen im Haus ihres Schwagers zu finden, hatte sie die Führung des Frankensteinschen Haushalts übernommen, sondern vor allem, um Ursula nahe zu sein und über sie wachen zu können.

Als Rosanna merkte, daß etwas zwischen Tiefenbach und der Schwester bestehe, das zu allerlei Heimlichkeiten führte, wuchs die Angst um diese, und dazu gesellte sich die um Tiefenbach. Sie merkte sehr wohl, daß auch er, wie viele, denen Ursula schöne Augen machte, durch ihr leidenschaftliches Wesen und ihr starkes Entgegenkommen beeinflußt wurde und sich mehr und mehr an die Verführerin verlor. Ihr Instinkt ließ sie auch erkennen, daß Ursula viel mehr für ihn empfand als je zuvor für einen Mann.

Wohin mochte das führen?! Mit Angst und Sorge beobachtete sie beide. Eines Tages hörte sie zufällig, wie Ursula zu Ralf sagte:

»Morgen mittag reist mein Mann ab, ich erwarte dich abends um acht Uhr, wir werden ganz allein in der Wohnung sein.«

Weder Ursula noch Tiefenbach ahnten, daß Rosanna das gehört hatte.

Am andern Tag verreiste Frankenstein wirklich auf mehrere Tage, und Ursula schenkte ihrer Schwester ein Billett für das Opernhaus. Rosanna lag das Herz schwer in der Brust, denn sie wußte, daß auch die beiden Dienstboten von Ursula beurlaubt waren. Sie hätte am liebsten die Schwester beschworen, Tiefenbach nicht zu empfangen, nicht den letzten Schritt zu tun, den eine anständige Frau nicht tun darf. Aber Ursula trieb sie, ungeduldig fast, zum Haus hinaus, und Rosanna fand nicht den Mut, ihr zu sagen, daß sie wisse, weshalb sie ins Theater gehen sollte.

Sie hatte wohl das Haus verlassen, aber ins Theater ging sie nicht. Planlos war sie durch die Straßen geirrt und hatte versucht, ihre Gedanken abzulenken. Einige Male war sie drauf und dran, wieder heimzukehren und Ursula von ihrer Unbesonnenheit abzuhalten.

Schließlich stand sie auch wieder vor dem Haus und sah zu der Wohnung der Schwester hinauf. Und da sah sie einen Moment den Schatten eines Mannes an der zugezogenen Gardine des erleuchteten Schlafzimmers vorübergleiten. Wie ein Stich hatte das ihr Herz durchdrungen — es war zu spät, er war schon da, und nun war nichts mehr zu ändern. Sie schleppte sich weiter, lief, ohne zu wissen wohin, und erst, als es zehn Uhr schlug, kehrte sie mit müden Füßen heim.

Jetzt waren alle Fenster der Wohnung dunkel. Rosanna suchte sogleich ihr Zimmer auf und warf sich angekleidet auf ihr Bett. Sie flehte zum Himmel, er möge Ursula diese Sünde nicht anrechnen, er möge sie — und ihn — beschützen vor jeder Gefahr. Immer wieder schrak sie zusammen, weil sie glaubte, die Korridortür würde aufgeschlossen und ihr Schwager käme unerwartet zurück. Und sie atmete wie erlöst auf, wenn sie erkannte, sie habe sich getäuscht.

Sie schlief nicht in dieser Nacht und hörte sehr wohl, wie gegen Morgen die Schlafzimmertür ihrer Schwester geöffnet wurde, ganz leise und heimlich. Und gleich darauf wurde die Korridortür ebenso leise aufgetan und wieder geschlossen. Rosanna stand auf dem Sprung, um sofort eingreifen zu können, falls einer von den inzwischen heimgekehrten Dienstboten wach werden sollte. Dann wollte sie schützend an der Seite der Schwester stehen.

Aber, gottlob — alles ging gut ab. Tiefenbach hatte das Haus verlassen. Sie eilte an das Fenster und sah, hinter der Gardine verborgen, ihm nach. Ja — da ging seine hohe Gestalt dicht an der Häuserreihe dahin, eilig, mit hochgeschlagenem Kragen und tief in die Stirn gedrücktem Hut. Aber sie erkannte ihn dennoch an seinem Gang, an seiner Haltung. Unter Tausenden hätte sie ihn erkannt.

Nun war er verschwunden. Sie atmete auf und sank wie vernichtet wieder auf ihr Lager. Todmüde fiel sie noch auf einige Stunden in einen bleiernen Schlaf.

Sie hatte auch am andern Tag nicht den Mut, Ursula

ins Gewissen zu reden, sie schämte sich für die Schwester. Es war ihr unmöglich, ihr zu sagen, sie wisse um alles. Es war ja auch zu spät, um das Geschehene ungeschehen zu machen.

Und dann kam das Furchtbare — Ralf Tiefenbach war verhaftet und eines Mordes angeklagt worden, der gegen ein Uhr in der Nacht vom dritten auf den vierten Mai in einem ganz andern Stadtteil begangen worden war. Rosanna wußte, daß der heimlich Geliebte an diesem Mord unschuldig war, aber alle Umstände sprachen gegen ihn. Angstvoll hatte sie ihre Schwester angesehen, als auch diese davon erfuhr. Aber Ursula verfärbte sich nur leicht, dann ging sie darüber hinweg, als interessiere sie das alles kaum. Rosanna konnte die Schwester noch weniger verstehen als vorher. Sie verlebte furchtbare Tage in heimlicher Angst. Würde Ursula den Mut aufbringen, für Tiefenbach zu zeugen? Nein — sie fühlte, zu dieser Seelengröße würde jene sich niemals aufschwingen können.

Und nun saßen die Schwestern hintereinander, und Rosanna fühlte immer stärker, je bedrohlicher die Lage des Angeklagten wurde, daß sie auf sich nehmen müßte, was Pflicht der Schwester gewesen wäre. Sie wollte Tiefenbach retten, weil er Ursulas Namen ritterlich verschwieg. Stärker und tiefer als je war in diesen Augenblicken ihre Liebe, und eine unbegreifliche Macht trieb sie empor, um Zeugnis für ihn abzulegen. Ihre ungeheure Erregung hielt sie aufrecht — bis sie erkennen mußte, daß ihr Opfer vergebens gebracht worden war, daß er es verwarf und zurückwies. Da brach sie ohnmächtig zusammen.

Als sie aus ihrer Bewußtlosigkeit erwachte, stand ein Gerichtsarzt neben ihr und fühlte ihr den Puls. Sie richtete sich auf, sah erstaunt umher und erinnerte sich endlich an alles.

Tiefe Röte flog über ihr Gesicht. Erst jetzt wurde ihr ganz klar, was sie getan — zwecklos getan. Sie hatte sich vor allen im Gerichtssaal Anwesenden gedemütigt, hatte ihre Ehre preisgegeben, hatte ein unerhörtes Opfer bringen wollen — und dieses Opfer war verworfen worden. Wie eine tiefe Schmach empfand sie, was sie getan, und Bitterkeit war in ihr, weil er ihr Opfer zurückgewiesen hatte. Vor allen Dingen aber quälte es sie, daß sie ihn nicht hatte retten können. Nun wurde er sicher verurteilt. Und ihre Schwester würde nicht einen Finger rühren, ihn zu verteidigen.

Ängstlich sah sie sich um, sah in die mitleidig lächelnden Mienen einiger Beamten und des Arztes und hätte vor Scham in den Erdboden sinken mögen. Alle diese Menschen sahen in ihr eine Leichtsinnige, eine Entehrte. Hätte sie Ralf Tiefenbach dadurch retten können, wäre sie trotzdem stolz und aufrecht geblieben — aber ihr Opfer war zwecklos gewesen.

Sie nahm als sicher an, daß Tiefenbach nun verloren war, denn daß ihm keine Macht der Erde entreißen konnte, wo er in jener Nacht gewesen war, wußte sie, dazu kannte sie ihn zu genau. Also mußte er schwer büßen für das, was er getan, mußte sich schuldig sprechen lassen für etwas, was er nicht verbrochen.

Sie erhob sich mit einem Ruck, brachte ihren Anzug mit zitternden Händen in Ordnung und erglühte über einen gutmütigen Scherz eines Beamten, der ihr verriet, man glaube an die Wahrheit ihrer Aussage. Sie behauptete dem Arzt gegenüber, daß sie sich wieder vollkommen wohl fühle, und stürzte, als ob die Hölle hinter ihr wäre, davon.

Sie sah nichts, hörte nichts auf ihrem Weg, so erfüllt war sie ganz und gar von der Qual des Bewußtseins, daß das Opfer, das sie hatte bringen wollen, zurückgewiesen sei.

Und was noch schrecklicher war, Ralf Tiefenbach mußte jetzt wissen, daß sie das aus Liebe zu ihm getan hatte.

Was hätte sie nicht darum gegeben, ihm wenigstens die Überzeugung beizubringen, daß ein anderer Grund sie getrieben habe, ein falsches Zeugnis abzulegen.

Es fiel ihr aber nichts ein, und von Angst gepeinigt eilte sie weiter.

Zu Hause angelangt, verkroch Rosanna sich in ihrem Zimmer. Sie fühlte sich unfähig, im Haus heute nach dem Rechten zu sehen.

Hastig riß sie sich die Jacke herab, warf den Hut auf den nächstbesten Tisch und ließ sich erschöpft in einen Sessel fallen.

Tausenderlei ging ihr durch den Sinn.

Vor allem suchte sie sich klar darüber zu werden, was jetzt geschehen müsse. Was würde ihr Schwager sagen, wenn er durch Zeitungen oder Bekannte erfuhr, was sie im Gerichtssaal angegeben hatte? Er war kein schlechter Mensch, und seiner Frau sah er alle Wünsche von den Augen ab, aber er war etwas engherzig, kleinlich und pedantisch. Sie mußte darauf gefaßt sein, daß er sie aus dem Haus wies. Aber das machte ihr die geringste Sorge, denn — das stand schon lange bei ihr fest — wenn dieser Prozeß vorüber war, würde sie es nicht länger bei ihrer Schwester aushalten.

Zwischen ihr und Ursula konnte es keine Gemeinschaft mehr geben. Ursula hatte den Schritt getan, vor dem sie diese so gern bewahrt hätte. Und hoffentlich zog sie eine Lehre daraus und lebte künftig weniger leichtsinnig in den Tag hinein. Auch sonst konnte Ursula ohne sie fertig werden, denn eine andere Leiterin ihres Haushaltes würde sie leicht finden.

Sie fürchtete sich nicht davor, sich anderweitig ihr Brot zu verdienen, denn sie war tüchtig und fleißig und besaß auch einen kleinen Notgroschen an dem Erbe, das ihre Eltern ihr hinterlassen hatten. Es waren freilich nur wenige tausend Mark, aber bis sie andere Arbeit fand, würden sie reichen. Am liebsten wollte sie ins Ausland gehen, wo sie keinem Menschen begegnete, der ihre Schmach kannte.

Über alles das wollte sie nachher mit Ursula sprechen.

Ehe sie abreiste von Berlin, mußte sie noch einige Zeilen an Ralf Tiefenbach richten. Man würde sie ihm im Gefängnis wohl aushändigen. Aus ihnen sollte er herauslesen, daß sie das Opfer nicht für ihn hatte bringen wollen, sondern für die, mit der er in der Nacht vom dritten zum vierten Mai zusammengewesen war. Das würde ihm erklären, warum sie dieses unwahre Bekenntnis abgelegt habe. Er durfte nicht ahnen, daß sie ihn liebte – kein Mensch durfte das ahnen.

Und dann überfiel sie wieder Angst um Ralf Tiefenbach. Was würde ihm geschehen, wenn er verurteilt wurde? Man würde ihn doch um Gottes willen nicht zum Tod verurteilen! Das durfte – konnte doch nicht sein! Was tat sie nur, wenn das wirklich geschehen sollte, um ihn zu retten?

Sie suchte diesen Gedanken abzuwehren. Nein, nein – so schlimm würde es nicht kommen. Und vielleicht wurde doch noch der wirkliche Mörder gefunden. Er durfte unmöglich so schwer für einen Fehltritt gestraft werden, den er im Leichtsinn seiner Jugend begangen hatte!

Sie starrte vor sich nieder und sagte dann leise vor sich hin:

»Wenn er stirbt, sterbe ich auch.«

Ja, das stand plötzlich ganz fest bei ihr: in der Stunde da er sein junges Leben dahingeben müßte, würde auch sie sterben, denn sie ertrug es nicht, weiterzuleben, wenn er nicht mehr atmete.

Sie saß noch so da, von heimlichem Grauen geschüttelt, als ihre Schwester nach Hause zurückkam. Diese legte nur schnell ab, dann trat sie in Rosannas Zimmer. Mit verächtlichem Blick sah sie auf deren zusammengesunkene Gestalt.

»Also du scheinst wenigstens jetzt zu begreifen, wie schamlos du dich vor Gericht aufgeführt hast! Wie konntest du es nur über dich bringen, dich ihm gewissermaßen vor allen Leuten an den Hals zu werfen? Wolltest du ihn dir auf diese Weise erobern? Dann kann ich mich nur vor dir entsetzen? Ganz schamrot bin ich geworden, als du dich dahinstelltest und dein Bekenntnis ablegtest. Ich ahnte es lange schon, daß du dich in ihn verliebt hättest. Aber — er hat wohl gleich gespürt, daß du ihn damit fangen wolltest, deshalb wollte er von deinem edelmütigen Opfer nichts wissen.«

Bei den gehässigen und aufgeregten Worten der Schwester stand Rosanna langsam auf und blieb hochaufgerichtet vor dieser stehen.

»Ich wundere mich nur, daß du mir nicht auch noch vorwirfst, daß ich wirklich getan habe, was ich angab«, sagte sie mit verhaltener Stimme und sah Ursula groß und ernst an.

Die lachte höhnisch.

»Ach, Unsinn, er würde sich niemals mit dir abgegeben haben.«

Rosanna fuhr sich mit der Hand über die Augen, als könne sie die Züge der Schwester nicht erkennen. Dann sagte sie leise, aber fest:

»Nein — das würde er nicht getan haben, Ursula, denn — ich kann es dir nach dem, was du mir jetzt gesagt hast, nicht ersparen, daß ich weiß, wo er in der Nacht vom dritten zum vierten Mai war; ich habe es immer gewußt. Und wenn ich heute vor aller Welt die Schmach auf mich nahm, um ihn zu retten, tat ich es nur — weil du es eigentlich hättest tun müssen, weil ich darauf hoffte, daß du dich zu dieser Sühne aufraffen würdest, und weil ich, als das nicht geschah, für deine Schuld büßen wollte. Er mußte doch sein Alibi haben — wenn er nicht verurteilt werden sollte. Und du halfst ihm nicht dazu — konntest es deiner Natur nach auch nicht. Und es ist vielleicht deines Mannes wegen gut, daß du es nicht tatest. Mag dein Mann an das glauben, was ich gesagt habe, die meisten Menschen werden es glauben, weil man immer das Schlimme eher für wahr hält als das Gute.

Aber du darfst dich nicht zur Richterin über mich aufwerfen, du nicht! Dein Mann wird mich nach alledem, was geschehen, aus dem Haus werfen; auch er wird glauben, ich sei eine Leichtsinnige, und ich weiß, wie das auf ihn wirken wird. Nun, sorge nur dafür, daß er niemals Gelegenheit bekommt, auch dich so abzutun, wie er mich abtun wird. Denn du könntest das gute Leben, das er dir bietet, nicht entbehren. Laß dir das eine Lehre sein — und — nun lasse mich, bitte, allein — ich will meine Sachen packen und das Haus verlassen.«

Ursula war bei den Worten der Schwester sehr blaß geworden. Sie suchte sich Haltung zu geben und sagte anscheinend verständnislos:

»Ich weiß gar nicht, was du willst, wovon du redest.«

Rosanna strich sich über die schmerzende Stirn.

»Doch, du weißt es ganz genau, erspare dir derartige Winkelzüge! Ich weiß alles und habe bisher nur geschwiegen, weil ich hoffte, alles das brauchte nicht zwischen uns zur Sprache zu kommen. Gern klage ich meine eigene Schwester nicht an. Aber dein Ausfall gegen mich hat mich allzu sehr empört. Wir sind jetzt für alle Zeit miteinander fertig. Meinetwegen mache allen Leuten, in erster Linie deinem Mann, weis, du hättest mich in edler Entrüstung aus dem Haus gewiesen. Das wird dich vor jedem Verdacht bewahren, aber erspare dir und mir, wenn wir allein sind, diese Komödie. Und nun geh — in kürzester Zeit verlasse ich dein Haus, um es nie wieder zu betreten.«

Nun war Ursula doch betroffen. Blaß und unruhig starrte sie die Schwester an und sagte leise:

»Du tatest es doch nur — weil du ihn liebst.«

Wieder richtete Rosanna sich hoch auf.

»Ja — ich liebe ihn —, mit einer anderen, tieferen Liebe als du. Und daß ich so für ihn eintreten mußte, war bitterer für mich, als du es ahnst. Ich tat es für dich — und für ihn. Nun verurteile mich, wenn du den Mut dazu hast.«

Rosanna begann, ohne weiter auf Ursula zu achten, ihre Sachen zusammenzulegen. Ursula stand unschlüssig da. Dann sagte sie, sich zur Ruhe zwingend:

»Aber — wohin willst du, Rosanna? Was soll aus dir werden?«

»Darum kümmere dich nicht, ich finde schon meinen Weg.«

»Du hast aber doch keinerlei Existenzmöglichkeit?«

»Die wird sich finden — ich besitze noch die Summe, die ich von den Eltern erbte. Die bringt mich über die Tage fort, während welchen ich nichts verdienen kann.«

»So nimm doch wenigstens Geld von mir, ich werde meinen Mann darum bitten, mir eine Summe für dich zu geben.«

»Ich danke dir. Nicht einen Pfennig nehme ich an. Für das, was mir in eurem Haus gewährt wurde, konnte ich mit meiner Arbeit zahlen. Jetzt stehen wir gleich auf gleich — ich gedenke mir selbst weiterzuhelfen. Nur um eines bitte ich dich: Laß Ralf Tiefenbach nie erfahren, was ich dir in meiner Erregung gestanden habe, daß ich ihn liebe, es würde mich zu sehr demütigen. Ich werde ihn nie wiedersehen — ich weiß ja überhaupt nicht, ob du noch mit ihm zusammenkommen kannst; weiß nicht, wozu er verurteilt wird.«

»Aber — Rosanna, weißt du denn nicht, daß das Verfahren gegen ihn eingestellt ist?«

Mit einem Ruck fuhr Rosanna nach ihr herum und starrte ihr, totenblaß werdend, ins Gesicht.

»Eingestellt? Er frei? Mein Gott, ich verzeihe dir alles für diese Botschaft. Nein, das wußte ich nicht. Wie kam das?«

Ursula berichtete es in kurzen Worten, und Rosanna atmete tief und erlöst auf.

»Du siehst also, es war gar nicht nötig, daß du dich vor allen Leuten preisgabst.«

Rosannas Augen leuchteten hell und klar.

»Nun ist alles gut — er ist frei. Das will ich dir sagen, wäre er, wie ich fürchtete, hingerichtet worden, ich wäre in der gleichen Stunde gestorben wie er«, sagte sie so feierlich und ernst, daß ihr Ursula glauben mußte. Aber sie zwang sich dazu, das nicht tragisch zu nehmen.

»Du bist immer ein wenig überspannt gewesen!«

Rosanna sah sie scharf an.

»Ja, Ursula, wir sind zwei sehr ungleiche Schwestern.

Aber nun laß mich allein, ich bin ein wenig aus den Fugen und — möchte vor dir meine Fassung nicht verlieren.«

Da ging Ursula langsam hinaus. Als Rosanna allein war, fiel sie auf die Knie und streckte die gefalteten Hände zum Himmel empor.

»Ich danke dir, Vater im Himmel, daß du ihn beschützt hast, ich danke dir. Bitte hilf, daß er sich nie wieder in Gefahr begibt; bitte, beschütze ihn weiter!«

So betete sie mit Inbrunst, und ihr war froh und feierlich zumute bei dem Gedanken, daß Ralf Tiefenbach gerettet war. Nun konnte sie ruhigen Herzens ins Ausland gehen und den Kampf mit dem Leben aufnehmen. Aber ehe sie ging, wollte sie ihm einige Zeilen senden, um ihn wissen zulassen, daß sie nur um der Schwester willen jenes Bekenntnis abgelegt hatte. Dann würde er nicht darauf kommen, daß es aus Liebe zu ihm geschehen sei. Und — Ursula würde schweigen, davon war sie überzeugt.

Sie ließ ihre Koffer herbeischaffen und packte alles, was ihr gehörte, ein, denn sie wollte nichts hier zurücklassen, um jede Verbindung mit dem Haus ihres Schwagers abzuschneiden. Es war besser so.

Sie ließ sich einen Imbiß bringen und aß gewissenhaft, um sich bei Kräften zu erhalten. Und während sie aß, dachte sie darüber nach, wohin sie gehen könnte.

Ursula saß inzwischen in ihrem kleinen Salon und überlegte, was nun werden sollte. Und sie wurde rasch mit allem fertig. Daß Rosanna ihr Geheimnis kannte, war ihr freilich nicht angenehm, aber sie wußte ganz genau, daß diese lieber gestorben wäre, als die Schwester zu verraten. So mochte sie also gehen, es war vielleicht gut so. Und sie konnte wirklich den ihr erteilten Rat befolgen und zu dem Gatten wie zu den Bekannten sagen, sie habe Rosanna aus ihrem Haus gewiesen, weil sie sich in schamloser Weise bloßgestellt habe. Sie, Ursula, würde ihnen das schon begreiflich machen. Um so ungenierter konnte sie jetzt mit Ralf Tiefenbach verkehren. Wurde sie je einmal mit ihm gesehen, dann konnte sie als Vorwand angeben, es sei ihrer Schwester wegen nötig, mit ihm zu verhandeln. Ja, das war eine glänzende Idee, fand Frau Ursula, und sie träumte schon davon, wie sie Ralf Tiefenbach dafür trösten würde, daß er hatte leiden müssen, und wie sie ihm danken wollte, daß er so ritterlich ihretwegen geschwiegen hatte. Es war vielleicht sehr gut, wenn Rosanna ihm aus den Augen kam, denn die Männer waren schwach und eitel, und es hatte vielleicht großen Eindruck auf ihn gemacht, daß Rosanna zu seinen Gunsten hatte aussagen wollen.

So beruhigte sie sich immer mehr. Später ging sie nochmals zu Rosanna hinüber, die eifrig beim Packen war.

»Ist es denn wirklich dein Ernst, Kind, daß du fort willst?« sondierte sie vorsichtig.

Die Schwester richtete sich auf und sah sie groß an.

»Ja, Ursula, es ist das beste so — für alle Teile.«

»Aber wohin willst du nur?«

»Darum sorge dich nicht. Ich werde schon ein Ziel finden, werde mich zunächst einmal treiben lassen. Gott wird mir weiterhelfen.«

»Aber du solltest mir wenigstens gestatten, dir eine kleine geldliche Unterstützung zukommen zu lassen. Du kannst dir doch denken, daß ich mir Gedanken darüber mache, was aus dir werden soll.«

Rosannas Augen bekamen einen weichen Schimmer, sie liebte die Schwester trotz allem noch immer.

»Ich danke dir, daß du dich meinetwegen sorgst, Ursula, aber du wirst begreifen, daß ich nichts annehmen kann, wofür ich nichts leiste — auch von dir nicht. Und du müßtest doch deinen Mann erst wieder darum angehen. Also laß mich gewähren. Ich verspreche dir, daß ich dir kurze Nachricht zukommen lassen werde, sobald ich eine Unterkunft gefunden habe. Du wirst vielleicht wochenlang darauf warten müssen. Also habe Geduld und laß dir keine grauen Haare wachsen.«

Ursula schmiegte sich in ihrer schmeichlerischen Art an sie.

»Bist du mir auch nicht mehr böse, weil ich vorhin so dummes Zeug schwatzte — und überhaupt, wegen allem?«

»Nein, ich bin dir nicht böse, Ursula«, erwiderte Rosanna, die Schwester an sich ziehend. »Nur versprich mir, daß du keine Torheiten mehr begehen willst; denke an deinen Mann!«

»Ach, Rosanna, du weißt ja, daß ich ihn nie geliebt habe. Ich wurde seine Frau, weil ich in sorgenlose Verhältnisse kommen wollte. Und — man ist doch jung und sehnt sich nach Liebe. Ich habe Ralf Tiefenbach doch so lieb.«

Rosanna erblaßte. Sie löste sich von der Schwester und fuhr fort zu packen. Dann sagte sie, ihre Erregung unterdrückend:

»Du liebst ihn nicht, Ursula, sonst hättest du nicht so ruhig dabei sitzen können, ohne etwas für ihn zu tun, als er in Not war.«

Rosanna schüttelte den Kopf.

»Nein, das konntest du nicht, eben, weil du ihn nicht liebst. Du weißt ja gar nicht, was Liebe ist. Er galt dir nicht mehr und nicht weniger als alle deine anderen Verehrer, vielleicht ein klein wenig mehr als die anderen, weil du mit ihm weitergingst als mit den übrigen. Aber lieben kannst du nur dich selbst.«

»Mein Gott, so ideal und schwärmerisch, wie du veranlagt bist, bin ich nun mal nicht.«

»Das verlangt auch niemand von dir. Aber du solltest versuchen, deinem Mann treu zu sein — er schafft dir alles, was du willst, und dafür mußt du ihm doch danken. Wenn du das Leben mit ihm unerträglich finden würdest, müßtest du dich eben von ihm lösen. Das wäre anständiger, als wenn du ihn betrügst. Tue es nie mehr, Ursula, ich bitte dich um deiner selbst willen darum. Immer geht dergleichen nicht so gut aus wie in diesem Fall. Du weißt aus dem Prozeß, daß Doktor Tiefenbachs Freund auch nur deshalb sterben mußte, weil er sich mit der Frau eines anderen einließ. Denke, wenn dein Mann Verdacht schöpfte — ich glaube, auch er wäre zu allem fähig, müßte er erfahren, daß du ihn betrügst.«

Ursula lachte ein wenig spöttisch.

»Ach, mein guter alter Richard — der merkt doch nichts.«

»Bisher ist das gottlob noch nicht geschehen. Aber kann man wissen, ob ihm nicht eines Tages doch etwas auffällt? Ich sage weiter nichts, Ursula. Was ich sagen mußte, ist gesagt. Versprich mir wenigstens, es zu versuchen.«

Ursula wollte die Mahnerin los werden, und obwohl sie schon überlegte, wie sie wieder mit Ralf Tiefenbach zusammentreffen könnte, antwortete sie:

»Nun ja, ich verspreche es, du kannst dir wohl denken, daß mich alles das nicht unberührt gelassen hat.«

Sie blieb bei Rosanna, bis diese mit Packen fertig war. Dann ließ diese sich einen Wagen holen. Die Koffer wurden hinuntergeschafft, und man sagte den Dienstboten, Rosanna wolle auf längere Zeit verreisen.

Der Abschied, den die Schwestern voneinander nahmen, war kurz und für Rosanna sehr schmerzlich. Ursula vergoß ebenfalls einige Tränen, und Rosanna mußte ihr versprechen, sich ganz gewiß an sie wenden, wenn sie in Not kommen sollte. Das versprach Rosanna auch, um sie zu beruhigen. Und während sie mit schwerem Herzen ins Ungewisse hinausfuhr, hinaus in die Welt, in der sie um eine Existenz kämpfen mußte, warf Ursula sich auf den Diwan in ihrem Salon und knabberte Pralinen, wobei sie sich in einen der von ihr bevorzugten Romane vertiefte.

4

Ralf Tiefenbach hatte seine Arbeit im Betrieb wieder aufgenommen und war von Vorgesetzten wie Kollegen freudig willkommen geheißen worden. Einige der jüngeren Herren machten launige Anspielungen auf die große Unbekannte, deren Name in den Prozeßberichten verschwiegen worden war, oder fragten ihn direkt, ob das reizende Mädel, das, nachdem es seine Aussage gemacht, in Ohnmacht gefallen sei, die Bewußte gewesen wäre.

Ralf war das alles sehr unangenehm, und er antwortete auf derartige Fragen sehr bestimmt:

»Ich gebe mein Ehrenwort, daß die betreffende junge Dame mir ganz fernsteht und daß ich selber nicht weiß, was sie zu dieser Aussage veranlaßt hat.«

Dann wurde ihm erwidert, er sei wirklich beneidenswert, weil eine so entzückende junge Dame sich für ihn habe opfern wollen.

Er bat nachdrücklich, ihn mit derartigen Reden zu verschonen, und sie merkten sehr wohl, daß er sehr ernst und zurückhaltend geworden war, was man schließlich verständlich fand. Es war immerhin eine verdammt gefährliche Geschichte gewesen, in die er hineingeraten war, und er konnte froh sein, daß die Wahrheit gerade noch im rechten Moment an den Tag gekommen war.

Der erste Arbeitstag für Ralf war ein Sonnabend. Er hatte absichtlich schon heute sein Amt wieder angetreten, weil er einiges von Wichtigkeit aufzuarbeiten hatte. Um damit fertig zu werden, nahm er sich für den darauffolgenden Sonntag sogar Arbeit mit nach Hause.

Als ihm am Sonntagmorgen seine Wirtin das Frühstück servierte, brachte sie ihm einen Brief mit herein, der mit der Post gekommen war.

Forschend sah er, während er sich am Frühstückstisch niederließ, auf das Kuvert herab. Eine Adresse stand in klaren, großen, sehr charakteristischen Schriftzügen auf dem Kuvert. Er schüttelte den Kopf, als er den Brief öffnete, als wollte er sagen: Die Handschrift kenne ich nicht.

Als er jedoch das Briefblatt entfaltet hatte und nach den Unterschrift sah, zuckte er betroffen zusammen. Der Brief war von Rosanna Marten.

Rosannas Brief lautete:

Sehr geehrter Herr Doktor! Sie sollen sich kein falsches Urteil über mich bilden und keine unrichtigen Schlüsse aus meinem Verhalten vor Gericht ziehen. Es mag Ihnen unverständlich erschienen sein, und vielleicht meinen Sie, mir irgendwelchen Dank zu schulden! Das ist überflüssig. Sie sollen wissen, daß es mir bekannt war, mit wem Sie in der Nacht vom dritten zum vierten Mai zusammen waren, und daraus können Sie wohl ent-

nehmen, daß meine Aussage lediglich im Interesse meiner Schwester gemacht wurde. Es lag mir daran, sie zu hindern, sich selbst angeben zu müssen, denn dann wäre eine Katastrophe unvermeidlich gewesen. Hätte sie aber geschwiegen, wären Sie verurteilt worden. Beides aber durfte nicht geschehen, und darum sprang ich in die Bresche, um Ihnen ein Alibi zu verschaffen. Hätte ich geahnt, daß Ihre Unschuld bald darauf durch den Mörder selbst an den Tag kommen würde, hätte ich mir das ersparen können. Ich wußte aber, daß Sie an dem Mord unschuldig sind.

Da meine Schwester nicht in der Lage war, für Sie eintreten zu können, mußte ich es tun. Das ist alles. Und wenn Sie mir Dank schuldig zu sein glauben — dann helfen Sie mir, meine Schwester vor weiteren Torheiten zu bewahren. Ich selbst kann es nicht, da ich mich von ihr trennen muß, weil es mir unmöglich ist, durch mein Schweigen über das, was ich weiß, meinen Schwager zu betrügen und ihn doch in seinem Haus für mich sorgen zu lassen. Ich wünsche Ihnen Glück zu Ihrer Rettung aus Gefahr.

Rosanna Marten.

Mit großen Augen und blassem Gesicht sah Ralf auf den Brief nieder. Das also war der Grund ihres Verhaltens! Die Sorge um den Ruf der Schwester hatte Rosanna Marten dazu getrieben, sich selber bloßzustellen.

Er hätte sich mit dieser Erklärung zufriedengeben können, aber seltsamerweise war das durchaus nicht der Fall. Irgend etwas enttäuschte ihn an diesem Schreiben. Und er schalt sich einen eitlen Narren, weil er einen einzigen Moment hatte annehmen können, daß Rosanna Marten sich aus Liebe zu ihm hatte opfern wollen. Nur der Schwester galt, was sie getan.

Aber — sprach sie in diesem Brief die Wahrheit? Warum hatte sie ihn dann so durchdringend angesehen, als sie ihre Aussage machte, so flehend, so —? War er denn wirklich so anmaßend, sich einzubilden, eine Frau habe ihn mit dem Ausdruck tiefster Liebe angeblickt? Hatte nur Angst um die Schwester in ihren Blicken gelegen? Gar nichts für ihn?

Er erschien sich plötzlich bedauernswert, weil dieses opferfreudige Mädchen nicht mit wärmeren Gefühlen seiner gedachte. Vielleicht verachtete sie ihn, weil er ihren Schwager betrogen hatte, weil er in intime Beziehungen zu ihrer Schwester getreten war? Das erschien ihm plötzlich als die härteste Strafe für sein Vergehen. Der Gedanke erschien ihm unerträglich, daß Rosanna Marten ihn verachten könnte.

Was sollte er tun? Ihm war, als müsse er sich irgendwie Gewißheit verschaffen, daß sie damals im Gerichtssaal gar nicht an ihn gedacht hatte, daß er ihr dabei ganz gleichgültig oder sogar verächtlich erschienen war.

Der Appetit war ihm vergangen. Er schob seine Tasse zurück und las den Brief noch einmal langsam durch. Und es erging ihm dabei seltsam — zwischen den Zeilen dieses Briefes schien etwas anderes zu stehen. Irgendein Fluidum ging von ihm aus — so als streichle ihn, wie um ihn zu trösten, eine zarte, gütige Hand. Vielleicht gingen magnetische Ströme von diesem Briefblatt auf ihn über, so daß er spürte, welche Empfindungen Rosanna gehabt, als sie diesen Brief schrieb.

Sie war sicherlich nicht so wie ihre Schwester! Herb und verschlossen war sie ihm erschienen, als er sie kennenlernte; sie war für ihn im Grunde nur eine unangenehme Begleiterscheinung Ursulas gewesen. Zumal sie ihn so ernst, fast vorwurfsvoll angesehen hatte, wenn er seine Besuche machte und sie mit stummem Gruß oder wenigen Worten an ihm vorüberging. Jetzt erkannte er, weshalb sie das getan. Sie wußte, daß er zu der Schwester in unerlaubten Beziehungen stand — und das bekümmerte sie.

Daß sie ein ehrlicher, vornehm empfindender Mensch war, ging aus jedem Wort dieses Briefes hervor. Sie verließ also das Haus ihres Schwagers, um diesem nicht Komödie vorspielen zu müssen. Und sie sorgte sich noch jetzt um die Schwester, fürchtete wohl, er würde das Spiel mit Ursula weiter fortsetzen, auch jetzt noch, nach allem, was geschehen war. Mein Gott, wie konnte er sich vor ihr rechtfertigen, wenigstens entschuldigen? Wie konnte er versuchen, ihr eine bessere Meinung von sich beizubringen? Er hatte sich in letzter Zeit sehr geschämt, daß er sich zu diesem Verhältnis mit Ursula hatte verleiten lassen, aber so tief beschämt wie heute war er sich noch nie vorgekommen. Und er hätte viel darum gegeben, Rosanna Marten eine andere Meinung von sich beibringen zu können.

Aber wie, aber wodurch? Wenn es sich doch ermöglichen ließe, sie einmal ungestört zu sprechen, wenn er ihr sagen dürfte, wie sehr er das Geschehene bereue und daß er nie wieder einer derartigen Versuchung erliegen würde! Wann mochte sie das Haus ihres Schwagers verlassen? Wohin sich wenden?

Und plötzlich wurde es ihm klar, daß er sie sprechen mußte, weil — ja, weil sie ihm teuer geworden war, viel teurer und lieber als je zuvor eine andere Frau. Sie imponierte ihm durch ihre strenge Rechtlichkeit, durch ihre ruhig vornehme Art. Ihm wollte es direkt so scheinen, als habe sie ihn schon immer interessiert, als habe ihm nur die unselige Leidenschaft für Ursula Augen und Sinne verblendet.

Wie konnte er mit ihr zusammentreffen? In das Haus ihres Schwagers zu gehen, war unmöglich, denn da würde er auch Ursula treffen und der wollte er mit seinem Willen nie mehr begegnen. Und an einem anderen Ort? Mädchen wie Rosanna können zwar in heldenhafter Selbstverleugnung eine unerhörte Schuld auf sich nehmen, ganz gleich, welcher Art es sein mochte. Nein, es gab nur eines, sie zu einer Unterredung zu bewegen, wenn er ihr in der Nähe ihrer Wohnung auflauerte und sie dazu zwang, mit ihm zu reden. Das war ihm klar, so gut kannte er sie nun schon.

Aber — wenn er sie überhaupt noch treffen wollte, mußte es bald geschehen, denn sie schrieb, daß sie das Haus ihres Schwagers verlassen wollte.

Wann würde sie das tun?

Angst fiel ihn an, daß sie vielleicht schon fort sein könnte. Und wohin dann?

Das Herz schlug ihm hart und laut in der Brust. Wann war dieser Brief abgeschickt worden? Er sah nach dem Poststempel. Gestern abend war er aufgegeben, und zwar auf dem Postamt Berlin W 30. Also doch wohl noch vom Haus ihres Schwagers aus. Wie konnte er erfahren, ob sie noch da war? Telefonisch? Wenn er direkt nach ihr fragte? Er konnte es ja unter irgendeinem Vorwand tun — nur um zu wissen, ob sie noch im Haus ihrer Schwester war. Dann konnte er irgendwie auf sie warten und sie beschwören, ihn anzuhören.

Was aber sollte er ihr sagen, womit begründen, daß er sie unbedingt sprechen mußte? Würde sie sich überhaupt herbeilassen, mit dem Verführer ihrer Schwester zu sprechen? Dem Verführer? Er lachte bitter vor sich hin — er durfte ihr nicht einmal sagen, daß er mehr der Verführte gewesen war als der Verführer, ihr am allerwenigsten, selbst wenn er sich hätte zu dieser Unritterlichkeit entschließen wollen. Ach — er wußte ja selbst noch nicht, was er ihr sagen wollte, wußte nur, daß er sie sprechen, ihr eine bessere Meinung von sich beibringen mußte.

Er nahm hastig einige Bissen zu sich und erhob sich dann, um sich zum Ausgehen fertigzumachen. Hier ruhig abwarten, was geschehen würde, das konnte er nicht.

Er sah auf die Uhr. Wie immer an Sonntagen hatte er auch heute etwas länger geschlafen, und es war bereits elf Uhr.

Eilig ging er in sein Schlafzimmer hinüber, um sich anzukleiden und zum Ausgehen fertigzumachen.

Da er schon gebadet hatte, dauerte das nicht lange. Er war der einzige Mieter von Frau Resemann, und so war er jetzt ganz allein in der Wohnung. Er wollte für Frau Resemann nur einen Zettel hinterlassen und dann ausgehen.

Rosannas Brief lag noch auf dem Frühstückstisch in seinem Wohnzimmer. Er hatte ihn noch nicht zu sich gesteckt. Das wollte er tun, wenn er den Zettel für Frau Resemann auf den Frühstückstisch legen würde. Fertig zum Ausgehen, nur noch ohne Hut, betrat er abermals das Wohnzimmer. In diesem Moment ertönte die Flurklingel. Er richtete sich auf. Da Frau Resemann abwesend war, mußte er wohl nachsehen, wer geläutet hatte. Er ging hinaus, öffnete die Korridortür — und prallte erschrocken zurück. Vor der geöffneten Tür stand Ursula Frankenstein.

Und ehe er es hindern konnte, war sie an ihm vorbei in den halbdunklen Korridor getreten.

»Schnell, schließ die Tür, Ralf«, sagte sie leise, denn man hörte Schritte auf der Treppe.

Instinktiv schloß er die Tür. Dann wandte er sich ihr mit blassem, erregtem Gesicht zu.

»Wie unvorsichtig, Ursula — wie konntest du es wagen, hierherzukommen«, flüsterte er und atmete auf, als draußen die Schritte weitergingen.

Sie schob ihre Hand durch seinen Arm.

»Aber Ralf, wie sollen wir sonst zueinander kommen? In meiner Wohnung kann ich dich nicht mehr empfangen. Und sehen mußte ich dich. Wo also kann das besser geschehen als hier? Daß du allein bist, wußte ich, ich sah deine Wirtin fortgehen, ich kenne sie ja vom Ansehen. Ich bin ihr sogar vorsichtigerweise erst bis zur nächsten Straßenecke gefolgt, um zu sehen, ob sie weiterginge. Sie bestieg eine Elektrische. Da wußte ich, daß sie so schnell nicht wiederkommen würde. Aber nun laß mich wenigstens in dein Zimmer eintreten. Ralf — du machst ja ein entsetzliches Gesicht.«

Er richtete sich aus seiner Erstarrung auf.

»Du mußt sofort dieses Haus verlassen, Ursula.«

Sie lachte und schmiegte sich an ihn an.

»Fällt mir nicht ein, Ralf. Ich bin froh, daß ich hier bin, ohne daß jemand mich gesehen hat. Ich mußte dich doch wiedersehen, mußte dich doch trösten für alle Qualen, die du erlitten hast, und dir danken, daß du, was mich anbetrifft, so ritterlich geschwiegen hast.«

Er trat entschlossen zurück und ließ sie in sein Wohnzimmer eintreten. Vielleicht war es gut, daß sie gekommen war, und zwar zu einer Zeit, da er mit ihr allein sein konnte. Es mußte alles zwischen ihnen klarwerden.

Sie sah sich ein wenig neugierig in dem Zimmer um und blickte dann kokett und verführerisch zu ihm auf.

»Ganz nett wohnst du hier, Ralf. Weißt du, wir können uns ebensogut hier treffen wie woanders. Nein — besser noch als irgendsonstwo.«

Er strich sich über die Stirn. Das einzige, was ihm Haltung gab, war das Bewußtsein, war die Erkenntnis, daß diese Frau alle Macht über ihn verloren hatte, daß sie ihm nie mehr gefährlich werden konnte. Und er hatte Zeit bis ein Uhr, um ihr das klarzumachen. Ganz formell rückte er ihr einen Sessel zurecht.

»Bitte, nimm Platz!«

Sie sah etwas erstaunt in sein Gesicht, dann warf sie sich plötzlich an seine Brust und sagte schelmisch:

»Aber Ralf, weshalb so formell?«

Er faßte ihre Arme, schob sie weit von sich und drückte sie in den Sessel.

»Laß das, Ursula – bitte, nicht mehr in diesem Ton. Hast du vergessen, was inzwischen geschehen ist? Es darf keine Gemeinschaft mehr zwischen uns geben, nie mehr. Wir sind leichtsinnig gewesen – beide. Aber ich habe eine harte Schule durchgemacht und das Gelübde getan, nie mehr die Frau eines anderen Mannes zu berühren.«

Es zuckte in ihrem Gesicht, als wollte sie weinen.

»Ralf, das ist doch nicht dein Ernst? Es ist doch ganz ungefährlich, wenn wir uns zuweilen treffen. Ich kann nicht leben ohne dich.«

»Das redest du dir ein. Wäre ich jahrelang im Gefängnis gesessen, hättest du auch ohne mich leben müssen. Sei vernünftig – laß uns ruhig auseinandergehen, für immer, es ist auch für dich das beste.«

Sie hatte ihren Blick über den Tisch hinwegschweifen lassen und erblickte Rosannas Brief, deren charakteristische Schriftzüge ihr nur zu gut bekannt waren.

»Ah, du hast einen Brief von meiner Schwester erhalten. Das ist ja interessant!«

Sie griff nach ihm, um ihn zu lesen, allein er riß ihn ihr aus der Hand.

»Der Brief ist nicht für dich bestimmt.«

»So? Ach, sieh mal an! Denkst du, ich kenne diese Schrift nicht? Es ist die meiner Schwester. Also deshalb willst du plötzlich Schluß mit mir machen? Dich lockt meine Schwester, die sich deinetwegen in so schamloser Weise bloßgestellt hat.«

Sein Gesicht zuckte erregt.

»Schamlos? Das wagen Sie zu sagen?«

»Ah, auf einmal Sie?« höhnte sie.

»Ja — und für immer. Wäre es doch niemals anders gewesen! Ich bereue es schon lange, tief, tief! Und es ist gut, daß niemand darum weiß.«

»Niemand? Nun, meine Schwester weiß darum!«

»Allerdings, und deshalb wollte sie sich großherzig opfern.«

Ursula lachte schrill auf.

»Für dich hat sie sich geopfert! Zuerst für dich! Weil sie dich liebt und dich dadurch für sich gewinnen wollte.«

Ein unbeschreibliches Gefühl stieg in ihm auf, aber er sagte, so ruhig er konnte:

»Jetzt müssen Sie diesen Brief lesen!«

Und gebieterisch reichte er ihr den Brief. Sie war vor Eifersucht außer sich. Als sie den Brief gelesen hatte, lachte sie hell auf.

»Ah, du sollst mich vor weiteren Torheiten bewahren? Lächerlich! Sie will uns trennen, weil sie dich mir nicht gönnt.«

»Das wagen Sie zu sagen, nachdem Sie diesen Brief gelesen haben? Es steht doch klar genug darin, daß Ihre Schwester sich nur für Sie geopfert hat.«

Sie knüllte den Brief zusammen und warf ihn zornig auf den Boden.

»Du willst mir doch nicht weismachen, daß du an das

Märchen glaubst, das sie da aufgeschrieben hat? Sie liebt dich – ja, so sehr liebt sie dich, daß sie ihre Ehre für dich preisgab, so sehr liebt sie dich, daß sie mir sagte, als sie noch nicht wußte, daß du freigesprochen warst und sie sich in ihrer überspannten Weise ausmalte, du könntest gar dem Henkerbeil verfallen: Würde er hingerichtet, in derselben Stunde würde auch ich sterben. So – daraus siehst du, daß sie bis über beide Ohren in dich verliebt ist. Es war ihr durchaus ernst damit, das kannst du mir glauben.«

Ralf war zumute, als strahle plötzlich ein helles Leuchten um ihn her. Ein tiefer Atemzug hob seine Brust.

Um dieser Botschaft willen wollte er Nachsicht üben mit Ursula. Sie war Rosannas Schwester, und diese sorgte sich um sie. Er hob den zerknüllten Brief vom Boden auf und legte ihn in seine Brieftasche.

»Was Ihre Schwester auch zu ihrem ungewöhnlichen Schritt bewogen hat, sie hat ein hochherziges Opfer bringen wollen. Für mich und für Sie, Ursula, und deshalb müssen wir ihr dankbar sein. Sie dürfen nicht in diesem Ton weiter von ihr sprechen, wir sind ihr zu tiefstem Dank verpflichtet. Und damit ich ihr das sagen kann, bitte ich Sie, verschaffen Sie mir eine Unterredung mit ihr.«

Höhnisch warf sie den Kopf zurück.

»Zu spät, mein Herr, sie ist fort. Fort für immer.«

»Wohin?« fragte er erschrocken.

»Ich weiß es nicht. Sie wollte nicht mehr in unserem Haus bleiben. Sie zieht es vor, sich bei fremden Leuten ihr Brot zu verdienen. Aber – auch wenn ich erfahren sollte, wohin sie sich gewendet hat, du wirst es nie erfahren. Denkst du, ich merke nicht, daß sie dich reizt? Aber glaube nur nicht, daß du leichtes Spiel bei ihr haben wirst. Sie will geheiratet sein und sonst nichts.«

Ein häßliches Lachen kam über ihre Lippen.

Er erkannte erst in dieser Stunde, zu wem seine Leidenschaft sich verirrt hatte. Nur, weil sie Rosannas Schwester war, hielt er an sich und sagte ruhig und bestimmt:

»Ich weiß es. Nie würde sich ein unreiner Gedanke von mir zu ihr verirren. Und wenn Sie mir ihren Aufenthalt nicht verraten wollen, dann werde ich sie dennoch zu finden wissen.«

Sie sah ihn hilflos weinend an.

»Und ich? Was war ich dir?«

Es zuckte in seinem Gesicht. Ja, was war sie ihm? Eine peinliche Erinnerung — nichts weiter.

»Sie sind Rosannas Schwester, Ursula, und um Rosannas willen — lassen Sie uns in Frieden scheiden.«

Sie ballte beide Fäuste dicht vor seinem Gesicht.

»Ich hasse dich! Ich hasse dich!« rief sie erbost.

»Ich werde es ertragen. Ganz gut, wenn Sie mich hassen, dann werden Sie schnell genug mit mir fertig sein.«

»Aber ich hasse dich so sehr, daß ich — ja, daß ich meinem Manne alles sagen werde — alles!«

Sein Gesicht war jetzt ganz ruhig und tiefernst.

»Ich werde Sie bestimmt nicht daran hindern; es wäre mir durchaus genehm, wollte Ihr Gatte mit mir abrechnen. Es würde mein Gewissen erleichtern.«

»Und was soll dann aus mir werden?« fragte sie, unlogisch, wie fast alle Frauen in solchen Fällen.

Es zuckte ein flüchtiges Lächeln über sein Gesicht.

»Vielleicht schweigen Sie im eigenen Interesse, Frau Ursula, und versuchen, an Ihrem Gatten gutzumachen, was Sie ihm angetan haben.«

Sie biß auf ihr Taschentuch und sah trotzig zu ihm auf.

»Sie sind ein Scheusal, Ralf!«

»Ich weiß es, und ich bitte Sie, mir zu verzeihen, daß

ich in Ihr Leben trat. Und jetzt ersuche ich Sie dringend, verlassen Sie die Wohnung, meine Wirtin wird bald zurückkommen! Es ist nicht nötig, daß Sie hier gesehen werden.«

Sie tupfte sich mit dem Taschentuch über die Augen, nahm ihre Handtasche, beschäftigte sich, in den kleinen Taschenspiegel sehend, mit Lippenstift und Puderquaste, trat vor den Spiegel, sah sich noch einmal in dem Zimmer um und ging dann mit einem hoheitsvollen Neigen des Hauptes hinaus. Das war, ihrer Meinung nach, ein wirkungsvoller Abgang.

Ralf gab ihr artig bis zur Korridortür das Geleit und ließ sie hinaus. Auf der Schwelle sah sie nochmals mit kokettem Schmollen zu ihm auf und sagte hastig:

»Ein Scheusal sind Sie doch, Herr Doktor!«

Damit ging sie hinaus, Ralf drückte aufatmend die Tür hinter ihr zu und sagte erleichtert vor sich hin:

»Sie wird nicht an gebrochenem Herzen sterben — gottlob! Die ganze Angelegenheit liegt hinter mir.«

In seinem Zimmer trat er zum Fenster und sah ihr, hinter den Stores verborgen, nach. Sie trippelte graziös auf dem Fußsteig der anderen Straßenseite und rief gleich darauf einen Wagen an.

Erleichtert warf er sich in einen Sessel und überdachte noch einmal die ganze Unterredung. Aber nur eines blieb haften, tief drin im Herzen, daß Ursula so bestimmt behauptet hatte, daß Rosanna ihn liebe. Daß sie hatte aus der Welt gehen wollen, wenn er gestorben wäre. Er glaubte es ihr. Und sein Herz verlangte nach ihr mit brennender Sehnsucht. Er mußte sie wiederfinden, mußte ihr begreiflich machen, daß er sie, nur sie liebte, daß das, was er für ihre Schwester empfunden hatte, nur eine Verirrung seiner Sinne gewesen war.

Es erschien ihm unmöglich, undenkbar, daß Rosanna Marten plötzlich ganz aus seinem Leben gewichen sein sollte, nachdem sie diesem eine so große, einzigartige Bedeutung gegeben hatte.

Er nahm noch einmal ihren Brief zur Hand, glättete ihn fast zärtlich, weil er doch das letzte Bindeglied war zwischen ihm und ihr, und las ihn aufs neue durch. Und es ging wieder wie ein gewisses Fluidum von ihm auf ihn über. Er spürte, daß sein Gefühl für Rosanna immer stärker und intensiver wurde. Es konnte, durfte nicht sein, daß sie ihm verlorenging. Denn er liebte sie — ja, er liebte sie mit einer anderen, tieferen Liebe, als er eine solche jemals empfunden hatte. Er spürte, daß diese Liebe ihn besserte und veredelte, daß sie alle Schlacken von seinem Wesen abfallen ließ. Und immer unbegreiflicher erschien es ihm, daß er sich hatte einbilden können, ihre oberflächliche Schwester sei ihm jemals etwas gewesen.

Nicht das machte er Ursula zum Vorwurf, daß sie sich ihm angeboten hatte, nein, er war ebenso schuldig wie sie, aber daß sie so gehässig über ihre Schwester sprach, das hatte den letzten Rest von Sympathie für sie zerstört. Sie war gewissenlos, ließ gleichmütig ihre Schwester hinausziehen in den Kampf um das Dasein.

Es berührte sie wenig, daß Rosanna durch ihre Schuld ihr Heim verlor. Und in ihrer häßlichen, niedrigen Eifersucht schmähte sie die, die auch für sie soviel getan.

Jedenfalls war er endgültig mit Ursula fertig, und all sein Sinnen und Denken sollte der Auffindung Rosannas gelten. Nun er wußte, daß sie ihn liebte, würde er vor nichts zurückschrecken, um sie aufzuspüren.

Aber wie konnte das geschehen?

Er überlegte. Da war zunächst das Meldeamt ihres Bezirks. Man konnte dort nachfragen, wohin sie zu gehen gedachte, denn das mußte sie bei ihrer Abmeldung angeben. Gleich morgen wollte er das Meldeamt aufsuchen. Einen Fingerzeig würde er schon bekommen, dem er folgen konnte.

Dann gab es auch noch andere Mittel. Die Dienstboten im Frankensteinschen Haus kannten ihn von seinen Besuchen her recht wohl. Wie, wenn er ihnen irgendwie zu begegnen suchte und sich dann anscheinend harmlos nach dem Ergehen der beiden Damen erkundigte? Dienstboten pflegen immer gut unterrichtet zu sein über derartige Angelegenheiten der Herrschaft, und ein gutes Trinkgeld öffnet ihnen zumeist die Lippen.

Er grübelte weiter, wie er Rosanna auffinden könne, und darüber vergaß er ganz und gar auszugehen, um sich mit seinen Bekannten zu treffen. Erst als Frau Resemann nach Hause kam und in seinem Zimmer den Frühstückstisch abräumen wollte, schrak er aus seinem Sinnen auf.

»Ach, Herr Doktor, Sie sind noch da? Ich glaubte Sie schon bei Tisch mit Ihren Freunden.«

»Ich habe mich ein wenig verspätet, werde aber gleich gehen. Es ist schon ein Uhr vorbei, wie ich sehe.«

»Wissen Sie, Herr Doktor, wen ich eben in einem Wagen an mir vorüberfahren sah, als ich auf der Elektrischen stand, um nach Hause zu fahren?«

Er hörte nur halb zu.

»Nein, das weiß ich selbstverständlich nicht.«

»Es wird Sie aber doch wohl ein wenig interessieren, Herr Doktor, deshalb sage ich es Ihnen. Es war die junge Dame — Sie wissen ja, die im Gerichtssaal ohnmächtig wurde.«

Ralf zuckte zusammen und konnte kaum seine Aufregung verbergen.

»So? Sie meinen Fräulein Marten?«

Während er so fragte, fieberten alle seine Pulse.

Sie nickte, während sie gemächlich das Geschirr auf einem Tablett zusammenstellte.

»Ja, ja, ganz recht, Fräulein Marten hieß sie ja.«

»Und — sie fuhr an Ihnen, das heißt an der Elektrischen vorbei?«

»Ja, in einem Auto, mit viel Gepäck, sie scheint zu verreisen. Aber sie sah furchtbar blaß und traurig aus. Ein so süßes Gesichtchen hat sie, so schöne Augen! Aber die blickten trübe vor sich hin.«

»Wo begegnete sie Ihnen denn?«

»Oh, in der Nähe des Lehrter Bahnhofes, und ihr Wagen fuhr auch entschieden zum Lehrter Bahnhof.«

»Und das war eben jetzt erst?«

»Ja, ja — das heißt, ich habe erst noch einen Schwatz gemacht mit der Portiersfrau — es mag wohl schon gut eine halbe Stunde her sein, als ich ihr begegnete.«

Ralf hatte es plötzlich sehr eilig und sagte hastig:

»Jetzt muß ich aber zu meinen Bekannten, sie warten mit dem Essen auf mich.«

»Ja, ja, Herr Doktor. Wünsche wohl zu speisen. Heute werden Sie etwas Besseres bekommen als aus meiner Küche.«

»Kaum, ich bin immer sehr zufrieden, auf Wiedersehen, Frau Resemann.«

Und fort stürmte er.

5

Unten auf der Straße angekommen, hatte er jede Verabredung vergessen. Er rief den nächsten Wagen an, der ihm begegnete, und sagte dem Chauffeur:

»Schnell zum Lehrter Bahnhof – so schnell Sie können.«

Der Chauffeur nahm auch Tempo und hielt nach kurzer Zeit vor der Abfahrtstelle des Lehrter Bahnhofes. Ralf eilte auf den Bahnsteig. Da war aber alles still und menschenleer. Nervös erkundigte er sich, wann der letzte Zug abgegangen sei, und ein Kofferträger sagte ihm: »Der D-Zug zwölf Uhr neununddreißig, nach Hamburg.«

Ralfs Gesicht zuckte. Zu spät! Aber – es erschien ihm sicher, daß Rosanna diesen Zug benutzt haben mußte. Es stimmte mit der Zeit, die Frau Resemann angegeben hatte. Der Kofferträger sah ihm nach.

Ralf lief zu dem Wartesaal hinüber, mit dem letzten Rest von Hoffnung, Rosanna dort zu finden. Aber vergeblich suchte er überall. Nirgends fand er eine Spur von ihr. Und zu denken, daß er sie hier gefunden hätte, wenn Frau Resemann nicht erst einen Schwatz mit der Portiersfrau gehalten hätte!

Langsam und nachdenklich, was er nun beginnen sollte, ging er wieder hinaus in die Halle und begegnete wieder dem Kofferträger von vorhin. Er sah ihn forschend an und sagte, vor ihm stehenbleibend:

»Vielleicht können Sie mir eine Auskunft geben. Ist Ihnen eine blasse junge Dame aufgefallen, die in einem Auto mit viel Gepäck kurz vor Abgang des Zuges hier angekommen ist?«

Der Kofferträger fühlte beglückt ein großes Silberstück in seiner Hand und war bereit, sich genau zu erinnern.

»Jawohl – darauf kann ich mich genau besinnen. Die Dame konnte gerade noch im letzten Moment ihr vieles Gepäck nach Hamburg aufgeben, und das Handgepäck trug ich ihr selber zu einem Abteil dritter Klasse. Sie sah wirklich sehr blaß aus und mußte wohl Kopfweh haben, denn sie nahm schnell den Hut ab, als sie einstieg, und warf sich mit geschlossenen Augen auf ihren Fensterplatz. Der Zug war ziemlich leer, es saßen nur noch zwei Damen in ihrem Abteil. Schönes Haar hatte die junge Dame, so ein goldiges Braun, nicht Blond – wie gesagt, es war mehr braun und doch so glänzend wie Gold.«

Das Trinkgeld machte den Kofferträger sehr gesprächig, und er wünschte den jungen Herrn gut zu bedienen.

Ralf wußte, das war Rosanna gewesen! So eigenartiges Haar hatte sie, und sicherlich war sie sehr niedergeschlagen und traurig gewesen. Vielleicht hatte sie wirklich Kopfweh gehabt. Und dritter Klasse war sie gereist? Sie besaß vermutlich keine großen Geldmittel. Was sollte er nur tun?

»Wann geht der nächste Zug nach Hamburg?« fragte er den Kofferträger.

»Dreizehn Uhr dreißig, aber das ist ein Personenzug. Der nächste D-Zug geht erst fünfzehn einunddreißig, ist achtzehn fünfundvierzig in Hamburg.«

»Und wann kommt der Zug an in Hamburg, der eben abgegangen ist?«

»Fünfzehn Uhr neunundvierzig!«

Ralf rückte dankend an seinem Hut. Dann blieb er stehen und sah auf dem Fahrplan nach. Wenn er mit dem nächsten D-Zuge nach Hamburg fuhr, konnte er heute abend daselbst Nachforschungen anstellen. Vielleicht half ihm ein Zufall so wie hier. Er konnte dann, ganz gleich, ob er Erfolg hatte oder nicht, morgen früh mit dem Fern-D-Zug zurückfahren und würde gegen zehn Uhr wieder in Berlin sein. Seine Freunde, mit denen er speisen wollte, würden ihn im Werk für einige Morgenstunden schon entschuldigen.

Nachdem er diesen Entschluß gefaßt hatte, fuhr er zu dem Treffpunkt mit seinen Freunden und wurde mit Hallo und Vorwürfen über seine Unpünktlichkeit empfangen. Er entschuldigte sich, und sie sahen ihm an, daß er etwas erregt war, und ließen ihn zufrieden.

Da Ralf vorläufig doch nichts in seiner Angelegenheit tun konnte, blieb er mit den Bekannten zusammen, bis es Zeit für ihn war, aufzubrechen. Er sagte ruhig, einer wichtigen Familienangelegenheit halber müsse er heute noch unbedingt nach Hamburg fahren. Man möge ihn morgen im Werk entschuldigen, wenn er einige Stunden später einträfe. Er werde das Versäumte nachholen.

Er begab sich nochmals in seine Wohnung, um sich Nachtzeug mitzunehmen und einen Mantel. Frau Resemann war sehr erstaunt, daß ihr Mieter so plötzlich verreisen wollte.

»Es ist eine dringende geschäftliche Angelegenheit«, sagte er.

Und dann fuhr er zum Bahnhof.

Der Kofferträger sah ihn kommen und machte ein schlaues Gesicht.

Er trat zu Ralf heran und fragte lächelnd:

»Hat für den Herrn vielleicht ein Taschentuch Interesse, das die bewußte junge Dame im Gepäckraum verloren hat?«

Ralf zückte ein neues Trinkgeld, und der Kofferträger berichtete, das Taschentuch sei der jungen Dame bei Aufgabe des Gepäcks entfallen, er habe aber geglaubt, es sei ein Stück Seidenpapier gewesen, und habe erst, als der

Herr schon fortgewesen, bemerkt, daß es kein Papier, sondern etwas anderes gewesen sei.

»Der Herr kann es vielleicht der Dame wieder zurückgeben.«

Ralf griff begierig nach dem Taschentuche. Er sah in der Ecke ein verschlungenes R. M. Und nun hatte er gar keinen Zweifel mehr, daß er auf der rechten Spur war.

Mit einem unbeschreiblich sehnsüchtigen Gefühl saß er in seinem Abteil und fieberte dem Ziel seiner Fahrt entgegen. Er fragte sich selbst, warum dieses starke, tiefe Gefühl ihn plötzlich so beherrschte, und vermochte doch nicht, es sich zu erklären. Er wußte nur, daß er unbeschreiblich glücklich sein würde, wenn er Rosanna in Hamburg fände, und sehr unglücklich, wenn das nicht der Fall sein würde. Er zog das Taschentuch immer wieder hervor, und der leise, herbe Duft von Lavendel, der ihm entstieg, schien ihm vollkommen zu Rosanna zu passen. Ein starkes, süßliches Parfüm wäre ihm für sie nicht passend erschienen.

Seine Reise sollte aber zu seinem großen Leidwesen vollkommen erfolglos sein. Alle seine Nachforschungen waren ergebnislos. Er fuhr von Hotel zu Hotel, um nach Rosanna zu fragen, zog auch in Erwägung, daß sie mit einem Dampfer habe weiterreisen können, und sah dann die Schiffslisten ein. Aber er fand ihren Namen nicht. Sie war spurlos verschwunden, und er ahnte nicht, daß er einmal dicht an ihr vorübergefahren war, als sie in einem kleinen Lokal eine Erfrischung nahm. Und sie sah ihn ebenfalls nicht. Und hätte sie ihn auch gesehen — nie wäre ihr der Einfall gekommen, daß er auf der Suche nach ihr sei.

Am Montagmorgen kehrte Ralf tief verstimmt nach Berlin zurück und beschloß nun, mit seinen weiteren Nachforschungen auf dem Meldeamt und bei den Frankensteinschen Dienstboten zu beginnen. Es fiel ihm nicht ein, schon alle Hoffnungen aufzugeben, er mußte sie finden und war fest davon überzeugt, daß er Glück haben würde.

Zur Sicherheit hatte er Auftrag gegeben, ihm die betreffenden Dampferlisten zuzusenden, da man ihm gesagt hatte, daß etwa verspätete Passagiere noch nachträglich eingetragen würden.

Auch auf dem Meldeamt erfuhr er nichts Positives. Rose Anna Marten war allerdings abgemeldet, aber als ihr künftiger Aufenthalt war einfach »auf Reisen« angegeben worden. Das Ausland? Er brachte auf dem Paßbüro in Erfahrung, daß Rosanna sich einen Reisepaß hatte ausstellen lassen nach den Vereinigten Staaten von Nordamerika. Damit konnte er auch nicht viel anfangen. Vielleicht erfuhr er durch die Schiffslisten, welchen Dampfer sie gewählt hatte. Dann bestand immerhin eine Möglichkeit, ihr ein Telegramm zukommen zu lassen, das sie noch an Bord erhielt.

Mehr konnte er vorläufig nicht tun.

Als er vom Melde- und Paßamt zurückkam und gerade die Barbarossastraße überqueren wollte, sah er eines der Frankensteinschen Mädchen aus einem Ladengeschäft herauskommen. Er begrüßte das Mädchen freundlich und trat zu ihm heran.

»Wie geht es Ihrer Herrschaft, den beiden Damen und Herrn Frankenstein?« fragte er.

Das Mädchen hatte des öfteren gute Trinkgelder von ihm erhalten, und außerdem war er doch der Held eines großen Prozesses gewesen, von dem ganz Berlin eine Zeitlang gesprochen hatte.

»Ach, guten Tag, Herr Doktor! Herr Frankenstein ist noch auf Reisen, und die gnädige Frau befindet sich wohl. Aber das gnädige Fräulein ist ganz plötzlich verreist — auf längere Zeit, wie die gnädige Frau sagt. Es tut uns sehr leid, denn ohne das gnädige Fräulein will es im Haus gar nicht mehr gehen, und die gnädige Frau ist sehr schlechter Laune. Im Vertrauen, Herr Doktor, ich glaube, es hat Krach gegeben zwischen der gnädigen Frau und Fräulein Rosanna. Denn diese sah schrecklich blaß und elend aus, als sie abreiste, und es hat vorher sicher eine Auseinandersetzung gegeben.«

»Oh, hoffentlich handelt es sich nur um eine vorübergehende Verstimmung?«

»Nun — man weiß nicht, aber wir, die Berta und ich, wir glauben, daß Fräulein Rosanna nicht wiederkommt; sie hat alles, aber auch alles mitgenommen von ihren Sachen, kein Taschentuch ist zurückgeblieben.«

Ralf hätte ihr zwar sagen können, daß ein Taschentuch doch von ihr zurückgeblieben sei und sich in seiner Brusttasche befinde, aber das unterließ er selbstverständlich. Er sagte nur ganz beiläufig:

»Wohin ist denn das gnädige Fräulein gereist?«

»Das weiß man nicht. Aber sie ist zuerst in ein Hotel gefahren, wo sie ein paar Tage bleiben wollte. Das ist ein bißchen sonderbar, nicht wahr, Herr Doktor?«

Der Herr Doktor kam sich ziemlich lächerlich vor, weil er sich an diese Unterhaltung mit einem Dienstboten klammerte. Aber er fragte doch weiter, weil es die einzige Möglichkeit war, irgend etwas über Rosanna zu erfahren:

»Allerdings ist das sonderbar. In welches Hotel ist denn das gnädige Fräulein übergesiedelt?«

Das Mädchen lachte.

»Zufällig weiß ich das, Herr Doktor, der Chauffeur, der sie fuhr, ist — na ja — mein Schatz, und er hat mir erzählt, daß das Fräulein sich in ein kleines Hotel, gleich schräg gegenüber vom Lessingtheater, begeben hat. Mein Schatz hat nämlich seine Haltestelle gleich an der Ecke der Barbarossastraße. Wie das Hotel heißt, habe ich vergessen.«

Er wollte es schon finden. Aber er sagte ziemlich gleichgültig: »Das tut ja auch nichts zur Sache, Fräulein.«

Er zog den Hut und wollte gehen, da fragte das Mädchen noch: »Soll ich der gnädige Frau sagen, daß ich den Herrn Doktor getroffen habe?«

Er überlegte. Dann zwang er sich zu einem Lächeln:

»Lieber nicht, Fräulein, ich möchte nicht gern, daß die gnädige Frau weiß, daß ich mich so lange mit Ihnen unterhalten habe.«

»Ist gut, Herr Doktor, ich verstehe schon, und ich werde nichts sagen.«

Ralf nickte ihr freundlich zu und ging davon.

Jetzt hatte er zu weiteren Erkundigungen keine Zeit mehr, aber am nächsten Mittag in seiner Freizeit fuhr er in die Gegend des Lessingtheaters. Und dort sah er sich nach einem kleinen Hotel um und hatte Glück. Als er hier nach Rosanna fragte, wurde ihm der Bescheid, Fräulein Marten habe einige Tage hier gewohnt, sei aber am Sonntagmittag nach Hamburg gefahren.

Ob sie keine Adresse hinterlassen habe? Nein, das habe sie nicht getan, sie habe nur gesagt, daß sie von Hamburg aus nach Amerika fahren werde.

Also doch nach Amerika? So weit floh sie, die arme Rosanna! Hinaus in die weite Welt, wo man sie nicht kannte. Die Scham über ihr falsches Bekenntnis vor Gericht trieb sie so weit fort — irgendwohin, wo sie niemand kannte. Er konnte sie sehr wohl verstehen, ihm war, als könne er in ihrer Seele lesen. Und seine Gefühle für sie wurden immer tiefer und zärtlicher, weil sich Mitleid zu ihnen gesellte.

Als die Dampferlisten bei ihm eintrafen, fand er ihren Namen und zuckte zusammen. Neben ihrem Namen stand das Wort: Stewardeß.

Also in dienender Stellung war sie auf diesen großen Dampfer gegangen. Nun hoffte er, ihr Nachricht zukommen lassen zu können. Rosanna Marten, Stewardeß an Bord der »Germania«. Das war endlich eine positive Nachricht, mit der er etwas anfangen konnte. Er war sehr dankbar für diese Auskunft.

6

Ursula Frankenstein war nach ihrem Besuch bei Ralf Tiefenbach in sehr verdrießlicher Stimmung heimgekehrt. Sie war zornig auf ihn und auf die ganze Welt, wie immer, wenn ihr etwas querging. Sie hatte sich ihr Leben so einzurichten gewußt, daß alle ihre Wünsche in Erfüllung gingen. Und nun sollte das auf einmal anders sein?

Daß sie durch Ralfs deutliche Abweisung bis ins Herz getroffen worden wäre, konnte man nicht sagen, aber was das schlimmste war – er hatte sie in ihrer Eitelkeit gekränkt. Wenn sie es für sich selbst ungestraft hätte tun können, hätte sie wirklich ihrem Mann alles gebeichtet, damit dieser sie an Ralf Tiefenbach rächen sollte. Aber sie wußte nur zu wohl, daß ihr Mann in solchen Dingen keinen Spaß verstand. Er war vielleicht imstande, sie zu verstoßen oder sonst empfindlich zu strafen. Daher wollte sie das lieber unterlassen.

Daß nun gar Rosanna, die sie immer im Verhältnis zu sich selbst als höchst unscheinbar und unbedeutend angesehen hatte, ihr bei Ralf Tiefenbach anscheinend den Rang abgelaufen hatte, steigerte ihren Zorn. Wie kam diese dazu, sich Tiefenbach durch ihre unwahre, ja geradezu schamlose Aussage sozusagen an den Hals zu werfen? Das hatte ihm selbstverständlich imponiert, und nun hoffte er vielleicht, Rosanna statt ihrer ... aber darin sollte er sich täuschen. Sie, Ursula, wollte schon dafür sorgen, daß er diese weder fand noch jemals wiedersah. Sie ließ sich nicht einfach beiseiteschieben!

Und überhaupt, wie lächerlich von Ralf, auf einmal den Moralischen spielen zu wollen! Daran war lediglich Rosanna mit ihrem albernen Brief schuld! Was ihr nur einfiel, von ihm zu verlangen, keine weiteren »Torheiten mit der Schwester« zu begehen. Eifersüchtig war sie, weiter nichts! Sie von Ralf zu trennen, darauf lief das Ganze hinaus! Diese Rosanna, sie verdiente es nicht mehr, daß man sich um sie kümmerte! Statt ihr, Ursula, dankbar zu sein, daß sie eine so gute, sorglose Existenz bei ihr gefunden, ging sie einfach auf und davon, mit einer stolzen Geste gar noch! Nun, immerzu! Es war gut, daß sie fort war, sonst hätte sie mit ihrer strengen Tugendmiene es vielleicht erreicht, daß Ralf sie heiratete. Tugendmiene! Ursula lachte hell auf. Dazu hatte Rosanna wohl gerade eine Berechtigung, sie, die sich vor Gericht in so schamloser Weise preisgegeben hatte!

Frau Ursula war wirklich sehr ärgerlich und die nächsten Tage in schlechter Laune — und sehr gelangweilt. Bis sie schließlich sich mit einer anderen Dame, einer Gesinnungsgenossin, verabredete, einen Tanztee zu besuchen. Und dabei vergnügte sie sich außerordentlich gut, da sie einen begeisterten, flotten Tänzer fand, der ihr die dicksten Schmeicheleien sagte, was sie sehr wohl vertragen konnte. Und zwischen den Tänzen machte sie ihrer »Freundin« gegenüber ihrem Herzen Luft, indem sie tief entrüstet mit ihr den »Skandal« besprach, den ihre Schwester bei der Gerichtsverhandlung verursacht hatte.

»Also du kannst verstehen, Cilly, daß ich nach diesem Vorkommnis meine Hand von ihr abziehen mußte und sie aus dem Haus wies. Es ist mir entsetzlich auf die Nerven gegangen.«

Und Frau Cilly, die mit Inbrunst mit einem flotten Eintänzer kokettierte und ihre Lippen mit dem Stift rot nachzog, konnte selbstverständlich »sehr gut verstehen«. Sie gehörte auch zu denen, die sich ganz im geheimen alles erlaubten und nur über solche Frauen den Stab brachen, die irgendwelchen Anstoß in der Öffentlichkeit erregten.

»So etwas tut doch eine Frau von Geschmack nicht!«

Darüber waren sich die beiden Damen einig. Und Frau Cilly fragte entrüstet:

»Was hat denn dein Mann dazu gesagt?«

»Ach, Cilly, er weiß es doch noch nicht — das heißt, wenn er es nicht in den Zeitungen gelesen hat. Wir korrespondieren nicht miteinander, wenn er auf Reisen ist, weil er nie weiß, wohin ihn seine Geschäfte führen.«

»Auch nicht gerade angenehm für dich. Da weißt du wohl auch nie, wann er nach Hause kommt?«

»Doch, doch! In dieser Hinsicht ist er sehr rücksichtsvoll. Ehe er heimkommt, erhalte ich jedesmal eine Depesche.«

Sie sahen sich an und lachten, und dann wurden sie zum nächsten Tanz geholt.

Als Ursula gegen sieben Uhr nach Hause kam, fand sie die »rücksichtsvolle« Depesche ihres Mannes bereits vor. Er kündigte seine Heimkehr auf denselben Abend um acht Uhr an. Also blieb Ursula noch fast eine Stunde, um ihre Vorbereitungen zu treffen. Und als ihr Gatte erschien, lag sie in einem verführerischen Hauskleid, ganz »leidendes Weib«, auf dem Diwan in ihrem Salon und streckte hilfeflehend die Arme nach ihm aus.

»Oh, Richard, wie gut, daß du endlich wieder heimkommst, ich habe entsetzlich schwere Tage hinter mir.«

Er umfaßte sie zärtlich, zog einen Sessel heran und setzte sich nieder.

»Ich las ja erst heute morgen von der fatalen Geschichte, Mausi! Und so schnell ich konnte, reiste ich heim, um dich zu trösten. Was ist denn Rosanna um alles in der Welt eingefallen, daß sie so eine kompromittierende Aussage machte?«

»Nicht wahr, Richard, das ist doch schamlos von ihr. Dein armes kleines Frauchen war ganz außer sich vor Empörung. Und ich mußte hart sein zu Rosanna, in meinem Haus kann ich so etwas nicht beherbergen — ich habe sie hinausgewiesen.«

Der gutmütige Richard Frankenstein erschrak nun doch.

»Aber Mausi, das geht doch nicht so ohne weiteres, man muß sich doch bemühen, daß sie moralisch nicht noch tiefer sinkt. Weißt du, nie hätte ich Rosanna so etwas zugetraut. Und von Doktor Tiefenbach ist es auch nicht gerade sehr anständig, daß er hinter unserem Rücken mit ihr angebändelt hat. Wenigstens hat er es im Gerichtssaal in Abrede gestellt, das war auch das mindeste, was er tun konnte. Rosanna muß ja von allen guten Göttern verlassen gewesen sein, eine derartige Aussage zu machen. So etwas gibt man doch nicht noch vor der Öffentlichkeit zu, zumal es ja gar nicht nötig war, da er gleich darauf vollkommen entlastet wurde.«

»Nicht wahr! Du kannst also verstehen, daß ich außer mir war. Ich hatte seither noch keine ruhige Stunde. Und alle Bekannten telefonieren an und fragen nach Rosanna. Da war es meine Pflicht, dein Haus rein zu halten und allen zu versichern, daß wir sie verstoßen hätten.«

Er strich sich über die Stirn.

»Weiß Gott, das geht mir nahe. Für Rosanna hätte ich, wie für dich selbst, meine Hand ins Feuer gelegt. Aber — Mausi, wir können unsere Hand doch nicht von ihr abziehen. Im Gegenteil, wir müssen uns bemühen, daß sie irgendwo anders unterkommt.«

»Ach, du brauchst dich nicht zu sorgen, sie wurde obendrein sehr ungezogen. Sie verzichtete auf alles, will keine Hilfe von uns annehmen, nicht mal eine Unterstützung. Sie habe ja noch das Erbe von den Eltern und wolle ins Ausland gehen, um sich dort eine Stellung zu suchen.«

»Lieber Gott, als wenn das so leicht wäre!«

»Du hast wohl noch Mitleid mit ihr, Richard?«

»Aber Mausi, sie ist doch deine Schwester —«

»Nun ja, mir ist es auch bitter leid gewesen, so hart mit ihr sein zu müssen, aber in der ersten Aufregung, weißt du — man ist ja ganz verstört bei so etwas.«

Er streichelte sie. Frauen waren eben in solchen Dingen die härtesten Richter. Ein Mann konnte so etwas schon eher verstehen. Rosanna war ja auch schon zweiundzwanzig Jahre, und der Tiefenbach war ein ansehnlicher Mensch und sehr liebenswert. Ob er nun eigentlich eine Auseinandersetzung mit diesem haben mußte?

Das fragte er zögernd seine Frau, denn es schwebte ihm

so etwas vor von einem blutigen Ehrenhandel und dergleichen. Sie schrie aber gleich auf, umfaßte ihn und fragte kläglich, ob er sie töten wolle, wenn er sich in eine solche Gefahr begäbe. Wenn Rosanna ihr Leben nun einmal verpfuscht habe, lasse sich eben nichts daran ändern, und Tiefenbach habe durch die ganze Gerichtsverhandlung seine Strafe sowieso weg. Nein, nein, dieser Gefahr setzte sie ihren einzig guten Richard nicht aus! Nicht von ihrer Seite lasse sie ihn. Rosanna werde sich im Ausland schon durchsetzen, energisch genug sei sie ja, und außerdem habe sie ihr versprochen, sich zu melden, wenn sie in Verlegenheit kommen würde.

Das beruhigte ihn, und es gelang Ursula, ihn durch Schmeicheln und Bitten dazu zu bewegen, alles auf sich beruhen zu lassen und alles gut zu heißen, was seine süße kleine Frau angeordnet hatte.

So war Rosanna im Hause ihres Schwagers bald vergessen.

Ursula aber führte ihr leichtsinniges Leben unbekümmert weiter und suchte sich in Gesellschaft anderer Männer von der Langeweile ihrer Ehe zu erholen.

Es fiel auch unter diesen Umständen Richard Frankenstein nicht auf, daß Doktor Tiefenbach nicht mehr in seinem Haus verkehrte, und den Bekannten des Ehepaars gleichfalls nicht. Man konnte sich alles denken, und mit einem Achselzucken ging man über Rosanna Marten hinweg.

Rosanna hatte sich, nachdem sie die Wohnung ihrer Schwester verlassen, wirklich in das kleine Hotel in der Nähe des Lessingtheaters begeben. Dort hatte sie vor einiger Zeit eine durch Berlin reisende Schulfreundin aufgesucht und wußte daher, daß dieses Hotel sauber und zugleich billig war, zwei Eigenschaften, die ihr wichtig schienen. Hier fühlte sie sich geborgen. Sie war in Sorge gewesen, daß ihr Schwager vor der Zeit nach Hause zurückkehren könnte, so daß sie ihm noch Rede und Antwort hätte stehen müssen. Sie wollte ihn ebensowenig belügen wie sich von ihm etwa gefallen lassen, gemaßregelt und vor die Tür gesetzt zu werden.

Die Trennung von der Schwester fiel ihr schwer, aber das mußte überwunden werden. Zunächst sehnte sie sich vor allem nach Ruhe, um sich über das klarzuwerden, was nun zu geschehen habe. Im Hotel ließ sie sich Zeitungen bringen und durchsah deren Inseratenteile. Dabei wurde ihr klar, daß auf jedes Stellenangebot mindestens zwanzig Stellengesuche kamen. Also erschien es ihr, wie sie schon angenommen hatte, aussichtslos, hier oder in der Provinz ein Unterkommen zu finden. Außerdem war sie überzeugt, daß sie nur im Ausland Aussicht habe, nicht auf Bekannte zu stoßen, die von ihrer Aussage vor Gericht wußten.

Aber wohin ins Ausland sollte sie gehen?

So weit wie möglich wollte sie fort, und da sie der englischen Sprache vollkommen mächtig war, sagte sie sich, sei es am besten, nach England oder Amerika zu gehen. Am liebsten wäre ihr Amerika gewesen, dort würde man unbeachtet in der Menge untertauchen können, und dort sollten auch weibliche Hausangestellte noch die meiste Aussicht auf Anstellung haben. In allen Zweigen der Hauswirtschaft wohlerfahren und tüchtig, wie sie war, glaubte sie, darin etwas leisten zu können, denn sonst hatte sie nichts so vollkommen gelernt, daß sie darauf eine Existenz hätte aufbauen können. Und sie scheute sich vor keiner Arbeit.

Also Amerika konnte für sie aussichtsreich sein. Aber die Überfahrt kostete viel Geld, und wenn man drüben an Land wollte, mußte man einiges Betriebskapital haben oder eine feste Anstellung nachweisen können.

Nach England kam sie leichter, die Reise dorthin kostete nicht allzu viel, und dort waren auch die Bedingungen für die Einreise weniger schwer.

Schließlich fiel ihr ein, ob es nicht möglich sei, auf einem der großen Überseedampfer eine Anstellung zu bekommen, so daß man kein Fahrgeld zu zahlen hatte, freie Verpflegung bekam und vielleicht gar noch etwas verdiente.

Vor einigen Jahren, als ihr Schwager einmal ein besonders gutes Geschäft abgeschlossen hatte und mit Ursula und ihr eine Mittelmeerreise unternahm, konnte sie kennenlernen, was eine Stewardeß zu tun hatte. Diese Pflichten hätte sie ohne weiteres erfüllen können. Aber, wie es anfangen, eine solche Stellung zu bekommen? Vor allen Dingen mußte man sich dazu in einer Hafenstadt aufhalten, um sich dort nach etwas umtun zu können. In ihrer Unerfahrenheit ahnte Rosanna nicht, wie schwer es sei, das zu erreichen, was ihr im Augenblick so erstrebenswert schien.

Nun, sollte auch alles mißglücken, dennoch war sie entschlossen, sich nach Nordamerika zu begeben.

Sie hob am nächsten Tage ihr gesamtes kleines Vermögen von der Bank ab und freute sich, daß es mitsamt den Zinsen etwas über achttausend Mark ausmachte. Das gab ihr eine gewisse Sicherheit, und und vielleicht war eine Reise in der letzten Klasse nach Amerika überhaupt nicht unerschwinglich für sie.

So traf sie in aller Stille ihre Vorbereitungen, besorgte Abmeldung und Paßangelegenheit, erledigte noch einige andere notwendige Dinge — und schrieb zuletzt noch den Brief an Ralf Tiefenbach.

Am Sonntagmittag fuhr sie dann wirklich nach Hamburg. Sie löste eine Fahrkarte dritter Klasse, benutzte aber den D-Zug, um in Hamburg noch Zeit zu haben, sich eine billige Unterkunft zu suchen.

Und sie hatte Glück. An einem kleinen Haus auf dem Wege nach Altona sah sie ein Schild, auf dem stand, daß hier tageweise Zimmer vermietet würden.

Sie betrat das Haus, sah sich einer sauberen, netten Frau gegenüber, die sie freundlich begrüßte, und fragte, ob sie für einige Tage Wohnung finden könnte.

Sie wurde aufgenommen. Alsbald teilte sie ihrer Quartiergeberin mit, was sie plane, und fragte, ob sie ihr irgendeinen Rat geben könne.

Dazu war diese — Frau Lüdersen hieß sie — zum Glück imstande. Ihr Schwager, der Obersteward auf einem großen Überseedampfer sei, habe ihr geklagt, er sei, was sein Personal anbetreffe, in Verlegenheit. Eine seiner Stewardessen habe er in New York zurücklassen müssen, weil bei ihr eine Operation nötig geworden sei. Allerdings keine schwere Sache, und später wolle man sie gern wieder einstellen, da sie ebenso zuverlässig wie tüchtig sei und sie — wie man sich denken könne — ihre Stellung nicht gern verlieren möchte. Für die Hinreise nach New York brauche er eine Ersatzkraft, und vielleicht lasse es sich machen, sich Fräulein Marten als solcher zu bedienen; das heißt, falls sie wirklich leisten könnte, was im gegebenen Falle verlangt würde. Da es sich ja nur um eine Aushilfe handle, werde man es wohl nicht allzu streng nehmen. Sie wolle gleich mit ihrem Schwager telefonieren und ihn fragen, ob der Posten noch unbesetzt sei.

Rosanna hatte Glück. Die Stelle war wirklich noch

frei. Frau Lüdersens Schwager fand Gefallen an Rosanna und wollte es wagen, sie mitzunehmen, nachdem sie ihm versicherte, sie könne alles leisten, was von einer Stewardeß in der ersten Klasse verlangt würde.

Mit herzlichem Dank verabschiedete Rosanna sich von ihrer Wirtin und verließ mit dem Obersteward deren Haus, um sogleich ihr neues Amt anzutreten.

Es ging alles gut. Rosannas Paß war in Ordnung, sie fand sich leicht in alles, was man von ihr verlangte, und da sie ja wirklich nur als Aushilfe gelten sollte, nahm man auch einige Rücksicht auf sie.

Rosanna war der Kopf allerdings zunächst ein wenig benommen, als sie sich den weiblichen Passagieren der ersten Klasse zur Verfügung stellen mußte, aber es gelang ihr, sich überall beliebt zu machen. Flink und gewandt bediente sie ihre Damen, packte deren Koffer aus, richtete das Bad, brachte das Frühstück, wenn man es in der Kabine einnehmen wollte, und versah geschickt und sicher allerlei Kammerjungferndienste, die sie Ursula bereits hatte leisten müssen. Es gab einfach nichts, was Rosanna nicht zu jedermanns Zufriedenheit erledigt hätte.

Auch vertrauten ihr zwei Damen ihre kleinen Kinder an, wenn sie des Abends an der Geselligkeit teilnahmen.

Rosanna war sehr kinderlieb, freute sich an dem forschen kleinen Sohn einer amerikanischen Filmdiva, und noch mehr an einem reizenden kleinen Mädchen, das einem sich an Bord befindenden kalifornischen Ehepaar gehörte.

Sie wurde auch hier und da in ein zartes Geheimnis gezogen, und nachdem sie erst das Widerstreben gegen Trinkgelder überwunden hatte, indem sie sich sagte, auch das werde ihr voranhelfen, freute sie sich sogar, als sie mit solch kleinen Extraverdiensten mehr und mehr rechnen konnte.

Sie hatte so viel zu tun, daß ihr keine Zeit blieb, ihrem

Kummer nachzuhängen. Abends fiel sie todmüde auf ihr Lager und schlief gleich fest ein. Ihr Appetit war vorzüglich, die Verpflegung auch für die Dienerschaft an Bord ausgezeichnet, und allerseits begegnete man ihr freundlich.

Die Kalifornierin, die Mutter des kleinen Mädchens, das sich innig an Rosanna anschloß, war eine schöne, aber auch sehr zarte und pflegebedürftige Frau. Sie war drüben in Deutschland, wo sie mit ihrem Mann und ihrem Kind Verwandte besucht hatte, krank geworden, hatte sich einer Blinddarmoperation unterziehen müssen und sollte sich auf der Rückreise möglichst schonen. Da das kleine Mädchen sehr lebhaft war, machte es der leidenden Mutter viele Beschwerden, und so kam es ganz von selbst, daß es sich mehr und mehr an Rosanna anschloß, was diese auch gern unterstützte, um der Mutter Ruhe zu verschaffen.

Der Vater des kleinen Mädchens, der Frau und Kind abgöttisch liebte, ließ es sich nicht nehmen, Rosanna seine Erkenntlichkeit zu bezeigen. Aber in diesem Fall wehrte Rosanna hastig ab.

»Es macht mir große Freude, die kleine Winnie zu betreuen, Mr. Lautham, bitte – wollen Sie von einer Extrabelohnung dafür absehen«, sagte sie ruhig und bestimmt.

Erstaunt sah er sie an. Er war es nicht gewöhnt, daß man seine guten Trinkgelder ablehnte.

»Oh – warum wollen Sie nicht? Sie verdienen doch ehrlich, wofür man sie belohnen will.«

Das Blut stieg ihr ein wenig ins Gesicht. Und da richtete sich seine Gattin, die auf einem Ruhebett lag, lächelnd auf und drückte ihres Gatten Hand herab.

»Laß das sein, William, ich habe schon längst bemerkt, daß wir es hier nicht mit einer gewöhnlichen Stewardeß zu tun haben. Mir scheint, sie ist nicht gewöhnt, Trinkgelder zu nehmen. Wir werden uns anderweitig dankbar erweisen, denn ich weiß wirklich nicht, wie wir ohne diese freundliche Rosanna auskommen sollten.«

Der Name Rosanna war für die kleine Winnie das Losungswort, um Rosanna wieder einmal um den Hals zu fallen und sie ein wenig »totzudrücken«, wie sie es nannte.

Der Vater lachte zu diesem Überfall.

»Nicht wahr, Winnie, eine nette Gefährtin für dich, da gibt es nichts zu schonen wie bei der lieben Mama. Aber sei nicht zu wild! Schade, Stewardeß, daß Sie auf diesem Dampfer fest angestellt sind. Sonst müßten Sie uns nach Kalifornien begleiten. Winnie gewöhnt sich schwer an andere Menschen, immer hängt sie an der kranken Mama. Leider haben wir verabsäumt, ein Kindermädchen für die Kleine mitzunehmen, weil unsere Verwandten in Deutschland in etwas beschränkten Verhältnissen leben und ein Kindermädchen nicht mit unterbringen konnten. Außerdem ahnten wir ja auch nicht, daß meine Frau erkrankte und operiert werden mußte.«

»Ja, William, daran habe ich auch schon gedacht. Rosanna könnten wir sehr gut gebrauchen, sie ist so tüchtig, weiß alles und kann alles, und vor allem weiß sie mit Winnie umzugehen. Schade, Rosanna, daß Sie hier fest engagiert sind. Wie lange noch?«

Rosanna richtete sich auf, zugleich Winnie mit sich hochhebend.

»Ich bin nur für diese eine Reise verpflichtet, Mrs. Lautham.«

Erstaunt sahen sie die beiden Gatten an.

»Nur für diese Reise? Wie ist das möglich?«

Rosanna erklärte ihnen, daß sie es nur einem Zufall zu verdanken habe, daß sie für diese Fahrt als Stewardeß angestellt worden sei, und daß sie lediglich eine billige Überfahrt gesucht habe, weil sie versuchen wollte, in Amerika eine Anstellung zu finden.

Es gab ein aufgeregtes Hin und Her, man fragte Rosanna aus, und was sie sagen konnte, ohne ihre letzten Erlebnisse preiszugeben, verschwieg sie nicht.

Das Glück war ihr abermals hold, es dauerte nicht lange, so war sie von Mrs. Lautham verpflichtet, mit ihnen nach Kalifornien zu gehen, als Stütze der leidenden Frau, als Wärterin und Pflegerin der kleinen Winnie. Es wurde ihr ein anständiges Gehalt ausgesetzt, der Kapitän wurde als Referenz für die Familie Lautham herangezogen, da er Mr. Lautham von früher her kannte. Rosanna erfuhr, daß das Ehepaar in Kalifornien große Obstländereien und Konservenfabriken besäße und ein sehr schönes Haus auf einem Berg am Meer bewohnte, von dem aus man eine herrliche Aussicht über die kalifornische Küste habe.

Rosanna drückte die kleine Winnie innig an ihr Herz. Das Kind war ihr lieb geworden, und sie meinte, ihm verdanke sie hauptsächlich diese gute Anstellung.

Als alles erledigt war, sagte Mr. Lautham launig zu seiner Gattin: »Nun mußt du aber Miß Rosanna noch darauf vorbereiten, daß sie es nicht leicht haben wird, sich mit Mary zu verständigen, meine liebe Gladys.«

Seine Gattin lachte.

»Oh, mach Rosanna nicht bange. Sie müssen wissen, Rosanna, daß Mary die erste Angestellte in unserem Haus ist. Sie wurde mir bei meiner Verheiratung von meinen Eltern mitgegeben, damit sie meinen großen Haushalt führen und ihm vorstehen sollte, bis alles eingerichtet wäre. Mary ist aber nicht zu bewegen gewesen, zu meinen Eltern zurückzukehren, denn sie glaubt, daß wir ohne sie nicht fertig werden können. Am liebsten wäre sie mit nach Europa gegangen. Aber – sie ist inzwischen siebzig Jahre alt geworden und nicht mehr recht fest auf den Beinen. In Wahrheit macht sie uns zurzeit mehr Arbeit, als sie uns abnehmen kann, aber das wollen wir sie nicht fühlen lassen. Ich hätte mir schon lange gern eine jüngere Kraft ins Haus genommen, aber – Mary wehrt sich mit aller Energie dagegen. Nun wird sie durch Ihr Engagement vor eine vollendete Tatsache gestellt, und so müssen Sie sich darauf gefaßt machen, daß Sie von ihr mit kritischen, wenn nicht feindlichen Augen betrachtet werden. Das darf Sie aber nicht beunruhigen, es ist nur die Eifersucht einer treuen, ergebenen Dienerin, die mich schon als Kind auf ihren Armen getragen hat und die niemandem gönnt, sie zu ersetzen.«

Ein Lächeln huschte um Rosannas Mund.

»Da ich nun weiß, was mir bevorsteht, werde ich mich schon damit abfinden. Ich danke Ihnen, daß Sie mir das im voraus gesagt haben. Und es soll mich nicht abhalten, meine Stellung bei Ihnen anzutreten, sobald der Dampfer in New York einläuft. Es ist ein großes Glück für mich, daß sie mir Ihr Vertrauen schenken und ich ein Unterkommen bei Ihnen gefunden habe.«

»Für das Vertrauen müssen Sie sich bei Winnie bedanken. Wir wissen aus Erfahrung, daß es nur sehr gute und anständige Menschen sind, denen sich unsere Kleine anschließt. Darin übertrifft sie den besten Menschenkenner.«

Rosanna drückte das Kind fest an sich.

»Ich will es ihr danken mit meiner Liebe und Fürsorge. Und Ihnen danke ich ebenfalls, Mr. Lautham, und Ihrer Frau Gemahlin. Sie sollen sich nicht in mir getäuscht haben.«

Mrs. Lautham war von Herzen froh, daß sich alles so gut gefügt hatte, wußte sie doch längst, daß deutsche Angestellte besonders gewissenhaft zu sein pflegen.

Am Abend dieses Tages berichtete Rosanna dem Obersteward, welches Glück ihr beschieden worden sei, und dankte ihm nochmals herzlich, daß er ihr so viel Vertrauen bewiesen, sie mitzunehmen. Er lachte und nickte ihr zu.

»Sie haben so etwas an sich, daß man gar nicht anders kann, als Ihnen Vertrauen entgegenzubringen. Und meine Schwägerin, der es mit Ihnen genau so ging wie mir, wird sich freuen, daß Sie bei diesen kalifornischen Herrschaften so gut untergekommen sind.«

»Ich schulde auch Ihrer Schwägerin großen Dank. Hoffentlich kann ich ihn einmal abtragen.«

»Darüber wollen wir nicht mehr snacken, min Deern«, sagte der Obersteward gemütlich.

7

Man kann nicht sagen, daß Rosanna die Reise sehr lang erschienen wäre oder daß sie Langeweile verspürt hätte. Sie war vollauf beschäftigt, und jede freie Minute, die sich sich absparen konnte, gehörte Winnie. Die hielt ihre geliebte Rosanna in der Tat ordentlich im Trab. Sie war ein sehr lebhaftes, impulsives Kind und hatte tausend drollige Einfälle, womit sie sich immer tiefer in das Herz der einsamen Rosanna einschmeichelte. Winnies Eltern merkten sehr wohl, daß sie ihr Kind in gute, treue Hände gegeben hatten.

Außerdem erwies Rosanna, die früher einen Krankenpflegekurs durchgemacht hatte, sich Mrs. Lautham sehr hilfreich. Eine kleine Stelle der Wunde, die die junge Frau bei ihrer Operation erhalten hatte, war durch eine heftige Bewegung an einem etwas stürmischen Tag wieder aufgegangen. Der Schiffsarzt wurde gerufen und beruhigte den besorgten Mr. Lautham, es sei ganz ungefährlich, die Wunde müsse nur sorgfältig gereinigt und verbunden werden. Rosanna leistete dem Arzt die nötigen Handreichungen, und schnell war der Schaden kuriert. Rosanna erneuerte gewissenhaft die Verbände und sorgte dafür, daß Mrs. Lautham sich so still verhielt, wie es nötig war. Winnie durfte nicht an ihre Mutter heran, damit diese nicht zu Schaden käme, und bei dieser Gelegenheit erkannte Mrs. Lautham vollends, wie zuverlässig Rosanna war und daß ihr nichts zuviel wurde.

In New York ging alles glatt, da Rosanna als Angestellte des Mr. Lautham das Land betreten konnte. Die Stewardeß, die sie vertreten hatte, war bereits am Kai, als der Dampfer einlief, und trat unverzüglich ihren Dienst wieder an. So konnte Rosanna sich ungehindert ihrer neuen Herrschaft zur Verfügung stellen.

Mrs. Lauthams kleine Wunde war zum Glück wieder zugeheilt, aber sie mußte noch sehr vorsichtig sein. So beschloß ihr Gatte, einige Tage mit ihr in New York zu bleiben, ehe man die Reise nach Kalifornien fortsetzte. Zudem wollte er gleich einige Geschäfte erledigen.

Rosanna konnte New York wenigsten flüchtig kennenlernen. Das geschah vornehmlich von den Fenstern des Hotels aus, denn Mrs. Lautham sollte das Zimmer hüten, und Rosanna wollte sie nicht allein lassen. Nur wenn sie schlief oder ruhte, ging Rosanna mit der lebhaften Winnie ein wenig ins Freie.

Aber obwohl sie sehr wenig Zeit für sich hatte, schrieb

sie eines Abends doch einen kurzen Brief an ihre Schwester. Er lautete:

»Meine liebe Ursula! Da ich nicht möchte, daß Du Dir unnötige Sorge um mich machst, teile ich Dir mit, daß ich das Glück hatte, eine angenehme Stellung zu finden. Die Überfahrt nach New York habe ich allerdings als Stewardeß zurückgelegt, um das Reisegeld zu sparen. Dafür habe ich aber gleich an Bord eine kalifornische Familie, Mr. Lautham mit Frau und kleiner Tochter, kennengelernt, denen ich einige kleine Dienste leisten konnte. Das kleine Mädchen, ein reizendes und liebenswertes Kind, schloß sich mir sofort an, und Mrs. Lautham, ihre Mutter, die die Folgen einer Operation noch nicht überwunden hat, braucht in ihrem Haushalt, der sehr groß sein muß, eine tüchtige junge Kraft, die sie entlastet. Ich hoffe, dazu imstande zu sein. Also brauchst Du Dir meinetwegen keine Sorge mehr zu machen. Eine Adresse für Kalifornien kann ich Dir noch nicht angeben, denn die weiß ich selbst noch nicht genau. Ich hoffe, es geht Dir gut und Richard auch. Bitte, grüße ihn von mir, wenn er einen Gruß von mir annehmen will, und sage ihm meinen Dank dafür, daß er mir so lange ein ruhiges, trauliches Heim geboten hat. Ich war dessen nicht unwert. Ich bin mit all meiner schwesterlicher Liebe und Sorge bei Dir!

Deine Rosanna.«

Es verhielt sich wirklich so, daß Rosanna keine genaue Adresse angeben konnte, und fragen wollte sie nach einer solchen nicht. Auch war es ihr gar nicht unlieb, keine Adresse angeben zu können. Irgendwie, so dachte sie, konnte sonst Ralf Tiefenbach von ihrem Aufenthalt erfahren, und das wollte sie vermeiden, sie wußte nicht recht, warum. Ein gewisses Gefühl der Scham befiel sie, wenn sie an ihr Geständnis im Gerichtssaal dachte. Sie hatte immer noch große Angst, daß er glauben könne, sie habe aus Liebe für ihn so ausgesagt. Wie es zwischen ihm und Ursula stand, wußte sie nicht. Es konnte immerhin sein, daß die beiden noch in Verbindung waren und Ursula ihm ihren Aufenthaltsort verraten könnte. Vielleicht fühlte er sich dann doch bewogen, ihren Brief an ihn zu beantworten — und das wollte sie nicht. Sie mußte vollkommen aus seinem Leben verschwunden sein.

Und sie ahnte nicht, daß er ihr nach Hamburg gefolgt und dicht an ihr vorübergefahren war, so wenig sie wußte, daß gleich, nachdem sie den Dampfer verlassen hatte, ein Telegramm dort eingetroffen war an Fräulein Rosanna Marten, Stewardeß.

Dieses Telegramm konnte ihr nicht mehr ausgehändigt, auch nicht nachgeschickt werden, da man nicht wußte, in welchem Hotel sie Wohnung genommen hatte. So ließ der Kapitän es an die Adresse von Mr. Lautham nach Kalifornien weiter expedieren, die ihm bekannt war. Und so war Rosanna noch immer ahnungslos, daß Ralf Tiefenbach sich so intensiv mit ihr beschäftigte.

Die Tage in New York waren interessant. Wieder lebte sie in einer ganz anderen Welt, lernte Neues kennen und nahm an allem aufgeschlossenen Anteil.

Mit der kleinen Winnie verband sie ein festes Band. Dies half ihr besser als sonst etwas über ihre trüben Stimmungen hinweg, denn in Winnies Nähe konnte keine Trübsal aufkommen.

Mr. und Mrs. Lautham begegneten Rosanna in sehr liebenswürdiger Weise. Sie lernten sie täglich mehr schätzen und waren froh, sie gefunden zu haben. Ein wenig besorgt waren sie freilich wegen der alten Mary, das merkte Rosanna aus ihren Worten, aber sie selbst war nicht bange. Da sie die Herrschaft auf ihrer Seite wußte, konnte es, wie sie meinte, nicht schwer sein, mit der Alten fertig zu werden.

Mrs. Gladys Lautham hatte sich während der New Yorker Ruhetage gut erholt, ihr Gatte seine Geschäfte erledigt, und nun konnte man an die Weiterreise denken.

Diese wurde selbstverständlich per Eisenbahn fortgesetzt, und Rosanna lernte zum erstenmal wirklich kennen, was Staub war. Er drang durch die feinsten Ritzen, legte sich wie graue Spinnweben auf alles und machte das Atmen schwer. Zwar waren die Pullmanwagen mit allem nur erdenklichen Komfort und Bequemlichkeiten ausgestattet, aber dessen bedurfte man auch, um die tagelange Eisenbahnfahrt überstehen zu können.

Rosanna war ihrer neuen Herrin wegen in nicht geringer Sorge, denn eine solche Fahrt war schon für gesunde Menschen eine unerhörte Anstrengung, wieviel mehr für eine Kranke oder zum mindesten Leidende.

Am besten überstand Winnie die Reise. Nach Kinderart wurde sie kaum der Beschwerden gewahr, solange man sie beschäftigen konnte. Und das gelang Rosanna wunderbar. Immer neue, lustige Spiele wußte sie zu erfinden, immer amüsantere Aufgaben stellte sie ihrem Liebling, und wenn Winnie sie dann jauchzend umhalste, empfand sie ein reines, stilles Glück, daß sie diesem reizenden Kind so viel sein und seinen Eltern so gut helfen konnte.

Von der Ausdehnung des Landes bekam Rosanna jetzt erst den rechten Begriff. Was wußte sie von Amerika? Was man in der Schule lernt und auf der Landkarte sieht.

Jetzt flog sie mit dem Zug in rasender Fahrt tagelang durch die weiten Ländereien, von denen manche Strecken noch kaum von der Kultur erreicht schienen.

Als man endlich in das fruchtbare Kalifornien einfuhr, strahlten Rosannas Augen wie die ihrer Herrschaft, die nun bald ein Ende dieser Fahrt herankommen sahen. Zwischen wunderbaren Obstplantagen hindurch näherte man sich dem Meer, und als man in San Franzisko einlief, war Rosanna entzückt von allem, was sie sah.

Hier erwartete sie ein großer Tourenwagen und ein Transportauto für das Gepäck. Nun ging die Fahrt ohne langen Aufenthalt nördlich am Meeresstrand entlang, und dann bog das Auto nach vielen Stunden in eine paradiesisch schöne Gegend ein. Sie näherten sich jetzt den ausgedehnten Obstplantagen Mr. Lauthams, in denen zahlreiche Arbeiter bei der Ernte waren, die sich immer wieder erneuerte, als könne diese fruchtbare Erde nicht genug des Segens spenden.

Rosanna machte große Augen. So schön hatte sie sich das alles nicht gedacht. Schon unterwegs löschte man überall den Durst mit dem Genuß erlesener Früchte, und Rosanna mußte denken, was man wohl in Deutschland für diese bezahlen müßte. Endlich sahen sie auf einem Berg, der direkt aus der Ebene herauswuchs, eine Villa liegen. Winnie jauchzte auf, sie erkannte ihre Heimat. Und ihre Eltern atmeten ebenfalls auf, daß die beschwerliche Reise überstanden war. Rosanna aber konnte nicht genug bewundern, was sie sah. Das ganze Land glich einem Paradies.

Jetzt fuhr der Wagen den Berg hinan. Von dem Dach der Villa, die hell im Sonnenschein leuchtete, wehte die die heimkehrende Herrschaft begrüßende Hausflagge. Vor dem schönen Portal des Hauses standen eine Anzahl schwarze und weiße Diener und Dienerinnen — auch einige gelbe Chinesengesichter waren darunter, denn die chinesischen Bedienten waren in manchen Verrichtungen nicht zu übertreffen. Sie besorgten zum Beispiel die Wäsche und hatten auch Zimmerdienst.

In der Mitte dieser zahlreichen Dienerschaft stand eine alte Frau, ganz in Weiß gekleidet, die sich leicht auf einen Stock stützte und ihre Anweisungen anscheinend durch ein Heben und Strecken des Stockes unterstützte. Rosanna wußte sofort — das war Mary.

Ihr greisenhaftes Gesicht war wie eingetrocknet, und ihre schwarzen Augen funkelten lebhaft unter ihrem weißen, krausen Haar hervor. Sie humpelte, so schnell sie konnte, an den Wagen heran und fing Winnie in ihren Armen auf. Der Stock entfiel ihren zitternden Händen, und die dunklen Augen strahlten intensive Zärtlichkeit aus.

Rosanna wurde es in diesem ersten Moment klar — diese Mary hatte sie zu leicht eingeschätzt. Sie liebte ihre Herrschaft, und vor allem die Frau und das Kind, und würde auf jeden eifersüchtig sein, der ihr deren Liebe streitig machen wollte. Mr. und Mrs. Lautham begrüßten Mary zuerst, und diese berichtete wortreich und ein wenig ruhmredig, daß sie alles im Haus aufs beste geordnet habe, damit die Herrschaft und das »süße Baby«, als das ihr Winnie immer noch galt, es daheim recht behaglich haben sollten.

Winnie aber strebte sehr energisch aus der Umarmung der Alten und erklärte — ehrlich wie Kinder sind —, Mary habe schrecklich harte Arme und tue ihr damit weh.

So ließ diese sie denn los und begrüßte ihre Herrin.

Das Kind aber flüchtete an Rosannas Brust und flüsterte ihr zu: »Halt mich fest, ich will nicht wieder zu Mary, bei dir ist es schöner.«

Und sie wollte sich so recht behaglich an Rosanna anschmiegen. Da flüsterte diese, von Mitleid für die alte Mary erfüllt:

»Winnie — die arme Mary hat dich sehr, sehr lieb, und wenn du nicht gut zu ihr bist, tut ihr das viel weher als dir, wenn ihre Arme dich drücken. Geh, sei lieb und gut, und streichle sie, und sage ihr, daß du sie liebhast.«

»Aber ich habe sie doch nicht lieb, und du hast gesagt, man dürfe nicht lügen!«

Da saß Rosanna schon fest; aber es galt, einen Ausweg zu finden.

»Alte Leute wie Mary darf man nicht kränken. Du darfst sie nicht merken lassen, daß du sie nicht liebhast. Man kann doch auch zu Menschen lieb sein, denen man nicht gut ist. Bitte, tue es mir zu Gefallen, gehe zu Mary und streichle ihre Hand, mehr brauchst du ja nicht zu tun.« Winnie überlegte.

»Nun — weil du es wünschst, werde ich es tun, Rosanna, aber dann darf ich gleich wieder zu dir kommen?«

»Gut, damit will ich zufrieden sein.«

Inzwischen hatte Mrs. Gladys sich mit Mary beschäftigt. Sie erfaßte die beiden knochigen Hände der alten Dienerin.

»Meine gute Mary, hab' ich dich wieder! Wie freue ich mich. Wie geht es dir?«

»Gut, Mrs. Gladys, da ich Sie wiederhabe und das Baby. Wie haben Sie die Reise überstanden?«

»Oh, Mary, mir ist es schlecht ergangen, ich mußte operiert werden, und die Reise fiel mir darum schwer. Aber nun habe ich dich wieder, nun wirst du mich pflegen können, und damit ich dich viel für mich haben kann, habe ich meine deutsche Stütze mitgebracht. Sie soll dir im Haushalt helfen, soll sich um die viel zu wilde Winnie kümmern. Dann kannst du dich mir viel mehr widmen. Sollst ja auch ein wenig mehr Ruhe bekommen, gute Mary.«

So sagte die junge Herrin schonend und herzlich.

Aber aus Marys dunklen Augen flog sogleich ein feindlicher Blick zu Rosanna hinüber.

»Oh, wozu — ich brauche keine Hilfe, kann alles allein tun«, sagte sie, hastig abwehrend.

Rosanna hörte die Angst aus der zitterigen Stimme heraus, daß Mary überflüssig werden könne, und trat, Winnie sanft vor sich herschiebend, heran.

»Sie werden mir erlauben, Miß Mary, Ihnen ein wenig zu helfen, es soll trotzdem alles nach Ihrem Willen und Ihren Anordnungen geschehen. Ich werde mich Ihnen ganz fügen. Lassen Sie mich nur alle schweren Arbeit tun, für die mein Können ausreicht.«

Mißtrauisch fuhren die dunklen Augen der Alten über Rosannas Gesicht und Gestalt.

»Sie sind noch sehr jung!«

»Ja, und sehr unerfahren, Miß Mary. Sie werden wohl viel Geduld mit mir haben müssen. Nie werde ich das leisten können, was Sie so lange Jahre geleistet haben und wovon Mrs. Lautham mir erzählt hat. Aber ich will alle Ihre Weisungen befolgen.«

Mrs. Lautham atmete auf, als sie sah, daß der Zorn und das Mißtrauen aus Marys Augen verschwanden. Sie nickte Rosanna verstohlen zu, als wollte sie sagen: Sie haben Ihre Sache gut gemacht.

Und nun folgte Winnie einem sanften Druck von Rosannas Hand.

»Mary, ich will dich streicheln«, rief sie energisch und zu allem bereit.

Da strahlten Marys Augen stolz und glücklich auf.

»Mein süßes Baby, willst du Mary streicheln?«

»Ja, aber drücke mich nicht wieder so sehr mit deinen harten Armen, ich will sie schon lieber streicheln.«

Und sie strich mit ihrem weichen Kinderhändchen ziemlich energisch, als wolle sie schnell damit fertig sein, über Marys entblößten, knochigen Arm. Diese hielt beseligt still, und wieder überkam Rosanna ein tiefes Erbarmen mit ihr. Es kam ihr zum Bewußtsein, daß es das Los alter Dienstboten sei, nur noch mitleidig geduldet zu werden. Vielleicht war das eines Tages auch ihr Schicksal. Denn was blieb ihr anderes als Dienstbarkeit und Abhängigkeit? Und sie würde sich noch glücklich schätzen müssen, würde man ihr dann so schonend wie der alten Mary begreiflich machen, daß sie nicht mehr zu gebrauchen und für das Gnadenbrot reif sei. Glücklich preisen mußte sie sich noch, dann eine so gute Herrschaft zu haben wie jetzt.

Das Herz wurde ihr schwer, und ein sehnsüchtiger Gedanke flog weit über Land und Meer — zu Ralf Tiefenbach hin, dem ihr Herz gehörte und für alle Zeit gehören würde.

Sie hatte aber jetzt keine Zeit, sich ihrem Schmerz hinzugeben, man betrat nun die große, weite und köstlich kühle Halle des Hauses. Flink und doch gemächlich schwirrten die farbigen und weißen Dienstboten umher. Sie kamen prompt den Befehlen ihrer Herrschaft nach, und Winnie plauderte mit einigen von ihnen, die sie besonders gut kannte, teilte ihnen mit, sie habe jetzt eine liebe Rosanna, die wunderschöne Geschichten und Märchen erzählen könne und die ganz weiche, weiße Hände habe. Auch von den Reiseeindrücken berichtete sie lebhaft.

Ihre Mutter zog sich mit Mary in ihre Zimmer zurück, nachdem sie Rosanna verständnisvoll zugenickt hatte. Sie hatte Befehl gegeben, Rosanna ein Zimmer anzuweisen, das dicht neben dem Schlafzimmer Winnies lag.

»Bitte, kümmern sie sich um Winnie, Rosanna«, sagte sie, ehe sie die breite, weiße Treppe hinaufstieg. Rosanna verneigte sich und nahm Winnie an der Hand. Sie wurde nach ihrem Zimmer geführt und atmete auf, als sie den hellen, freundlichen und ziemlich großen Raum betrat, aus dessen Fenstern sie auf das Meer hinausschauen konnte, über weite Obstplantagen hinweg.

Vorläufig kümmerte sie sich aber erst einmal um Winnie, die nicht von ihrer Seite wich.

»Zunächst mußt du ein Bad nehmen, Winnie, und frische Kleider anziehen. Dann kommst du mit in mein Zimmer und hilfst mir tüchtig beim Auspacken.«

Winnie war immer vergnügt, wenn es irgend etwas zu tun gab, was ihr Freude machte. Und alles Neue macht Kindern Freude, das wußte Rosanna sehr wohl.

Und vergnügt ließ sich Winnie in ihrer kleinen Badewanne abplantschen und danach mit dem großen weichen Frottiertuch abreiben, wobei man »Eisbär« spielte, was sehr vergnüglich war. Wenn Mary gesehen hätte, wie wohlig Winnie sich in Rosannas Arme schmiegte, sie hätte im geheimen vor Wut geschäumt.

Aber Mary war jetzt vollauf beschäftigt, ihre junge Herrin zu pflegen und mit ihr zu schwatzen. Mrs. Lautham fand gute, kluge Worte, um der Alten den Stachel der Eifersucht auf Rosanna aus dem Herzen zu nehmen. »Siehst du, Mary, es war notwendig, daß ich die junge Deutsche mitbrachte, denn sie hat mir auf der Heimreise gute Dienste geleistet. Und Winnie wird immer wilder und lebhafter, und du kannst das nicht alles über dich ergehen lassen. Auch soll das Kind deutsch sprechen lernen. Ich brauche dich auch viel zu notwendig für mich. Und Rosanna wird sich dir willig unterordnen.«

Mrs. Lautham wußte sehr wohl, daß Rosanna immer taktvoll den Anschein bei Mary erwecken würde, als sei diese unentbehrlich und als könne sie viel von ihr lernen. Daß Rosanna trotzdem bald die Zügel des Hauswesens in den Händen haben würde, dafür kannte Mrs. Lautham sie schon gut genug. Mary brauchte das ja gar nicht zu merken. Rosanna würde das schon so einrichten. Und wenn sie ersterer die Überzeugung beibrachte, daß sie von ihr wegen ihres leidenden Zustandes besonders viel gebraucht würde, hatte man es in der Hand, der Alten zu etwas mehr Ruhe zu verhelfen. Sie war in den Monaten ihrer Abwesenheit noch viel hinfälliger geworden und konnte Schonung gebrauchen.

So schien sich vorläufig alles gut anzulassen.

Rosanna war nicht nur bei ihrer Herrschaft und bei Winnie beliebt, sondern bald auch bei der gesamten Dienerschaft. Es kam ihr selbstverständlich sehr zugute, daß sie der englischen Sprache vollkommen mächtig war. Und noch etwas half ihr wesentlich, hier im Haus festen Fuß zu fassen — das war, daß alle männlichen Dienstboten, ob schwarz, weiß oder gelb, für Rosanna durchs Feuer gegangen wären, daß aber Rosanna, zur Befriedigung der weiblichen Dienstboten, sich mit einer liebenswürdigen, aber sehr deutlichen Reserve ihnen gegenüber verhielt. Sie bog mit einem liebenswürdigen Scherz alle Spitzen ab, machte sich dadurch die sanft Zurückgewiesenen nicht zu Feinden und erweckte bei dem weiblichen Personal keine Eifersucht. Daß unter ihrem Regiment im Haushalt alles glatter und reibungsloser verlief als unter dem Marys, wurde allen sehr bald klar, aber sagte man Rosanna darüber etwas Schmeichelndes, dann erwiderte sie: »Mary ist früher, als sie noch jung und schaffenskräftig war, ganz bestimmt noch viel tüchtiger gewesen als ich, und wir wollen nicht vergessen, daß wir eines Tages, wenn wir alt und schwach geworden sind, gleichfalls Nachsicht nötig haben werden. Auf keinen Fall wollen wir Mary kränken, es wäre nicht kameradschaftlich von uns. Und gerade weil sie fühlt, nicht mehr so leistungsfähig zu sein wie früher, wird sie zuweilen unsicher und nervös. Wir wollen sie das nicht merken lassen, sondern, was an uns ist, alles aufbieten, damit ihr Alter nicht unnötig verbittert wird. Wenn auch wir eines Tages nicht mehr so viel schaffen können wie früher, werden auch wir dann Nachsicht finden.«

In der Halle war es gewesen, wo Rosanna diese Worte an die darin versammelten Dienstboten gerichtet hatte.

Aber nicht nur an deren Ohren waren sie gedrungen, sondern auch an das Mr. Lauthams, der, von niemandem bemerkt, oben auf der Treppe gestanden hatte.

Später äußerte er — ihr diese Szene schildernd — seiner Frau gegenüber:

»Miß Rosanna ist eine Perle, Gladys, wir können uns glücklich schätzen, sie gefunden zu haben. Es ist erstaunlich, mit welchem Verständnis sie Mary zu behandeln weiß. Und die gesamte Dienerschaft hängt an ihr — wie unsere Winnie.«

Seine Gattin lächelte ihm zu. Wirklich — sie war froh darüber, daß alles im Haus jetzt seinen ruhigen Gang ging. Es gab nicht mehr in einem fort Reibereien. Mary begann sogar, sich an Rosanna zu gewöhnen, und mußte, wenn auch ein wenig widerwillig, eingestehen, daß diese »wirklich alles genau nach ihren Vorschriften mache«.

Das war wirklich das höchste Lob, das sie, ihrer Wesensart entsprechend, spenden wollte und konnte.

Da Rosanna es zu vermeiden wußte, sich bei zärtlichen Szenen mit Winnie von Mary überraschen zu lassen, so schoß deren Eifersucht auf das Kind auch nicht weiter ins Kraut.

Alles in allem fühlte Rosanna sich im Hause Lautham so wohl, wie das nach dem vielen Schweren, das hinter ihr lag, überhaupt möglich war. Schlimm waren nur die späten Abendstunden, wenn Winnie zu Bett gebracht war und ihr liebes Geplauder sie nicht mehr von ihrem Kummer ablenkte, wenn alle Arbeit getan und sie noch nicht müde genug war, um sofort in Schlummer zu versinken. Sie empfand dann nicht nur eine brennendheiße Sehnsucht nach Ralf Tiefenbach, sondern auch nach der immer noch geliebten Schwester.

Sie sorgte sich um Ursula, sagte sich, eines Tages müßte deren Gatte merken, daß sie es mit der Treue nicht allzu genau nahm. Was sollte dann aus Ursula werden? Sie war doch absolut nicht fähig, für sich selbst zu sorgen, war verwöhnt und anspruchsvoll. Wer sollte dann all ihre Wünsche an das Leben erfüllen? Und wenn Richard von ihrer Treulosigkeit erfuhr, würde er dann nicht den Mann, der ihm die Frau genommen, zur Rechenschaft ziehen? Und wenn dieser Mann dann Ralf Tiefenbach hieß? Aber war es möglich, daß nach allem Geschehenen immer noch eine Verbindung zwischen den beiden bestand? Konnte Ralf Tiefenbach sich nach wie vor zu einer Frau hingezogen fühlen, die ihn in eine so schlimme Lage gebracht und nichts getan hatte, ihn daraus zu befreien?

Bei diesem Gedanken warf Rosanna sich ruhelos auf ihrem Lager hin und her und flehte den Himmel an, das nicht zuzulassen.

Sie war viel zu ehrlich gegen sich, um sich nicht zu gestehen, daß dieser Gedanke eine brennende Eifersucht in ihr wachrief. Sie liebte Ralf Tiefenbach so mit ganzer Seele, daß sie ihn keiner anderen Frau gönnte.

Unsäglich hatte es sie geschmerzt, mit ansehen zu müssen, wie er der Schwester mehr und mehr verfiel. Nichts sehnlicher hatte sie gewünscht, als ihn zurückzuhalten von dem, was ihn früher oder später ins Verderben stürzen mußte – ach, und sie hatte doch nicht gewußt wie!

Und dann das andere; jene Stunde im Gerichtssaal, als sie, um ihn zu retten, jenes schreckliche Bekenntnis abgelegt hatte, daß sie...

Nein, nicht mehr daran denken! Es schmerzte allzusehr!

Sie fragte sich, heimlich erschauernd, manches Mal, was ihre junge Herrin wohl sagen würde, wüßte sie um das, was sie getan.

Wie gütigen und freundlichen Wesens Mrs. Lautham auch sein mochte, dennoch war sie eine Frau von sehr strengen Grundsätzen. Sie würde gleich vielen anderen nicht an ihre Unschuld glauben wollen. Denn wie konnte sonst eine Frau, konnte ein Mädchen dergleichen eingestehen? Und niemand würde die wahren Beweggründe verstehen oder gar billigen.

Solche grüblerischen Stunden quälten Rosanna sehr, und sie war froh, wenn sie dann wieder vor Arbeit nicht wußte, wie sie fertig werden sollte.

Und dann geschah etwas, das sie aufrüttelte aus der mühsam erzwungenen Ruhe.

Eines Tages kam Mr. Lautham aus seinen großen Konservenfabriken nach Hause und ließ sie in sein Arbeitszimmer rufen. Als sie bei ihm eintrat, nickte er ihr wie immer freundlich zu.

»Miß Rosanna, es ist etwas sehr Unangenehmes geschehen. Ich habe heute in beiseite gelegten Postsachen die als unwichtig und nicht eilig von meinem Prokuristen bezeichnet wurden, ein Telegramm gefunden, das an Sie gerichtet war — es war nach dem Dampfer adressiert, mit dem wir von Hamburg abgefahren sind, und sollte wohl, als wir in New York landeten, an Sie abgeliefert werden. Der Kapitän wußte nicht, in welchem Hotel in New York wir absteigen würden, und so hat er wohl Anweisung gegeben, das Telegramm mit einigen Briefschaften an mich an meine hiesige Adresse zu schicken, da er ja wußte, daß wir Sie angestellt hatten. Hier ist das Telegramm — hoffentlich macht es nicht allzuviel aus, daß es so spät an Sie abgeliefert wird. Ich muß um Entschuldigung bitten.«

Rosanna war leise zusammengezuckt. Ein Telegramm an sie? Ihre Augen blickten auf die Adresse. Rosanna Marten, Stewardeß. Und der Name des Dampfers — nichts weiter. Von wem kam dieses Telegramm? Wer wußte, daß sie die Reise nach Amerika angetreten hatte, und zwar als Stewardeß? Die Schwester bestimmt nicht, die wußte damals noch nicht, wohin sie sich gewendet hatte.

»Es wird nichts Besonderes damit auf sich haben, Mr. Lautham; ich denke, es kommt von meiner Schwester.«

»Jedenfalls bitte ich um Entschuldigung — ich habe wirklich keine Ahnung gehabt, daß sich das Telegramm unter den Briefen befand.«

»Es ist keine Entschuldigung nötig, Mr. Lautham. Haben sie sonst noch Befehle für mich?«

»Nein, nein — gehen Sie nur, und lesen Sie Ihre eilige Nachricht, die so lange gebraucht hat, Sie zu erreichen.«

Rosanna zwang ein Lächeln um ihren Mund und ging. Sie lief wie gejagt auf ihr Zimmer und schloß sich ein. Irgendeine unbestimmte Ahnung sagte ihr, dieses Telegramm könne nur etwas Unangenehmes für sie enthalten.

Mit zitternden Händen riß sie es auf — sah nach der Unterschrift und las den Namen, der am tiefsten in ihr Herz gegraben war. Das Telegramm lautete:

»Bitte dringend um Adressenangabe, um Irrtum klarzustellen. Tiefenbach.«

Ihre Wangen begannen zu brennen. Was sollte das heißen? Welchen Irrtum wollte er klarstellen? Und warum verlangte er so dringend ihre Adresse? wodurch hatte er in Erfahrung gebracht, daß sie sich als Stewardeß an Bord jenes Dampfers befand? Und was hatte er ihr so Wichtiges zu melden, daß er ihr ein immerhin kostspieliges Telegramm senden mußte?

Aber gleichviel; was hatte er ihr überhaupt zu sagen? War das mit dem Irrtum nur ein Vorwand? Handelte es sich um etwas Schwerwiegendes, wobei sie vielleicht helfen sollte? War etwas mit Ursula geschehen? Um Gottes willen — hatte Richard in Erfahrung gebracht, in welchen Beziehungen Tiefenbach zu jener gestanden hatte?

Im ersten Moment hatte sie sich gesagt, sie würde diese Depesche nicht beantworten — er sollte und durfte auf keinen Fall erfahren, wo sie war. Aber wenn ihm oder Ursula Gefahr drohte? Und so lange war dieses Telegramm schon unterwegs! Was hatte sich inzwischen begeben?

Sie durfte jetzt keine Rücksicht auf sich selber nehmen — irgend etwas lag vor, was Ralf Tiefenbach veranlaßt hatte, unter allen Umständen Nachforschungen über ihren Verbleib anzustellen. Aber was war geschehen — was?

Sie saß ganz verstört da und überlegte, was sie tun sollte, tun müsse. Und immer mehr nahm die Gewißheit zu, daß es sich nur um etwas ihn und Ursula Betreffendes handeln könne. Sie mußte Hilfe bringen, wenn es irgend möglich war, und durfte nicht mehr geheimnisvoll ihre Adresse verschweigen. Was lag auch an ihr? Was lag daran, daß er erfuhr, wohin sie gegangen war! Die halbe Welt lag zwischen ihnen, sie würde ihn nie wiedersehen, brauchte nie mehr in seine Augen zu blicken, die sie so forschend und fragend angesehen hatten. Wenn sie helfen konnte, sollte es geschehen – wenn sie überhaupt von hier aus helfen konnte!

Und – sie mußte depeschieren. Ein Brief würde viel zu lange brauchen, er mußte ihr auch gleich wieder kabeln, was mit Ursula war, ob sie sich in Gefahr befände, oder was sonst geschehen sein mochte.

Sie sprang auf, überlegte eine Weile, notierte, was sie kabeln wollte, und begab sich wieder in das Arbeitszimmer des Hausherrn. Auf ihr Klopfen rief er zum Eintritt. Sie folgte schnell seinem Ruf.

»Verzeihung, wenn ich Sie störe, Mr. Lautham, aber ich muß sofort auf das Telegramm, das Sie mir gaben, eine Kabelantwort senden. Darf ich Sie bemühen, mir diese besorgen zu lassen; ich weiß nicht, wie das von hier aus geschehen kann.«

»Gewiß, Miß Rosanna, sofort gebe ich sie telephonisch auf. Sie haben doch keinen Verdruß durch die Verzögerung?«

»Ich weiß überhaupt nicht, um was es sich handelt, vermute aber, daß einem meiner Verwandten irgend etwas zugestoßen ist. Man verlangt meine Adresse. Weiter weiß ich selbst noch nichts; ich habe nur um sofortige telegraphische Benachrichtigung gebeten. Darf ich Sie also bemühen?«

Sie reichte ihm das aufgesetzte Telegramm. Er sah darauf nieder und las als Text der Depesche Rosannas Adresse und die Worte: »Bitte Drahtantwort, wenn Schwester etwas geschah.«

Er nahm das Telegramm und sagte dann: »Die Kosten werde ich tragen, Miß Rosanna, das betrachte ich als selbstverständlich. Sie werden sicherlich gute Nachricht bekommen. Sie sehen ja so blaß aus, als seien Sie sehr erschrocken.«

Sie zwang sich zu einem Lächeln.

»Wenn man so weit von den Seinen entfernt ist, wird man leicht unruhig. Aber ich will hoffen, daß ich mich umsonst geängstigt habe.«

Rosanna nahm sich zusammen und arbeitete konzentriert weiter.

Eine halbe Stunde später ging man zu Tisch. Rosanna hatte gleich von Anfang an zusammen mit den Herrschaften ihre Mahlzeiten eingenommen, wiewohl das einen Eifersuchtsausbruch Marys zur Folge gehabt hatte. Aber man hatte ihr klargemacht, daß Winnie bei Tisch einer fortwährenden Beaufsichtigung bedürfe und ihre Mutter zu schwach sei, um das lebhafte Kind zu betreuen. Deshalb müsse Rosanna mit an der Tafel von ihr lernen. Mary hatte sich, wenn auch widerwillig, gefügt, und so war es dabei geblieben, daß Rosanna auch fernerhin mit den Herrschaften speiste.

Ganz von selbst verschaffte ihr das ein gewisses Übergewicht der gesamten sonstigen Dienerschaft gegenüber.

8

Nachdem Ralf Tiefenbach das Telegramm an Rosanna aufgegeben hatte, wartete er mit Ungeduld auf eine Antwort.

Immer wieder legte er sich die Frage vor, wie sie dazu gekommen sein mochte, eine Anstellung als Stewardeß anzunehmen.

Da eine Antwort ausblieb, reiste er erneut nach Hamburg, sobald er erfahren hatte, wann die »Germania« dort wieder eintreffen würde.

Er hoffte bestimmt, Rosanna mit dieser zurückkommen zu sehen.

An einem Sonnabendabend legte der Dampfer am Hamburger Pier an. Ralf wartete längst schon an der Anlegestelle. Sobald er das Schiff betreten durfte, eilte er an Bord und erkundigte sich nach der Stewardeß Rose Marten, mußte aber zu seiner Enttäuschung erfahren, daß sie sich nicht unter dem Personal befinde. Sie sei nur aushilfsweise für eine einzige Reise eingestellt gewesen.

Zufälligerweise kam gerade die Stewardeß, für die Rosanna eingesprungen war, herbei. Als sie das enttäuschte Gesicht des jungen Herrn sah, trat sie an ihn heran und berichtete ihm, daß die Gesuchte gleich vom Dampfer aus mit einer kalifornischen Familie weitergereist sei.

Erregt fragte Ralf, ob Rosanna sein Telegramm erhalten habe; aber darüber wußte niemand etwas zu sagen.

Sehr niedergeschlagen kehrte Tiefenbach nach Berlin zurück.

Wäre er dazu imstande gewesen, so wäre er Rosanna unverzüglich nachgereist. Aber wo sollte er sie suchen? Nicht einmal den Namen der Herrschaften, die sie angestellt hatten, kannte er.

Weil ihm keinerlei Wahl blieb, auf andere Weise etwas über Rosannas Verbleib zu erfahren, entschloß er sich, in der Nähe der Frankensteinschen Wohnung einem der Dienstmädchen aufzulauern. Vielleicht wußten die darüber Bescheid, ob Rosanna der Schwester irgendeine Nachricht habe zukommen lassen. Zweimal wartete er vergeblich. Aber am dritten Tage hatte er Glück und traf die Dienerin, die ihm schon einmal Auskunft gegeben hatte.

Sie begrüßte ihn sehr freundlich und war gern bereit, ein Schwätzchen mit ihm zu machen. Ralf lag es sonst gar nicht, Dienstboten in Angelegenheit ihrer Herrschaft auszuforschen, allein der Zweck heiligt die Mittel. Das Mädchen begann auf der Stelle selbst das Gespräch:

»Herr Doktor lassen sich aber gar nicht mehr bei unserer Herrschaft sehen«, sagte sie ein wenig vorwurfsvoll, denn sie gedachte der ihr entgangenen Trinkgelder.

Er wurde ein wenig verlegen, sagte aber dann:

»Es hat eine kleine Meinungsverschiedenheit zwischen uns gegeben.«

Das Mädchen überlegte, daß ihre Herrschaft dem Doktor vielleicht gar nachtrüge, daß er in Untersuchungshaft gesessen habe. Sie fand das auf jeden Fall ungerecht, da der arme Herr Doktor doch nichts dafür gekonnt hatte und seine Unschuld einwandfrei bewiesen worden war. Aber die reichen Leute sind eben in solchen Dingen komisch! Sie wollte dafür jedenfalls um so netter zu dem Herrn Doktor sein.

»Ach, ich verstehe, Herr Doktor! Na, daraus machen Sie sich man nichts, Sie trifft sicher keine Schuld. Mir tut es nur sehr leid, daß Herr Doktor nicht mehr kommen, es ist jetzt gar nicht mehr so nett bei den Gesellschaften, und es gibt auch sehr selten welche. Herr Frankenstein ist sehr viel auf Reisen, und gnädige Frau war auch im Seebad, mit einer Freundin, mit der sie ja auch immer zu den Tanztees geht. Manchmal kommen ein paar Herren mit, zum Tee oder zu einem kleinen Abendessen, aber sonst ist nicht viel los. Und Fräulein Rosanna fehlt uns auch, die gönnte einem doch mal ein freundliches Wort.«

Da war er also dort, wohin er kommen wollte.

»So – Fräulein Marten ist noch nicht wieder zurück?«

Energisch schüttelte das Mädchen den Kopf.

»Die kommt auch nicht wieder. Wissen Sie, Herr Doktor, es wird ja soviel geredet. Na, mich geht's nichts an, aber die gnädige Frau, die tut immer so, als habe sie Fräulein Rosanna verstoßen müssen. Ich weiß nicht – eigentlich sollte ich es Ihnen ja nicht sagen, weil es doch wohl Ihretwegen gewesen ist, weil Fräulein Rosanna das vor Gericht gesagt hat. Deshalb ist sie wohl auch fort. Aber, ich lasse mir die Hand abhacken – es steckt was anderes dahinter, unser Fräulein Rosanna, die hat ganz bestimmt nichts Unrechtes getan. Na – Sie werden es am besten wissen, Herr Doktor.«

Er wurde ganz blaß.

»Ja, ich weiß es besser als irgend sonst jemand, daß Fräulein Marten sich nur aufgeopfert hat für – nun –, das ist ja einerlei. Aber ganz gewiß ruht auf ihr nicht der geringste Makel, sie ist ganz unschuldig dazu gekommen. Wo ist denn das gnädige Fräulein jetzt?«

Sie zuckte die Achseln.

»Keine Ahnung, man hört und sieht nichts von ihr.«

»Ist Frau Frankenstein darüber nicht sehr besorgt und unruhig?«

Mit einem ziemlich verächtlichen Achselzucken sagte sie dann:

»Ach, die!«

Ralf hörte aus dem Ausruf des Mädchens sehr wohl eine gewisse Geringschätzung heraus, und es war ihm sehr peinlich, sich mit ihr unterhalten zu müssen, aber für ihn galt es jetzt nur, Rosannas Aufenthalt zu ermitteln, um jeden Preis – also auch um diesen.

So sagte er, so ruhig er konnte:

»Also, ich will Ihnen ganz offen gestehen, daß mir sehr viel daran liegt, den Aufenthalt von Fräulein Marten zu ermitteln. Ich – ja, ich habe ein Unecht an ihr gutzumachen. Und Frau Frankenstein wird mir die Adresse ihrer Schwester nicht geben, ganz bestimmt nicht. Ich muß sie aber um jeden Preis erfahren. Und ich weiß nicht, wie ich das möglich machen soll. Würden Sie mir dazu verhelfen?«

»Aber gern! Wenn ich bloß wüßte, wie?«

»Nun, vielleicht schreibt Fräulein Marten einmal an ihre Schwester, und ebenso wahrscheinlich ist es dann, daß Frau Frankenstein ihr antworten wird. Vermutlich werden Sie dann den Brief zur Post tragen müssen, und dann haben Sie ja nur nötig, sich die Adresse zu merken und sie aufzuschreiben. Alsdann teilen Sie sie mir telephonisch mit. Hier haben Sie im voraus zehn Mark für Ihre Bemühungen, und das Doppelte erhalten Sie, wenn sie mir das, worum ich Sie bitte, verschaffen können.«

Sie nickte begeistert.

»Wird gemacht, Herr Doktor, wird gemacht, wenn ich irgendwas rausbringen kann.«

Er gab ihr seine Telephonnummer, und sie verabredeten noch verschiedene Einzelheiten. Dann verabschiedete er sich.

So ein feiner, netter Mann — dachte sie, dem muß man doch helfen, und dann noch das Trinkgeld! Ich will schon spionieren, damit ich erfahre, wohin Fräulein Rosanna sich gewandt hat.

Damit ging sie weiter.

Ralf sagte sich, das sei die einzige leidlich sichere Art, Rosannas Adresse zu erfahren. Aber er mußte Geduld haben, und das fiel ihm unendlich schwer.

Einige Tage vergingen. Dann wurde er von dem Mädchen der Frau Frankenstein angerufen. Dieses teilte ihm mit, es sei ein Brief von Fräulein Marten angekommen, aber eine Adresse habe nicht auf der Rückseite gestanden. Das wollte sie ihm vorläufig melden, und daß der Brief in New York abgestempelt sei. Sie wolle nun versuchen, zu erfahren, ob in dem Brief etwas für ihn Wissenswertes stünde.

Ralf bat um weitere Nachricht, denn mit dem ihm eben Mitgeteilten konnte er ja nicht viel anfangen, da er ja längst wußte, daß Rosanna nach Amerika gegangen war.

Nach zwei Tagen klingelte das Mädchen wieder an.

»Herr Doktor, kann ich Sie irgendwo treffen? Ich habe den Brief aus dem Papierkorb herausgefischt, er ist nur einmal durchgerissen.«

Ralf stieg vor freudiger Erregung das Blut ins Gesicht. Er dachte nur einen kurzen Moment daran, daß er ein Briefgeheimnis verletzen müsse. Aber er hätte noch Schlimmeres getan, um Rosannas Spur zu finden.

»Wann haben Sie Zeit?« fragte er.

»Heute abend, von acht Uhr an.«

»Gut — ich komme an dieselbe Stelle, wo wir uns neulich trafen.«

»Ist recht, Herr Doktor, punkt acht Uhr bin ich da.«

»Vielen herzlichen Dank!«

Die Zeit wurde Ralf sehr lang, bis er endlich aufbrechen konnte, um das Mädchen zu treffen. Er war schon sehr früh an der bewußten Ecke. Endlich kam das Mädchen heute im Ausgehestaat, ganz damenhaft angezogen, so daß er sie erst erkannte, als sie dicht vor ihm stand.

»Guten Abend, Herr Doktor!«

»Guten Abend, Mädchen. Also Sie bringen mir wirklich den Brief?«

»Jawohl, die gnädige Frau hat ihn in den Papierkorb geworfen, und zum Glück war er nur einmal durchgerissen. Aber eine genaue Adresse ist leider nicht vorhanden, das muß ich Ihnen gleich sagen. Ich denke aber, wir werden auch die noch erfahren, wenn das Fräulein Rosanna das nächste Mal schreibt.«

Sie kramte den Brief aus ihrer Handtasche hervor und reichte ihn Ralf. Er griff begierig danach und steckte ihn zu sich.

»Ich danke Ihnen sehr, liebes Fräulein, und hier sind wieder zehn Mark. Wenn Sie die Adresse haben, bekommen Sie die letzte Rate.«

»Aber Sie dürfen auf keinen Fall der gnädigen Frau verraten, daß ich Ihnen den Brief gebracht habe, Herr Doktor, es könnte mich meine Stellung kosten, und jetzt ist man froh, wenn man sicher sitzt.«

»Keine Sorge – ich verrate meine Bundesgenossin gewiß nicht.«

»Dann also gute Nacht, Herr Doktor, und sobald wieder ein Brief vom gnädigen Fräulein kommt, spitze ich darauf wie ein Luchs.«

»Und Sie tun damit ganz bestimmt ein gutes Werk, darauf gebe ich Ihnen mein Wort.«

»Das ist mir selbstverständlich sehr lieb.«

Ralf beherrschte sich, bis er zu Hause war, ehe er den Brief aus seiner Brusttasche hervorzog und durchlas. Er war glücklich, etwas zu besitzen, was Rosannas Hände berührt hatten. Wohl war keine Adresse in dem Schreiben angegeben, aber wenigstens der Name des Mannes, in dessen Haus Rosanna Aufnahme gefunden hatte. Ein Mr. Lautham mußte doch in Kalifornien aufzufinden sein. Schlimmstenfalles setzte er einen Detektiv auf ihre Spur.

Erst wollte er noch einige Zeit warten. Rosanna würde ihrer Schwester gelegentlich schon ihre Adresse angeben, und das Mädchen hatte vielleicht wieder Gelegenheit, irgend etwas in die Hand zu bekommen.

So wartete er, ungeduldig die Tage zählend, bis er endlich Weiteres hören würde.

Er ahnte nicht, daß gerade in dieser Zeit sein Telegramm in Rosannas Hände gelangt war.

Hundertmal hatte er sich die Frage vorgelegt, ob sie es nicht erhalten habe oder ob sie nicht habe antworten wollen.

Da er durch Ursula erfahren hatte, daß Rosanna ihn liebe und nur aus Liebe zu ihm sich habe opfern wollen, quälte es ihn unbeschreiblich, daß er nichts von ihr hörte.

Schon wollte er alle Hoffnungen begraben, als das von Mr. Lautham in Rosannas Namen aufgegebene Telegramm ihn erreichte.

Er gebärdete sich vor Freude darüber wie jeder Liebende, der nach langem, vergeblichem Warten endlich Nachricht von der Frau seines Herzens erhält. Es machte ihm nichts aus, daß er aus ihren Worten vor allem die Angst und Sorge um die Schwester ersah, daß er überhaupt merkte, daß sie nur derentwegen geantwortet hatte. Vermutlich hatte sie seine Nachricht sehr verspätet erhalten, und er konnte es sich gut erklären, daß man sie ihr nachgeschickt hatte und sie wahrscheinlich irgendwo hängengeblieben war.

Er kabelte, um sie zu beruhigen, sofort zurück: »Sorge unnötig — alles gut — Brief folgt — heißen Dank — Tiefenbach.«

Und dann machte er sich sogleich daran, Rosanna alles zu offenbaren, was er auf dem Herzen hatte. Leider würde auch diese Nachricht Wochen brauchen, um in ihre Hände zu gelangen, aber es gab doch, gottlob, wieder einen Weg zwischen ihnen. Am liebsten wäre er gleich nach Kalifornien gereist, aber das war im Augenblick für ihn unmöglich. Seine Erfindung beschäftigte die Werke jetzt sehr eingehend. Er hatte alle Probeversuche persönlich zu überwachen. So war für den Augenblick an einen längeren Urlaub nicht zu denken.

9

Rosanna hatte voller Unruhe gewartet, ob Antwort auf ihr Telegramm käme. Schwerer als sonst fiel es ihr, alle Arbeiten zu erledigen und zudem für Winnie Zeit zu finden.

Eines Tages fragte sie Mrs. Lautham, ob es sie interessieren würde, die Plantagen zu besichtigen. Ihr selber mache es Vergnügen, bei solcher Gelegenheit Früchte für den eigenen Bedarf selber zu ernten. Und auch Winnie war hierfür stets zu haben.

Rosanna sagte ihr, es würde ihr große Freude machen, und so fuhr sie eines Vormittags mit ihrer Herrin und Winnie im Auto davon, von den eifersüchtigen Blicken Marys verfolgt.

In tiefen Zügen atmete Rosanna die balsamische Luft ein, die vom Meer herüberwehte. Es war ein wundervoller Tag, nicht so heiß wie sonst, und doch klar und sonnig.

Die Fahrt im Auto zur Plantage dauerte nur eine halbe Stunde, denn man suchte selbstverständlich die zunächst gelegene auf.

Auf dieser ging es zu wie in einem Bienenschwarm. Unzählige Leute pflückten mit größter Sorgfalt herrliche Früchte aller Art, und diese wurden auf der Stelle sorgsam in weiches Seidenpapier gebettet und so gelegt, daß sie sich nicht berührten. Dann wurden sie mit Lastautos gleich in die Konservenfabrik gebracht, wo sie nicht minder sorgfältig behandelt wurden, damit keine einzige verdarb.

Die Lauthamschen Fruchtkonserven waren in der ganzen Welt beliebt und wurden überallhin versandt.

Rosanna staunte über die Mengen der Früchte, die an allen Bäumen hingen, und vermochte einen derartigen Segen kaum zu fassen.

Winnie wollte, einem kleinen Berserker gleich, sich auf alles stürzen, was sie sah, aber Rosanna hielt sie fest und suchte ihr klarzumachen, eine wie große Arbeit der liebe Gott, die Erde und die Sonne gehabt hätten, ehe diese Früchte zur Reife gekommen wären, und darum dürfe man nicht wie wild darüber herfallen.

Diesen Worten lauschte auch Mrs. Gladys und sagte mit freundlichem Lächeln:

»Sie machen uns auf etwas aufmerksam, das wir über den uns zufallenden Segen fast vergessen haben. Nicht nur der liebe Gott, Erde und Sonne müssen viel dazu tun, die Früchte zur Reife zu bringen, sondern auch die Arbeiter in den Plantagen müssen das Ihre tun. Und dann die Arbeiten in der Fabrik. Oh, Sie müssen auch einmal einen Blick in den Betrieb werfen. Es ist wirklich sehenswert, mit welcher Sorgfalt dort gearbeitet wird. Mein Mann ist in dieser Beziehung sehr streng. Er leidet es nicht, daß auch nur eine einzige Frucht durch Unachtsamkeit verdirbt.«

»Das wäre auch schade. Und es ist staunenswert, wie gleichmäßig groß und schön alle diese Früchte gewachsen sind. So etwas sieht man bei uns drüben nicht. Hier erweckt es den Anschein, als sei eine Frucht genau so groß wie die andere.«

»Das scheint nur so, weil Sie alle reifen Früchte so nebeneinander sehen. Die Ernte dauert aber wochenlang, und wenn die ersten abgenommen sind, wachsen die anderen schon wieder heran.«

Die Damen beteiligten sich fleißig an der Arbeit und pflückten sorgfältig die schönsten Exemplare, die ebenfalls sorgfältig und weich gebettet wurden. Sie sollten roh als Tafelobst Verwendung finden. Winnie durfte ebenfalls helfen, mußte aber Handschuhe überstreifen und die Früchte vorsichtig an der richtigen Stelle anfassen.

Sehr befriedigt von diesem Ausflug kehrten alle drei zur Villa auf dem Berge zurück.

Mrs. Lautham mußte danach ein Stündchen ruhen, und Winnie begleitete Rosanna auf ihrem Inspiziergang durch das Haus: Dabei sprachen sie deutsch miteinander. Winnie machte gute Fortschritte, denn Rosanna wußte den Unterricht lustig zu gestalten. Um Winnie anzueifern, hatte sie gleich am Anfang zu ihr gesagt:

»Weißt du, Winnie, du verbesserst zuweilen meine Fehler, wenn ich mich im Englischen nicht ganz richtig ausdrücke. Mußt gut aufpassen und mir nichts durchgehen lassen. Und ebenso aufmerksam werde ich deine Fehler verbessern. Dann ist eine die Lehrerin der anderen, und wir werden beide gut vorankommen.«

Rosanna sprach zwar sehr gut englisch, aber Winnie hatte tatsächlich zuweilen einen Fehler bei ihr festgestellt. Und nun packte Winnie der Ehrgeiz, sie wollte deutsch ebenso gut sprechen lernen, wie Rosanna die englische Sprache beherrschte.

Winnie war ein sehr begabtes und aufgewecktes Kind, und bei Tisch wollte sie den Eltern zeigen, was sie schon gelernt hatte. Ihre Eltern beherrschten gleichfalls die deutsche Sprache. Der Vater ausgezeichnet, die Mutter etwas mangelhaft. Und so konnte es vorkommen, daß Winnie lachend die Mutter verbesserte, wenn sie einen falschen Ausdruck gebraucht hatte. So kam es, daß schließlich bei Tisch immer deutsch gesprochen wurde, und Winnie lernte auf diese Weise spielend die ziemlich schwere deutsche Sprache beherrschen.

Bisweilen war dann die Rede davon, man werde für Winnie bald eine eigene Lehrerin engagieren müssen. Geschah das, gab es Rosanna jedesmal einen Stich; sie konnte es sich kaum vorstellen, wie es sein würde, schlösse das Kind sich jemand anderem an. Sie liebte die Kleine von Herzen und hatte darum auch Verständnis für die Eifersucht der alten Mary.

Aber vorläufig war es ja noch nicht soweit.

Sehr drollig war es, wenn Winnie Rosanna auf ihren Gängen durch das Haus begleitete. Sie kam sich dann sehr wichtig vor und sagte hinterdrein oftmals zu den Eltern:

»Was wir für eine Not haben, Rosanna und ich, nichts ist in Ordnung, nichts so wie wir es gern haben mögen.«

Die Eltern tauschten dann einen belustigten Blick mit Rosanna, aber sie fanden, daß diese einen sehr günstigen Einfluß auf ihr Töchterchen ausübte.

Am Tag nach dem Besuch in der Obstplantage meldeten sich im Lauthamschen Haus Gäste an, und zwar ein Bruder des Hausherrn sowie dessen jüngere Schwester. Reginald Lautham war im Beginn der Dreißig. Er war zwei Jahre jünger als sein Bruder, und Gwendolin Lautham, das Nesthäkchen der Familie, zählte erst zwanzig Jahre. Sie war als kleine Nachzüglerin sehr verwöhnt worden, und ihre Eltern wie auch ihre Brüder hatten ihr allen Willen getan. Zum Glück war Gwendolin sehr gut geartet und machte nicht zu schlimmen Gebrauch von ihrer Macht. Ihre Mutter war vor einigen Jahren gestorben, und seitdem lebte sie mit dem Vater und Reginald zusammen in Philadelphia.

Der Vater der drei Geschwister hatte sich seit dem Tod seiner Frau ganz vom gesellschaftlichen Leben zurückgezogen und widmete sich lediglich seinen Geschäften. Er besaß einen großen Verlag, und Reginald sollte einst sein Nachfolger werden. Er interessierte sich sehr für das Geschäft, während sein Bruder William, Winnies Vater, von Anfang an Landwirt oder dergleichen hatte werden wollen; es war von jeher sein Wunsch gewesen, mit der Natur verbunden zu sein.

Nun kamen seine Geschwister für einige Wochen zu Besuch, und Mrs. Lautham sagte lächelnd zu Rosanna:

»Jetzt können Sie etwas erleben, Rosanna, die beiden stellen das ganze Haus auf den Kopf, bringen alles durcheinander und lassen unsere beschauliche Ruhe nicht gelten. Meine Schwägerin Gwendolin ist so lebhaft, daß Winnie im Vergleich mit ihr statuenhaft wirkt, und mein Schwager Reginald kann nie länger als fünf Minuten auf einem Platz bleiben. Wir werden also unruhige Wochen haben – aber auch sehr lustige. Langeweile lassen die beiden nicht aufkommen.«

William Lautham lachte zu diesen Worten seiner Frau.

»Es ist ganz gut, Gladys, daß wir wieder einmal aufgerüttelt werden aus unserer Beschaulichkeit. Du weißt doch, Reginald behauptet, daß ich anfange, Fett anzusetzen, und Gwen bedauert dich, daß du an der Seite eines so behäbigen Gatten deine Tage verbringen mußt.«

»Jedenfalls freuen wir uns auf diesen Besuch, William, wir sind länger als ein Jahr nicht zusammen gewesen.«

Rosanna entnahm diesen Worten, daß für sie eine Zeit doppelter Arbeit kommen würde, aber da ihre Herrschaft sich auf das Kommen der Gäste freute, wollte sie es auch tun.

Mary ließ gelegentlich einige Worte fallen über die Geschwister ihres Herrn, und aus diesen entnahm Rosanna, daß Miß Gwendolin sehr übermütig und sehr schnippisch sei und Reginald Lautham keinen Respekt vor dem Alter habe. Daraus ersah Rosanna, daß die Geschwister Mary nicht die nötige Ehrerbietung entgegenbrachten. Aber sie ließ sich dadurch nicht bange machen. Daß sie alles tun wollte, was in ihren Kräften stand, um den Gästen des Hauses den Aufenthalt angenehm zu machen, stand bei ihr fest.

Ehe die Erwarteten eintrafen, erhielt Rosanna das Antworttelegramm Ralf Tiefenbachs. Sie wurde vor Erregung blaß, als man es ihr auslieferte, und ihre Hände zitterten, als sie es öffnete. Und dann las sie: »Sorge unnötig — alles gut — Brief folgt — heißen Dank — Tiefenbach.«

Wie ein Stein fiel es von Rosannas Herzen. Und lange sah sie auf diese wenigen Worte herab. Jedes erschien ihr wie ein Erlebnis besonderer Art, kamen sie doch von Ralf Tiefenbach. Und besonderen Eindruck machte ihr die Versicherung, daß ein Brief folge. Der »heiße Dank« brannte sich ihr ins Herz hinein. Wofür sandte er ihr diesen heißen Dank?

Und obwohl sie sich sagte, daß jede Nachricht von ihm ihr neue Schmerzen bringen müsse, ersehnte sie doch das Eintreffen des angekündigten Briefes.

Was würde Ralf ihr zu schreiben haben? Warum hatte er sich überhaupt bemüht, ihren Aufenthalt zu erkunden?

Es war gut, daß sie alle Hände voll zu tun hatte, um alles für den Besuch zu richten, denn Mary war durchaus nicht eifersüchtig hinsichtlich der beiden Gäste. Sie sah sie nicht gern, weil sie viel zu sehr in den Hintergrund geschoben wurde, wenn diese beiden anspruchsvollen Herrschaften im Haus waren. Sie überließ also zum ersten Mal Rosanna alles allein.

Das war dieser sehr lieb, denn nun konnte sie ungehindert ihre Vorbereitungen treffen, von Winnie selbstverständlich tatkräftig unterstützt.

Als alles fertig war, sagte Rosanna zu Winnie:

»Jetzt wollen wir in den Garten gehen, Winnie, und für Tante Gwendolin und Onkel Reginald schöne Blumen pflücken. Die stellen wir dann in einer Vase in die Gastzimmer.«

»Machen wir!« sagte Winnie, mit diesen beiden Worten Rosanna getreulich nachahmend. Diese sagte auch immer: Machen wir! wenn ihr wieder eine neue Aufgabe gestellt wurde. Das geschah allerdings nur, um Winnie zu belustigen, aber diese hatte sich fast zuallererst diese beiden deutschen Worte gemerkt. Und ihr »Machen wir!« klang so drollig und würdevoll. An Rosannas Hand nebenherhüpfend, bettelte Winnie:

»Laß uns jetzt das schöne deutsche Wanderlied singen, Rosanna.«

Diese wußte schon, welches Winnie meinte. Und so begann sie denn:

Wer recht in Freuden wandern will,
Der geh' der Sonn' entgegen,
Da ist der Wald so kirchenstill,
Kein Lüftchen mag sich regen.
Noch sind nicht die Lerchen wach,
Nur im hohen Gras der Bach
Singt leise den Morgensegen.

Winnie sang tapfer mit. Zuweilen kippte vor Eifer ihre Stimme über, und einige Worte machten ihr besondere Schwierigkeiten. Das klang aber alles so süß und drollig, daß Rosanna das Kind plötzlich in die Arme nahm und herzhaft abküßte.

Dieses schlichte deutsche Lied, von Winnie gesungen, machte ihr das Herz weich, und zum ersten mal spürte sie ein brennendes Heimweh.

»Warum hast du mich geküßt, Rosanna?«

»Weil du so schön gesungen hast!«

»Hab' ich? Du hast aber noch viel schöner gesungen als ich. Und dafür will ich dich nun ein wenig totdrücken.«

Und sie legte ihre weichen Ärmchen um Rosanna und drückte diese mit aller Kraft, soviel sie konnte.

Nach diesem kleinen Zwischenspiel setzten beide singend ihren Weg fort, denn wandern und singen war Winnies Lieblingsbeschäftigung. Sie setzte dann die kleinen, drallen Beine mit solcher Kraft voreinander, daß der Kies auf den Wegen nur so hin und her spritzte. Endlich langten sie bei den Blumenbeeten an. Und nun machten sie sich ans Werk. Aber Winnie mußte sehr achtsam mit den Blumen umgeben und mußte ganz lange Stengel an ihnen lassen, »weil die armen Blumen sonst nichts mehr zu trinken hatten«, wie Rosanna ihr klarmachte.

Sie sammelten zwei wunderschöne Sträuße, und Rosanna umgab diese zu Winnies Entzücken noch mit feinem, zitterndem Gras. So waren sie erst wirklich schön. Winnie wollte durchaus den einen tragen und drückte ihn dabei so kräftig an sich, daß er sicherlich ganz unansehnlich geworden wäre, hätte Rosanna ihn ihr nicht schnell wieder fortgenommen.

»Warte, du kleines Ungestüm, so geht das nicht. Da bekommen Onkel und Tante welke, häßliche Sträuße, und die armen Blumen verschmachten. Das darf doch nicht sein, nicht wahr?«

»Aber ich möchte doch auch gern einen Strauß tragen.«

»Ja, sollst du auch, warte nur, wir machen noch einen für die gute Mama. Den wirst du tragen.«

Und schnell pflückte Rosanna mit dem Kind einen kleineren dritten Strauß von zierlicheren Blumen. Der wurde mit mitgebrachtem Bast zusammengebunden, und um die Stengel kam dann noch eine Bastschleife. Durch die Maschen dieser mußte Winnie sodann das eine Ärmchen stecken. So hing der Strauß, ohne von den warmen Händen gedrückt zu werden, an ihr herab. Rosanna knüpfte auf gleiche Weise die beiden großen Sträuße zusammen und hing sie sich an einem Basthalter über die Schultern. Das fand Winnie wiederum sehr interessant. Sie lauschte aufmerksam, als Rosanna ihr erzählte, in jeder Blume wohne ein winzigkleines Elfchen, und das müsse sterben, wenn man die Blumen allzufest zusammendrücke.

Selbstverständlich wollte Winnie sofort die Elfchen sehen, und Rosanna mußte erklären, jetzt am hellen Tag seien diese wahrscheinlich ausgegangen.

»Oh, was tun sie, wenn sie heimkehren zu ihrem Blumenschloß, und es ist nicht mehr da?«

»Dafür läßt der liebe Gott wieder andere Blumen wachsen. Da die Elfchen aber so klein sind, daß Menschenaugen sie sehr schwer sehen können, muß man eben immer sehr sorgsam mit Blumen umgehen, falls doch einmal das Elfchen noch darin sitzt.«

Ganz schwer hob sich Winnies Brust, und sie machte ganz kleine vorsichtige Schritte, damit das Elfchen nicht etwa aus den Blumen herausfiele, falls es noch darin säße.

Beim Mittagessen erzählte Winnie wichtig von den kleinen Blumenelfchen. Mr. Lautham sah Rosanna lächelnd an.

»Sie sorgen dafür, Miß Rosanna, daß unsere kleine Wilde ganz sacht gezähmt wird. Ich mache Ihnen mein Kompliment; Sie verstehen, eine Kinderseele sehr günstig zu beeinflussen.«

Mrs. Lautham stimmte ihrem Gatten lebhaft bei. Rosanna wurde unter dieser Anerkennung rot und sagte aufatmend:

»Ich habe Winnie lieb — und sie ist bei aller Wildheit ein zartes, liebevolles Seelchen. Man muß sie gut in acht nehmen.«

»Das tun Sie wirklich, liebe Rosanna«, sagte die Hausherrin und reichte Rosanna die Hand über den Tisch.

»Wir können auch schöne neue Lieder«, trumpfte Winnie auf, da sie es nach Kinderart sogleich weghatte, wenn man sich im Gespräch mit ihr befaßte.

»Also, die mußt du uns mit Miß Rosanna vorsingen, Winnie.«

Nach Tisch geschah das auch, sogar mit Klavierbegleitung, die Rosanna übernahm. So hatte sie Winnie die Lieder einstudiert. Und diese sang nun mit Inbrunst die erlernten deutschen Lieder. Aber Rosanna mußte mitsingen, und Winnies Eltern wurden zum ersten Mal gewahr, eine wie warme und angenehme Stimme sie besaß.

»Warum haben Sie es uns unterschlagen, Rosanna, daß Sie einen so schönen Mezzosopran haben! Sie müssen uns jetzt öfters etwas vorsingen, und dann ohne Winnies Begleitung — ich verspreche mir einen großen Genuß davon.«

Und Rosanna mußte gleich etwas zum besten geben und wählte ein Griegsches Lied, das mit großem Beifall aufgenommen wurde. Als sie zu Ende war, sagte die Hausfrau lebhaft:

»William, wir werden auf einmal zu guter Hausmusik kommen. Reginalds Bariton wird vorzüglich zu Rosannas Mezzosopran stimmen, und er wird sehr zufrieden sein, daß er jemanden hat, der ihn begleiten kann.«

Und sie wandte sich an Rosanna:

»Mein Schwager Reginald hat eine sehr angenehme Stimme, kann sich aber nicht selbst begleiten. Seine Schwester Gwen könnte das wohl, aber bei uns streikt sie immer und behauptet, dieses Amt müsse sie zu Hause so oft übernehmen, daß sie hier ein Recht auf Schonzeit habe. Sie sitzt nämlich nicht gern still, die wilde Hummel.«

Der Hausherr erhob sich.

»Du mußt jetzt noch ein halbes Stündchen ruhen, Gladys, dann bricht unser Besuch über dich herein, und dazu brauchst du Kraft.«

Auch Winnie wurde von Rosanna zur Ruhe gebracht und sollte jeden Tag nach Tisch ein Stündchen ruhen. Das erforderte das Klima.

Für Rosanna brach nun die ruhigste Stunde des Tages an. Sie durfte sie sonst für sich verwenden, aber heute hatte sie noch allerlei zu tun für den Empfang der Gäste.

Dabei fiel ihr wieder ihre Schwester ein. Sie hatte sich schon einige Male vorgenommen, Ursula ihren Aufenthaltsort zu melden und ihr Näheres über ihr jetziges Leben zu berichten. Aber immer wieder war sie davon abgekommen, es lagen jedesmal andere, wichtigere Dinge vor, und abends war sie todmüde. Denn abgesehen von ihrer vielen häuslichen Arbeit, nahm auch Winnie ihr sehr viel Zeit. Des Kindes Lebhaftigkeit duldete nicht, daß man in seiner Nähe zur Ruhe kam. All das wurde jedoch Rosanna nicht zuviel, sie war froh, alles leisten zu können, und Winnie war für sie ein wahrer Herzenstrost. Jedenfalls hätte sie sich schon früher entschlossen, ihrer Schwester zu schreiben, wenn nicht von der letzten Auseinandersetzung her ein Stachel in ihrer Brust zurückgeblieben wäre.

So verschob Rosanna das Schreiben immer wieder, und jetzt, da Lauthams Besuch erwarteten, das wußte sie, würde sie gewiß nicht dazu kommen. Was sie viel mehr in ihrem Inneren beschäftigte, war die Erwartung des Briefes, den Ralf Tiefenbach ihr telegraphisch angekündigt hatte. Was mochte er ihr zu melden haben?

Sie konnte sich keinen stichhaltigen Grund dafür denken, wenn es sich nicht um Ursula handelte. Mit ihr mußte das Schreiben doch irgendwie zusammenhängen. Aber sie klammerte sich an seine Worte: Sorge unnötig — alles gut.

Also wollte sie alles Grübeln beiseite lassen und in Ruhe auf seinen Brief warten.

In Ruhe? Ein wehes Lächeln huschte um ihren Mund. Wie sollte sie in Ruhe warten auf etwas, das von Ralf Tiefenbach kam! Aber ob mit oder ohne Ruhe, sie mußte jetzt ihre Sinne zusammennehmen, damit alles gutging. Denn dieser Besuch, das ahnte sie, würde eine Feuerprobe auf ihre Zuverlässigkeit und Tüchtigkeit sein, und sie durfte ihre gütige Herrin nicht enttäuschen, die so große Stücke auf sie hielt.

Sie stand in der großen, kühl gelegenen Speisekammer. Diese befand sich im Kellergeschoß des Hauses, war nach Norden gelegen, und Wände und Fußböden waren zementiert. Riesige Kühlschränke standen an den Wänden, und in den Fußboden eingelassen hatte man eine ziemlich große Grube, in der besonders empfindliche Speisen in Eiskästen aufbewahrt wurden.

In der Mitte dieses Raumes befand sich einen lange, breite Tafel, und an dieser stand Rosanna und hantierte eifrig. Da betrat Mary den Raum. Sie hatte sich eine wollene Jacke über das weiße Kleid gezogen — immer trug sie nur diese weißen Leinenkleider, aber hier in dem kühlen Vorratsraum zog sie stets eine warme Jacke über, die draußen neben der Tür an einem Haken hing.

Mit ihren mißtrauischen Blicken hin und her fahrend, trat sie zu Rosanna an die Tafel.

»Was tun Sie hier, Rosanna?«

»Ich will diese Schale mit Pralinen füllen für Miß Gwendolin. Mrs. Lautham hat es mir aufgetragen, weil die junge Dame gewöhnt ist, Konfekt auf ihrem Zimmer zu haben.«

»Und dazu nehmen Sie von der Herrin Lieblingsmarke? Das ist unnötig, Rosanna! Miß Gwendolin kann von dem billigeren Konfekt bekommen, sie stopft sich doch nur damit voll.«

Rosanna wußte schon, daß Mary Miß Gwendolin nicht leiden mochte. So sagte sie ruhig:

»Die Herrin hat ausdrücklich befohlen, ich sollte von diesem Konfekt für die junge Dame herausgeben.«

Mary warf den Kopf zurück und funkelte Rosanna an, die sich sonst nach Möglichkeit hütete, mit dieser in Widerspruch zu geraten.

»Darüber habe ich zu bestimmen, verstehen Sie, Rosanna! Legen Sie dieses teure Konfekt in den Kasten zurück und füllen Sie die Schale mit der billigeren Sorte.«

Dieses Mal konnte Rosanna sich nicht fügen, da sie den ausdrücklichen Befehl ihrer Herrin ausführte.

»Ich bedauere, Miß Mary, aber mir ist aufgetragen, gerade dieses Konfekt herauszugeben.«

»Das haben Sie wohl mißverstanden — tun Sie, was ich Ihnen befehle!«

Da richtete Rosanna sich stolz empor und sah Mary ruhig aber energisch an.

»Nein, Miß Mary, ich tue, was die Herrin mir befiehlt. Ich tue sonst gern, was Sie mir *raten* — aber befehlen dürfen Sie mir nicht. Das gestatte ich nur der Herrin«, sagte sie klar und bestimmt.

Mary fauchte auf sie los wie eine gereizte Katze.

»Was unterstehen Sie sich, Sie — sie armselige Person. Das mir, die ich die Herrin auf meinen Armen getragen habe! Auf der Stelle tun Sie, was ich verlange!«

Rosanna merkte sehr wohl, daß es Mary lediglich auf eine Machtprobe ankam. Sie schloß ruhig den Blechkasten, in dem die Pralinen aufbewahrt wurden, um ihn wieder in die Eisgrube zu stellen, wo er für gewöhnlich seinen Platz hatte, damit die Pralinen immer frisch und fest blieben.

»Ich stelle die gefüllte Schale mit diesen Pralinen auf das Zimmer von Miß Gwendolin. Wenn Ihnen das nicht paßt, Miß Mary, dann können Sie ja diese Schale wieder herunterholen und mit anderem Konfekt füllen. Ich habe dann wenigstens meinen Auftrag ausgeführt.«

Damit beugte Rosanna sich über die Eisgrube und wollte den Kasten wieder hineinstellen. In diesem Moment gab ihr die erboste Mary einen solchen Stoß von hinten, daß Rosanna mit dem Kasten vornüber stürzte. Er entfiel ihren Händen, der Deckel öffnete sich, und ein großer Teil der Pralinen rollte über den Zementfußboden. Rosanna aber kam zu Fall und schlug sich so schmerzhaft das Knie auf, daß sie momentan nicht wieder aufstehen konnte.

Jetzt bekam Mary doch einen Schreck. Sie starrte ganz fassungslos auf die verstreuten Pralinen, suchte sie dann zusammenzuraffen und sah sich dabei mit scheuen Augen nach Rosanna um.

»Nun stehen Sie schon auf. Tun Sie doch nicht, als seien Sie zu Schaden gekommen. Das haben Sie davon, daß Sie mich immer reizen. Warum hören Sie nicht, wenn ich Ihnen etwas sage? Sie wissen doch, daß ich nächst der Herrin maßgebend im Haus bin.«

Rosanna war vor Schmerz sehr blaß geworden. Sie erhob sich mühsam, raffte ihr Kleid empor, streifte den Strumpf zurück und sah auf die Wunde herab, die sie bei dem Aufschlagen auf die scharfe Kante der Eisgrube davongetragen hatte. Die Wunde sah böse aus und blutete, so daß der weiße Strumpf, den Rosanna zum Glück trug, sich rot färbte.

Auch Mary sah das und wurde nun selber blaß.

»Sie haben sich ernstlich verletzt? Das fehlt gerade noch, jetzt, da man Sie so nötig braucht.«

Rosanna ließ den Rock wieder fallen über das verletzte Knie, nahm die Schale mit den Pralinen, ließ Mary mit dem zerstreuten Konfekt allein zurück und verließ ruhig den Vorratsraum. Erst stellte sie das Konfekt für Miß Gwendolin auf deren Zimmer, dann suchte sie das ihre auf, wusch die Wunde mit Weingeist aus, was wahnsinnig schmerzte, aber sie gleichwohl gründlich reinigte. Dann legte sie einen kunstgerechten Verband an und versuchte ein paar Schritte zu machen. Es ging so leidlich, und dessen war sie froh. Wußte sie doch, wie nötig sie jetzt im Haus war.

Schnell warf sie ein anderes Kleid über, weil das, was sie getragen hatte, durch den Fall ein wenig fleckig geworden und auch das Blut durchgesickert war.

Eilig räumte sie die unsauber gewordenen Sachen beiseite, denn sie mußte jetzt hinunter, da sie das Auto, das die Gäste brachte, schon den Berg heraufkommen hörte. Es ging die Treppe hinunter ziemlich schlecht, doch biß sie die Zähne zusammen — und so schaffte sie es doch.

10

Mary stand, als Rosanna sich entfernt hatte, eine Weile fassungslos da. Sie mußte sich aber doch bequemen, den Rest der Pralinen aufzulesen und den Kasten in die Eisgrube zu stellen. Sie war fest davon überzeugt, daß Rosanna sie bei ihrer Herrin verklagen würde. Ihr böses Gewissen suchte nach einer Entschuldigung für ihr Benehmen und fand sie auch. Warum hatte »die verhaßte Deutsche« sie durch ihren Ungehorsam gereizt? Ein zweites Mal würde sie es ganz gewiß nicht versuchen. Und sobald sie nachher die Herrin für einige Minuten für sich haben konnte, würde sie sich verteidigen und die Angelegenheit auf ihre Weise erklären. Denn daß Rosanna der Vorfall in einer für sie günstigen Weise schildern würde, stand bei ihr fest.

Als sie die Eisgrube wieder geschlossen hatte, stieg sie hinauf und kam gerade dazu, als Mr. Lautham die Treppe herabkam, um seine Geschwister zu empfangen. Er beachtete Mary kaum, denn er hatte ihr gegenüber nicht immer die Geduld, die seine Frau für die alte Dienerin aufzubringen vermochte. Mary fühlte sich schon beleidigt, weil er sie nicht beachtete, und war fest davon überzeugt, daß Rosanna sie schon verklagt hatte.

Jetzt erschien auch Mrs. Lautham und gleich hinter ihr Rosanna.

Freundlich nickte die Herrin Mary zu und wandte sich dann um, weil sie Rosanna kommen hörte.

Sie sah besorgt in deren bleiches Gesicht.

»Sie sehen blaß und abgespannt aus, liebes Herz, Sie haben sich bei der Hitze sicherlich überanstrengt.«

Rosanna zwang ein Lächeln in ihr Gesicht und bemühte sich, fest aufzutreten, damit Mrs. Gladys nicht merkte, daß sie eine Wunde zu verbergen hatte. Zu Mary warf sie keinen Blick hinüber und sagte nur:

»Bitte, sorgen Sie sich nicht, Mrs. Lautham, in den Zimmern ist alles bereit. Ich habe nur ein wenig Kopfweh, das bald vorübergehen wird. Sobald die Herrschaften auf ihren Zimmern sind, werde ich Winnie wecken und ankleiden und dann den Tee besorgen. Sie brauchen sich um nichts zu kümmern – Miß Mary und ich halten schon alles in Ordnung.«

Mrs. Lautham nickte ihr freundlich zu und trat zu ihrem Gatten unter das Portal. Mary aber stand völlig entgeistert neben Rosanna. Daß diese über die Szene im Keller geschwiegen hatte, erschien ihr kaum glaublich, denn sie hätte, wenn sie an Rosannas Stelle gewesen wäre, eine laute Klage erhoben. Sie mußte wohl einsehen, daß sie zu weit gegangen war, und trat an Rosanna heran.

»Es tut mir leid, daß ich Sie angestoßen habe, Miß Rosanna. Ich hoffe, Ihr Knie ist nicht ernstlich verletzt.«

Rosanna wußte, was diese halbe Abbitte Mary kostete, und das Erbarmen mit der alten Person überkam sie wieder. Sie konnte nichts nachtragen, und obwohl ihr Knie heftig schmerzte, sagte sie ruhig:

»Es hat nichts auf sich, reden wir nicht mehr davon. Ich habe gutes Heilfreisch, und in einigen Tagen ist alles wieder gut.«

»Sie müssen doch zugeben, daß Sie mich gereizt haben«, sagte Mary ein wenig trotzig.

Rosanna sah sie groß und ernst an.

»Die Sache bleibt zwischen uns, haben Sie keine Bange, daß ich der Herrin etwas sage. Aber eines vergessen Sie nicht, Miß Mary – auch meine Geduld hat ein Ende, und der Herrin Befehle gehen vor. Von Ihnen nehme ich gern einen Rat an, weil Sie die Ältere und Erfahrenere sind, aber keine Befehle. Ich hoffe, so ist unser gegenseitiges Verhältnis einmal klargestellt.«

Mary mußte das schweigend hinnehmen und hätte wohl auch nichts zu erwidern vermocht, denn jetzt waren die Geschwister des Hausherrn in die Halle getreten und kamen mit der Herrschaft auf die beiden Frauen zu.

Mr. Lautham hatte seinen Arm um seine junge Schwester geschlungen, und Reginald hatte Gladys' Arm durch den seinigen gezogen. Dabei schwatzten sie munter und lebhaft durcheinander.

Jetzt erblickte Gwen die alte Mary, trat lachend auf sie zu und schüttelte der alten Dienerin kräftig die Hand.

»Guten Tag, Mary, immer noch munter auf den Füßen! Ah — und da haben wir den neuesten Zuwachs des Hauses Lautham! Nicht wahr, Sie sind die neue deutsche Miß?«

Und sie schüttelte Rosanna kräftig die Hand. Dieser stieg das Blut in das blasse Gesicht, weil Reginald Lautham sie bewundernd ansah und einen leisen Ruf ausstieß, der auf deutsch sicherlich geheißen hätte: Donnerwetter, was für ein schönes Mädchen!

Rosanna hatte einige artige Worte für Gwen gehabt und verneigte sich nun, als der Hausherr sie mit seinem Bruder bekannt machte.

Mrs. Gladys bat Rosanna, die Gäste in ihre Zimmer zu führen.

»Wir sehen uns dann zum Tee in meinem Salon«, sagte sie zu ihren Gästen.

Gwen nahm mit großen Sätzen die Treppe — nickte zurück und sagte lachend:

»Ich weiß schon Bescheid — wohne doch wie immer, Gladys?«

»Gewiß, Gwen! Und Pralinen stehen auch schon für dein Leckermäulchen bereit.«

Gwen warf ihrer Schwägerin eine Kußhand zu und fragte noch schnell:

»Baby schläft selbstverständlich noch und empfängt noch nicht?«

»Beim Tee wirst du sie unten finden, Gwen.«

Reginald folgte seiner Schwester etwas langsamer, ganz gegen seine Art. Seine Augen hatten unausgesetzt auf Rosannas Gesicht geruht. Er pflegte sonst nicht allzu großes Interesse an jungen Damen zu nehmen, aber Rosanna hatte vom ersten Sehen an großen Eindruck auf ihn gemacht. Diese Deutsche war ein entzückendes Geschöpf — da mußte man sein Herz in acht nehmen. Rosanna war mit hinaufgestiegen und überzeugte sich, daß die beiden Gäste die richtigen Zimmer fänden. Dann ging sie in Winnies Schlafzimmer, nachdem sie noch Weisung gegeben, die Koffer der Geschwister heraufzuschaffen.

Winnie schlief noch süß und sanft, die kleinen rosigen Fäustchen auf die Brust gedrückt. Rosanna ließ sich eine Weile still an dem Bettchen nieder, um sich auszuruhen und sich an dem Frieden zu laben, der von diesem süß schlafenden Kind auf sie überströmte. Dann beugte sie sich nieder und drückte einen Kuß auf Winnies rotgeschlafene Wangen.

»Wach auf, kleines Murmeltier!«

Das war immer der Weckruf für Winnie, und wehe, wenn Rosanna sie anders geweckt hätte. Verschlafen streckte sich das Kind und lächelte verträumt zu ihr auf.

»Murmeltier hat ausgeschlafen!«

Das war jeden Tag das Zeichen, daß Winnie nun gnädig geruhte, munter zu sein.

»Oh, dann wollen wir das Murmeltierchen schnell in

ein süßes, braves kleines Mädchen verzaubern. Komm, mein Herzblatt, gleich macht Rosanna dich frisch und munter.«

Und Rosanna hob Winnie aus dem Bettchen und stellte sie auf einen Frottierteppich. Dann wurde Winnie kühl abgewaschen und war sogleich ganz frisch. Sie wollte, wie gewöhnlich, sogleich mit ihrer großen Freundin herumtollen und stieß dabei an das verletzte Knie, so daß Rosanna unwillkürlich einen Schmerzensruf ausstieß und sehr blaß wurde.

Winnie bemerkte es und fragte erstaunt:

»Was hast du, Rosanna, was machst du für ein wehleidiges Gesicht?«

Rosanna zwang sich zu einem Lachen.

»Die ungeschickte Rosanna hat sich heute an das Knie gestoßen, und das tut nun ein wenig weh. Mußt ein wenig vorsichtig sein, mein Herzblatt.«

»Hast du ein Weh-Weh am Knie, arme Rosanna?«

»Ja, aber davon sprechen wir nicht mehr. Du hattest dich neulich doch auch an der Gartenbank gestoßen. Da habe ich das Weh-Weh gleich weggeblasen.«

»Soll ich das bei dir auch tun?«

»Nein, nein, das tut man nur bei kleinen Mädchen. Ein so großes wie ich muß tapfer sein.«

»Hast du auch einen blauen Fleck bekommen?«

»Ein ganz klein wenig.«

»Laß mich sehen.«

Aber Rosanna wußte, daß Winnie sich über die Wunde, die ganz gewiß mehr war als ein blauer Fleck, erschrecken würde, und wollte auch verhindern, daß sie vielleicht darüber spräche. Darum sagte sie lachend:

»Ach, dazu haben wir doch keine Zeit, Winnie, Tante Gwen und Onkel Reginald wollen dich doch beim Tee sehen. Wir wollen schnell das schöne, weiße Kleid mit der schottischen Schärpe anlegen, denn ich will, daß du hübsch aussiehst.«

Damit war Winnie abgelenkt. Sie vergaß Rosannas »blauen Fleck« sehr schnell und stieß in ihrer Lebhaftigkeit noch einmal daran, aber Rosanna konnte sich beherrschen, wenn die Wunde auch wie Feuer brannte.

Dann ging sie mit Winnie hinunter in den Salon der Hausfrau. Vorläufig war nur diese anwesend, ihr Mann und dessen Bruder unterhielten sich im Nebenzimmer.

Mrs. Gladys bat Rosanna zu bleiben, »damit sie selber sich nicht um Winnie zu kümmern brauchte, und dann, bitte, füllen Sie die Tassen und nehmen den Tee mit uns«.

Rosanna verneigte sich und wurde jetzt erst gewahr, daß auch Mary sich in dem Zimmer befand.

Diese wollte sich gerade entfernen, als Winnie eine interessante Neuigkeit einfiel.

»Rosanna hat einen blauen Fleck am Knie, ich habe sie daran gestoßen, und es tut ihr sehr weh.«

Da stoppte Mary und blieb auf der Schwelle stehen. Rosanna aber sagte lachend auf Mrs. Gladys' besorgten Blick:

»Es ist nicht der Rede wert, Mrs. Lautham, ich habe mich ein wenig gestoßen.«

Mary verschwand daraufhin, einigermaßen beruhigt. Und nun tauchte Gwen auf und stürzte sich sofort auf die kleine Nichte.

»Bist du groß geworden, Baby!« rief sie aus und küßte das Kind stürmisch.

»Bin lange kein Baby mehr, bin Winnie«, erklärte diese energisch.

»Gut, mein Schatz — also Winnie! Bist auch ganz im Recht; wenn man es so weit im Wachstum gebracht hat, ist es aus mit dem Baby. Schau, du reichst mir schon bis über den Gürtel. Aber ich bin auch ziemlich klein für eine erwachsene Dame.«

Winnie lachte, als Gwen sich nun zu ihrer vollen Höhe aufreckte.

»Bist ein kleines Elfchen, Tante Gwen.«

Das sagte sie in deutscher Sprache. Gwen wandte sich an Rosanna.

»Elfchen haben wir hier nicht.«

»Nur in den Blumen, Miß Lautham.«

»Puh! Miß Lautham? Das soll ich sein? Ausgeschlossen, sagen Sie ruhig Miß Gwen, nur darauf höre ich. Und ich werde Sie Miß Rosanna nennen. Ein sonderbarer Name übrigens?«

»Er ist aus Rose und Anna zusammengesetzt.«

»Ah so! Aber ich hoffe, nun gibt es Tee, Gladys, und ein paar belegte Brötchen dazu. Für Reginald selbstverständlich Kuchen. Das ist die neue Weltordnung, die Frauen lieben das Kräftige, die Männer das Süße. Da kommen ja schon meine lieben Brüder.«

Man setzte sich an den Teetisch. Rosanna füllte die Tassen und versorgte die Gäste mit allem, dessen sie bedurften. Ebenso ihre Herrschaft. Und dann bekam auch Winnie ihre Milch. Und von den kleinen Kuchen durfte auch sie zulangen, und das tat sie schon wie eine richtige kleine Dame.

Reginald ließ sich lachend immer wieder von Rosanna den Teller füllen.

»Mit mir haben Sie gut zu tun, Miß Rosanna; in Süßigkeiten bin ich unersättlich.«

»Deshalb wirst du auch schon in jungen Jahren einen Schmerbauch bekommen, Regi! Mein Wort darauf, das wird dir passieren, wenn du so weiterfutterst«, sagte

Gwen und wies nach dem ersten Brötchen alles Weitere zurück. Den Tee nahm sie mit Zitrone. Man hatte ihr gesagt, daß das schlank mache.

Reginald sah sie belustigt an.

»Mit deiner knabenhaften Schlankheit will ich auch gar nicht wetteifern, ich habe Angst, daß mich dann jemand unversehens durch ein Nadelöhr fädeln würde.«

So gingen die Neckereien zwischen den Geschwistern hin und her, auch der Hausherr und seine Gattin beteiligten sich daran. Aber währenddessen ließ Reginald Lautham seine Augen nicht von Rosanna. Diese beschäftigte sich, wenn sie die Herrschaften nicht zu versorgen hatte, zwar eingehend mit Winnie, aber zuweilen fing sie doch einen Blick Reginalds auf. Und dann stieg ihr immer wieder das Blut ins Gesicht. Seine Augen verrieten allzu deutlich, welchen Eindruck sie auf ihn machte.

Das war ihr sehr unangenehm, und sie gab sich Mühe, ihm gegenüber einen besonders zurückhaltenden Ton festzuhalten.

Aber nicht nur sie merkte, daß Reginald Feuer gefangen hatte, es entging auch der klugen, scharfsichtigen Gwen nicht, und die belustige sich darüber. Ihr Bruder Regi war ihr immer viel zu kaltblütig und kümmerte sich viel zuwenig um die Frauen. Deshalb begrüßte sie es sogar, daß er einmal eine Frau bewunderte. Daß diese eine Angestellte im Haus ihres älteren Bruders war, machte ihr nichts aus. Rosanna gefiel ihr, und sie hätte durchaus nichts dagegen gehabt, wenn sie ihre Schwägerin geworden wäre. Allerdings sah sie voraus, daß ihr Vater sehr gegen eine solche Verbindung sein würde, er hatte andere Pläne mit Reginald – Pläne, die wieder dessen Billigung nicht fanden, denn die Frau, die sein Vater für ihn in Bereitschaft hielt, mißfiel ihm gründlich.

»Sie hat Zähne wie ein Pferd, und wenn sie mich küssen wollte, hätte ich immer Angst, sie würde mich beißen«, hatte er zu Gwen gesagt. Gwen hatte darüber lachen müssen und konnte ihm nicht ganz unrecht geben. Aber Reginald fand schließlich an allen Frauen etwas auszusetzen, und Gwen jubelte in ihrem Herzen geradezu darüber, daß er bei der jungen Deutschen Feuer gefangen hatte.

So beschloß sie bei sich, diese Angelegenheit wohlwollend zu billigen und, wenn es not tat, auch zu unterstützen. Nur wollte sie erst vorsichtig forschen, ob Rosannas Herz noch frei wäre.

Sie beobachtet diese ebenso genau wie ihren Bruder, und es erschien ihr ein gutes Zeichen, daß diese unter Regis bewundernden Blicken zuweilen errötete. Aber zugleich merkte sie auch, daß einige Male ein Zucken über Rosannas Gesicht huschte. Und einmal, als Winnie ziemlich unsanft an Rosannas Knie stieß, wurde sie sehr blaß und biß die Zähne zusammen.

Das fiel Gwen auf, und sie trat, als der Tee eingenommen und Rosanna mit Winnie auf die Terrasse hinausgegangen war, zu ihr hinaus. Rosanna spielte mit Winnie Ball, und Gwen merkte, daß sie es vermied, sich zu bücken.

Sie beteiligte sich an dem Spiel in ihrer munteren, quecksilberigen Art, und dabei sagte sie, Rosanna scharf ins Auge fassend:

»Sie haben Schmerzen, Miß Rosanna??«

Diese wurde sehr verlegen, und Winnie plauderte aus, daß Rosanna sich einen blauen Fleck am Knie gestoßen hatte.

»Ist es wirklich nur ein blauer Fleck, Miß Rosanna? Mir scheint, Sie haben arge Schmerzen —«

Rosanna zwang sich zu einem Lächeln.

»Ich habe mir das Knie ein wenig wund gestoßen, und der Verband, den ich mir machte, sitzt nicht mehr gut.«

»So kommen Sie, wir spielen uns seitwärts, und dort hinter jener Gebüschgruppe bringen wir den Verband in Ordnung.«

»Sie sind sehr gütig, Miß Gwendolin, ich nehme das dankbar an, aber, bitte, lassen Sie Mrs. Lautham nicht merken, daß ich Schmerzen habe, ich bin jetzt unentbehrlich im Haus, und meine gütige Herrin würde mich auf mein Zimmer schicken.«

»Nun, schließlich ist Mary doch auch noch da, um Sie zu vertreten, wenngleich sie zumeist auf eine wenig liebenswürdige Art in Erscheinung tritt. Ich sehe, offen gestanden, Ihr Gesicht viel lieber als das Marys, mit der ich eigentlich immer auf Kriegsfuß stehe, weil ich weiß, daß sie uns ins Pfefferland wünscht.«

»Sie dürfen nicht vergessen, Miß Gwendolin, daß Mary alt und gebrechlich ist und daß ich hauptsächlich deshalb eingestellt wurde, um sie zu entlasten.«

Sie waren hinter der Gebüschgruppe angelangt, woselbst sich eine Bank befand. Rosanna setzte sich nieder und bat Gwendolin, Winnie ein wenig abzulenken.

»Ich möchte nicht, daß das Kind die Wunde sieht.«

»Ah — also ist sie ziemlich schlimm.«

Rosanna lächelte matt, erwiderte aber nichts. Sie war froh, den Verband in Ordnung bringen zu können. Und Gwendolin beschäftigte Winnie, indem sie mit ihr etwas abseits Ball spielte. Aber sie sah von weitem doch, daß der Verband blutig war. Mitleidig kam sie schnell herbeigelaufen, während sie Winnies Ball so weit fortgeworfen hatte, daß sie danach laufen mußte. Und so erhaschte sie einen Blick auf die Wunde.

»Mein Gott, das sieht ja böse aus. Sie dürfen eigentlich nicht umhergehen.«

Rosanna war es sehr fatal, daß Gwendolin die Wunde gesehen hatte; sie legte schnell und geschickt den Verband wieder darüber.

»Es ist wirklich nicht so schlimm, Miß Gwendolin; sobald der Verband wieder gut sitzt, schmerzt die Wunde kaum noch. Winnie hat mir nur vorhin den Verband gelockert, als sie mir auf den Schoß kletterte.«

»Also muß Winnie Ihnen ferngehalten werden. Bitte gestatten Sie mir, meiner Schwägerin zu sagen, daß Sie geschont werden müssen.«

»Oh, bitte, Miß Gwendolin, tun Sie das nicht. Sie würde mich fragen, wie ich zu der Wunde gekommen sei, und darüber möchte ich nichts verlauten lassen, weil — weil ich jemanden anklagen müßte, der mir diese Wunde verursacht hat. Und lügen möchte ich nicht.«

»War es vielleicht Winnie in ihrer Wildheit?«

Ängstlich wehrte Rosanna ab.

»O nein — nein, gewiß nicht.«

Gwen warf erst noch einmal den Ball weit fort, so daß Winnie wieder danach laufen mußte. Dann sagte sie energisch:

»Jetzt wünsche ich aber zu wissen, wie Sie zu dieser ziemlich schlimmen Wunde kamen. Sagen Sie mir es offen, dann werde ich schweigen — wenn nicht, erfährt es meine Schwägerin.«

Rosanna wurde rot und blaß und sah sehr verlegen aus.

»Bitte, Miß Gwendolin, lassen Sie alles auf sich beruhen. Ich gab mein Wort, der Herrin nichts zu verraten.«

»Gut! Ich bin aber nicht die Herrin, mir sollen Sie es sagen, denn ich merke nun schon, Sie wollen jemanden schonen, der es vielleicht nicht verdient. Also heraus mit der Sprache — ich lasse nicht nach, bis ich nicht alles weiß.«

»So geben Sie mir aber Ihr Wort, daß Mrs. Lautham nichts erfährt.«

»Gut, Sie haben mein Wort.«

Nun schilderte Rosanna die Szene im Speisekeller. Sie suchte Mary zu entschuldigen, diese sei nur eifersüchtig auf sie, und man dürfe ihr das nicht so hoch anrechnen, da sie ja eben ihre Herrschaft so sehr liebte, daß sie es jedem anderen mißgönnte, in ihrer Nähe zu sein.

Gwen wurde sehr zornig.

»Ach was, Mary ist ein neidisches, eifersüchtiges altes Weib, und Gladys läßt ihr viel zuviel durchgehen. Sie sollten sie nicht schonen, sondern Gladys alles sagen. Mary würde ganz gewiß nicht schweigen, wenn sie an Ihrer Stelle wäre.«

Bittend sah Rosanna in ihre zornigen Augen.

»Bitte, Miß Gwendolin, seien Sie nicht so hart zu der alten Mary. Ich habe ihr versprochen, nichts von dem Vorfall zu verraten. Und mit der Wunde hat es wirklich nicht viel auf sich; sobald der Verband sitzt, spüre ich sie kaum.«

»Seid ihr Deutschen alle so gutmütig? Dann ist es kein Wunder, wenn man euch immer mehr aufpackt«, schalt Gwen und mußte dennoch Rosanna bewundern.

Diese lächelte.

»Ein wenig langmütig sind wir schon, Miß Gwendolin, aber schließlich wissen wir uns doch unserer Haut zu wehren. Ich glaube nicht, daß Mary noch einmal so feindlich gegen mich auftritt, denn ich habe ihr klargemacht, daß ich mir nichts mehr gefallen lassen würde.«

»Nun gut, dann will ich mich jeder Einmischung enthalten. Sonst hätte ich ganz gern mal wieder einen Strauß mit ihr ausgefochten. Sie haßt mich ebenso wie meinen Bruder Reginald, der ihr zu wenig ehrfürchtig begegnet. Schließlich ist es aber doch kein Verdienst, wenn ein Mensch alt wird. Das steht jedermann bevor, und wenn wir dann alle so grantig werden wollten wie Mary, dann müßten die alten Leute auf eine einsame Insel versetzt werden, wo sie sich gegenseitig anblaffen könnten.«

Rosanna mußte lachen. Sie war froh, daß der Verband jetzt wieder gut saß und die Wunde nicht mehr allzusehr schmerzte.

Jetzt kam Winnie wieder herbei, und gerührt merkte Rosanna, wie Gwendolin darauf achtete, daß Winnie ihr körperlich nicht zu nahe kam.

Inzwischen waren die beiden Brüder und Mrs. Gladys auf die Terrasse getreten, und Rosanna fragte, ob sie sich zurückziehen dürfe, weil sie für den Abend Vorbereitungen treffen müsse. Es wurde ihr gestattet, und Winnie wollte sie begleiten — wie immer. Aber Gwendolin faßte sie am Arm.

»Bleibe bei mir, Winnie, Tante Gwen hat dich so selten.«

»Aber wir müssen arbeiten, Tante Gwen«, sagte Winnie wichtig.

Es klang sehr drollig, und alle mußten lachen.

»Heute wird es mal ohne dich gehen, nicht wahr, Miß Rosanna?«

Diese sah zu Winnie herab.

»Vielleicht zeigst du Tante Gwendolin einmal die jungen Hunde, Winnie, du hast heute ohnedies noch nicht nach ihnen gesehen.«

»O ja, Tante Gwen, die muß ich dir zeigen. Kommst du mit, Onkel Regi?«

So war Winnie abgelenkt. Der Hausherr fuhr noch einmal nach der Fabrik hinunter, Mrs. Gladys ruhte ein wenig, und Reginald und Gwen gingen mit Winnie zu den jungen Hunden. Damit hatte Gwen erreicht, daß Rosanna sich ein wenig schonen konnte, denn in Gegenwart der lebhaften Winnie ging das nicht.

Unterwegs erzählte Gwen ihrem Bruder, nachdem sie ihn zum Schweigen verpflichtet hatte, wie großartig sich Rosanna in der Angelegenheit mit Mary benommen haben und wie schlimm die Wunde an ihrem Knie aussehe.

Reginald fuhr ebenso zornig auf, wie Gwen es getan hatte.

»Dieser Mary müßte man einmal einen ordentlichen Denkzettel geben. Sie tyrannisiert hier das ganze Haus. Aber daran ist Gladys mit ihrer Gutherzigkeit schuld.«

»Ich war ebenfalls außer mir, Regi; die arme Rosanna tut mir leid. Wenn Mary schon uns gegenüber so niederträchtig ist, was wird da Rosanna erst auszustehen haben. Und ich bin gewiß, die ganze Szene hat sich noch viel schlimmer abgespielt, Miß Rosanna hat alles entschieden milde gefärbt.«

Gwen merkte mit Vergnügen, wie wütend Regi war. Er verriet ihr dadurch, wie sehr er auf seiten der jungen Deutschen stand.

Winnie war neben ihnen hergesprungen und hatte nichts von der Unterhaltung gehört. Bei den jungen Hunden war sie vollends in ihrem Element; diesen galt alle Sorgfalt ihres liebevollen Herzens. Und als Regi einen der drolligen Hunde am Genick emporhob, kreischte sie auf: »Du tust ihm weh, Onkel Regi, du tust ihm weh! Das darf man nicht.«

»Ach, geh, Winnie, das fühlt er gar nicht.«

»Alles was lebt, fühlt auch«, sagte Winnie wichtig. »Das hat Rosanna mir gesagt. Sogar die Blumen fühlen, in den Blumen leben winzigkleine Elfchen, und die drückt man tot, wenn man die Blumen allzufest in den Händen hält.«

Regi und Gwen sahen sich lachend an, und Gwen sagte: »Die junge Deutsche scheint ein sehr zartes Gemüt zu besitzen.«

Reginald zog sie ein wenig an den Ohren.

»Was man von dir nicht gerade behaupten kann, Gwen.«

»Ach, weißt du, wozu soll man sich das Herz mit unnötigen Gefühlen beschweren. Damit quält man sich nur selber.«

Regi war etwas weicher veranlagt als seine forsche Schwester, und ihm gefiel es gerade an Rosanna, daß sie anscheinend soviel Gemüt hatte. Das wußte Gwen auch, und deshalb hatte sie es hervorgehoben, daß Rosanna so zart besaitet sei.

Nachdem die jungen Hunde genügend bewundert waren, setzten die Geschwister mit Winnie ihren Spaziergang fort, und Regi beschäftigte seine kleine Nichte sehr intensiv, damit sie nicht nach ihrer geliebten Rosanna verlangen sollte, denn Gwen hatte ihm gesagt, man müsse Winnie dieser möglichst fernhalten, weil das allzu lebhafte Kind zu leicht an Rosannas Wunde stoßen könnte.

»Ob sie nicht einen Arzt braucht?« fragte Regi besorgt.

»Sie hat mich dringend gebeten, keinen rufen zu lassen, und behauptet, sie verstehe es selber, eine Wunde zu behandeln. Und sie hat ja auch Gladys auf der Reise sehr sachverständig gepflegt.«

»Und wir machen ihr dazu noch soviel Arbeit«, bemerkte Regi.

Seine Schwester sah ihn von der Seite an.

»Wir werden uns weise beschränken, Regi, und ihr nicht soviel Mühe machen.«

»Gut! Setzen wir lieber Mary etwas mehr in Trab.«

Gwen mußte lachen.

»Damit wirst du wohl nicht viel Glück haben, die steckt

sich hinter Gladys und tut nicht mehr, als ihr angenehm ist.«

Der Spaziergang mit Winnie dehnte sich so weit aus, daß Rosanna sich tatsächlich eine halbe Stunde Ruhe gönnen konnte, dann ihren Verband erneuern und sich erfrischen und umkleiden, damit sie für die Abendtafel wieder bereit war.

Mary ging ihr scheu aus dem Weg, und hatte sie mit ihr zu sprechen, dann geschah es in milderer Art als sonst. Sie fragte Rosanna sogar, ob ihre Wunde sie schmerze, und diese stellte das großmütig in Abrede.

Aber in der darauffolgenden Nacht konnte Rosanna nicht schlafen. Selbst die leichte Decke, die sie über sich gebreitet hatte, war ihr zu schwer und drückte in unangenehmer Weise auf die Wunde.

Die arme Rosanna fühlte sich ziemlich schlecht, und obendrein überfiel sie wieder einmal das Heimweh — und die brennendheiße Sehnsucht nach Ralf Tiefenbach. Erst gegen Morgen schlief sie einige Stunden, erwachte aber leidlich erfrischt. Die Wunde brannte nicht mehr, und als sie danach sah, konnte sie feststellen, daß sie gutartig aussah.

11

Nach wenigen Tagen fühlte Rosanna schon keine Beschwerden mehr. Da die Wunde vernarbt war, konnte sie wieder ungehindert ihre Arbeit verrichten und übertraf sich selbst. Staunend beobachtete Gwen, was diese junge Deutsche alles leistete, und sprach anerkennend darüber mit ihren Brüdern und Gladys, die ihr rückhaltlos beistimmten.

Reginald Lautham hatte schon nach wenigen Tagen sein Herz so gründlich an Rosanna verloren, daß er in Erwägung zog, ihr, ehe er abreiste, einen Heiratsantrag zu machen. Wenn er dabei an seinen Vater dachte, war ihm allerdings nicht sehr wohl zumute, denn er wußte, daß dieser ohne Kampf seine Einwilligung nicht geben würde. Wie Gwen über den Fall dachte, war ihm auch nicht recht klar, denn diese spielte mit großem Geschick die Unwissende.

Sein Bruder William merkte absolut nichts von den Gefühlen seines Bruders. Es wäre ihm gar nicht in den Sinn gekommen, anzunehmen, daß Reginald sich in die Stütze seiner Frau verlieben könnte, da dieser bisher allen Frauen möglichst weit aus dem Weg gegangen war und allen Heiratsplänen seines Vaters die größte Abneigung entgegenbrachte.

Auch William hatte geheiratet, ohne lange danach zu fragen, ob seinem Vater die Schwiegertochter gefiel, und Gladys hatte es sehr schwer gehabt, den alten Herrn mit der Wahl seines ältesten Sohnes auszusöhnen.

Selbstverständlich hatte er auch für Gwen schon einen Gatten in Aussicht genommen und mit aller Vorsicht gewählt. Er paßte ihm als Eidam genau so vortrefflich, wie die Dame mit den Pferdezähnen ihm als Schwiegertochter wünschenswert erschien. Und abgesehen davon, daß diese junge Dame wirklich etwas große und vorstehende Zähne hatte, und davon, daß der für Gwen bestimmte Gatte nichts weiter war als der Sohn seines reichen Vaters, hatte er in der Tat ganz gut für seine Kinder gewählt. William hatte sich freilich seinen Wünschen entzogen und Gladys geheiratet, die er heiß und innig liebte. Aber Regi und Gwen, das stand bei ihm fest, sollten sich nach seinen Wünschen vermählen.

Die Geschwister hatten deshalb sozusagen fluchtartig das Vaterhaus verlassen, um einen längeren Besuch in Williams Hause zu machen, in der Hoffnung, daß der Vater einsehen würde, daß sie nicht einfach über sich verfügen ließen. Sie hofften in William einen Bundesgenossen zu finden und setzten ihm in einer ruhigen Stunde auseinander, daß er ihnen helfen müsse, den Vater umzustimmen.

An seine eigenen Kämpfe mit dem alten Herrn denkend, sagte er ein wenig beunruhigt:

»Es ist euch also ganz unmöglich, Vaters Wünsche zu erfüllen?«

Regi gab sogleich eine ausführliche Schilderung der Reize der Dame mit den Pferdezähnen, und Gwen nannte den ihr Bestimmten einen energielosen Waschlappen, der ihr widerwärtig sei.

»Du mußt uns einfach helfen, William, du wirst uns um so besser verstehen können, als du selber Vaters Wünsche in dieser Beziehung nicht erfüllt hast.«

»Ich konnte einfach nicht, da Gladys damals schon mein Wort hatte. Seid ihr beide denn schon anderswie gebunden?«

Gwen und Regi sahen sich einen Moment an. Gwen wurde rot, Regie blickte auf seine Fingernägel herab, und Gwen sagte schließlich energisch:

»Darauf kommt es ja vorläufig gar nicht an. Es ist nur wichtig, daß du uns hilfst, Vaters Heiratspläne umzustoßen.«

William hatte seine Geschwister scharf beobachtet, und nun flog ein Lächeln über sein Gesicht.

»Also ihr habt, wie mir scheint, beide schon eine andere Wahl getroffen als der Vater, und — deshalb werde ich euch helfen, soviel in meiner Macht steht.«

Gwen flog ihm um den Hals.

»Ich hab's gewußt, William, daß du uns nicht im Stich lassen würdest. Wäre ja auch gemein! Du hast deine geliebte Gladys, mit der du in diesem Paradies lebst, und Regi soll einen Pferdekopf und ich einen Waschlappen heiraten. Kann gar nicht in Frage kommen. Ich will mir meinen zukünftigen Mann selber aussuchen!«

»Was ist er denn?« forschte William neckend.

Sie wollte schon antworten — dann aber sagte sie schnell:

»Wird nicht verraten — vorläufig nicht!«

»Ist ›er‹ denn annehmbar?«

»Aber, William, traust du mir einen schlechten Geschmack zu?« fragte sie, ihr hellblondes Haar zurückwerfend, und ihn mit den großen, braunen Augen anfunkelnd.

Er mußte lachen.

»Gwen, ich meine selbstverständlich, ob er eine in Vaters Sinn annehmbare Partie bedeutet.«

Sie richtete sich straff auf.

»So viel Geld, wie der Vater genehme Schwiegersohn, hat er nicht. Ich glaube, sehr viel hat er überhaupt noch nicht, aber was er hat, hat er sich selbst verdient, und — er ist ein ganzen Mann. Punktum!«

»Schön, das wäre also das Positive in deinem Fall. Und wie ist es mit dir, Regi? Ist Vater für deine Zukünftige eingenommen?«

»Ach, Regi hat ja noch gar keine Zukünftige, sein Herz sieht aus wie ein unbeschriebenes Blatt«, neckte Gwen.

Reginald sah sie unternehmend an.

»Was weißt denn du?«

»Also auch schon in Banden liegend, Regi?« forschte der Bruder.

Regis Stirn rötete sich.

»Es wird schon so sein.«

»Alle Wunder der Welt — Regi hat endlich sein Herz entdeckt«, spottete Gwen. »Ich hätte darauf geschworen, daß du mit einem ganz unbeteiligten Herzen von Hause abgereist wärest und daß nur die Miß mit den Pferdezähnen dich in die Flucht geschlagen hätte.«

»Du bist zu klug, Gwen, mit dir nimmt das mal kein gutes Ende«, spottete Regi, fest davon überzeugt, daß seine Schwester keine Ahnung hatte, welches weibliche Wesen ihm in Kopf und Herzen steckte.

Gwen wollte ihn nicht weiter in die Enge treiben.

»Kluge Kinder werden nicht alt, Regi, und deshalb will ich mich lieber dumm stellen«, scherzte sie.

William sah den Bruder forschend an.

»Na, na, mein Sohn, du kommst mir auch irgendwie verdächtig vor. Also, sag — kann ich Vater mitteilen, daß du eine gute Wahl treffen würdest, wenn du selber wählen dürftest?«

»Kannst du. Die beste Wahl werde ich treffen — wenn — nun ja — wenn auch nicht vom pekuniären Standpunkt aus.«

»O weh! ›Sie‹ ist also arm?«

»Ach, sprich doch nicht so, als wäre schon alles gut und richtig. Soweit bin ich noch nicht.«

Gwen kam ihm zu Hilfe:

»Quäle ihn nicht, William; hilf, ohne zu fragen. Unsere Wahl wird dir keine Schande machen — wenn wir auch keine Geldsäcke heiraten. Wir verkaufen uns beide nicht, das steht fest. Vater mag seine Pferdezahn-Lady selber heiraten oder mag sie mit dem Waschlappen vermählen.«

»Schön, daß läßt an Deutlichkeit nichts zu wünschen

übrig. Wenn du schon nicht davor haltmachst, deinen greisen Vater noch mal unter das Ehejoch zu zwingen, dann weiß ich Bescheid. Also — was soll ich tun?«

»Vater schreiben, daß wir nicht eher wieder in sein Haus zurückkehren, als bis er uns freie Herzenswahl zusichert«, erklärte Gwen prompt.

William kratzte sich mit dem kleine Finger den tadellosen Scheitel.

»Na, weißt du, so hart will ich doch nicht gleich mit ihm verfahren.«

»Je härter, desto leichter wird Vater einwilligen. Einen sanften Anstoß bemerkt er nicht, das kannst du mir glauben«, stimmte Regi der Schwester bei.

William zog die Stirn in Falten.

»Ein nettes Amt bürdet ihr mir da auf.«

»Wozu bist du der Älteste von uns dreien. Als solcher hast du die Verpflichtung, auch der Klügste zu sein. Und wenn du die Sache nicht zu einem guten Ende führst, wirst du gewaltig in unserem Ansehen sinken, und Gladys wird dich mit uns zusammen schrecklich verachten«, erklärte Gwen.

Und dann mußten sie alle drei lachen, als sei nicht eine sehr ernste Verhandlung geführt worden.

Gladys kam dazu, und Gwen warb sie sogleich als Bundesgenossin und suchte ihr den Schwur abzunehmen, William mit Verachtung zu strafen, wenn er nicht alles zum guten Ende führen würde.

Gladys streichelte Williams Kopf.

»Gwen, du treibst mit Entsetzen Scherz. Aber seid nur unbesorgt, William wird euch schon helfen. Euer Vater hält sehr viel von ihm, und er trägt es ihm nicht einmal nach, daß auch er sich gegen seinen Wunsch verheiratet hat.«

Gwen umhalste William wieder.

»Also, geliebter Ältester, mach deine Sache gut, damit wir dir unser Vertrauen nicht zu entziehen brauchen.«

»Ich kann euer Verhalten allerdings nur mit dem Ausdruck Erpressung bezeichnen, aber ich will mein möglichstes tun. Brieflich für euch in die Bresche zu springen, ist ja schließlich nicht das schlimmste; wenn ich Vater persönlich gegenübertreten müßte, wäre es bedeutend schwerer.«

»Siehst du wohl, wir machen es dir leicht, William. Und du sollst auch eine Belohnung von mir bekommen«, sagte Gwen.

»Darauf bin ich gespannt.«

»Ich will dir gleich sagen, worin die bestehen wird. Du darfst dir dann deinen Schwager — deinen künftigen selbstverständlich — auf einige Zeit einladen. Ich stelle es mir nämlich sehr nett vor, mich hier zu verloben, Hier, im Anblick der fruchtbaren Gegend und des herrlichen Meeres. Das ist sehr malerisch für eine Verlobung. Bei uns in Philadelphia, in unserem hundert Jahre alten Verlagshaus, würde sie sehr prosaisch ausfallen. Und in dieser Beziehung bin ich wirklich nicht für das Nüchterne — da bin ich romantisch.«

»Warum haben Sie eigentlich Ihr deutsches Vaterland verlassen, Miß Rosanna?« fragte einige Tage später Gwen, als sie mit Rosanna und Winnie durch den Park ging.

Rosanna wurde sehr rot, und das machte Gwen bestürzt. Dies Erröten deutete auf eine Herzensaffäre, und sie wurde ihres Bruder wegen besorgt. Wenn Regi vielleicht auch nicht die Fähigkeit besaß, an einem gebrochenen Herzen zu sterben, so würde er doch sehr betrübt sein.

Dann aber faßte Rosanna sich schnell und sagte:

»Ich lebte nach dem Tod meiner Eltern einige Jahre im Haus meiner verheirateten Schwester, um deren Haushalt vorzustehen. Es stellte sich aber heraus, daß ich nicht länger bei ihr bleiben konnte, und ich war gezwungen, mir anderwärts meinen Unterhalt zu verdienen. Aber ich hatte zunächst kein Glück bei meinen Bemühungen. Ich beschloß also zu versuchen, ob ich jenseits des Ozeans eine mir zusagende Stellung finden könne. Wenn ich auch eine gute Erziehung genossen habe, so habe ich mich doch nicht für einen bestimmten Berufszweig vorbereiten können. Und so kam ich als aushelfende Stewardeß herüber nach New York. Das übrige wissen Sie.«

Gwen sah sie forschend an.

»Wissen Sie, was ich geglaubt habe, weshalb Sie Ihre Heimat verließen?«

»Nun?«

»Ich glaubte, eine unglückliche Liebe habe Sie fortgetrieben.«

Als daraufhin Rosannas Gesicht dunkel erglühte, dachte Gwen:

Armer Regi — ich muß so schnell wie möglich versuchen, dir diese jäh in dir aufgekeimte Liebe aus dem Herzen zu reißen — mir scheint — du wirst bei dieser jungen Deutschen kein Glück haben.

Und Rosanna sagte leise:

»Bitte fragen Sie nicht weiter, Miß Gwendolin — ich kann nicht darüber sprechen.«

»So sagen Sie mir wenigstens eines, Miß Rosanna: würden Sie sich entschließen können, einem anderen Mann anzugehören?«

Mit einem wehen, schmerzlichen Blick sah die Gefragte sie an.

»Nein, Miß Gwendolin, ich werde nie heiraten, weder den einen noch einen anderen.«

»Das steht unabänderlich fest?«

»Ganz unabänderlich.«

»Ich danke Ihnen, daß Sie mich das haben wissen lassen«, sagte Gwen gegen ihre Gewohnheit mit tiefem Ernst.

Eine Weile gingen beide stumm nebeneinander her. Dann sorgte Winnie für Ablenkung, und Gwen hatte Zeit, sich zu fassen und ihren munteren Ton wiederzufinden.

Rosanna ahnte ungefähr, weswegen Gwen ihre Fragen gestellt hatte. Es war ihr aufgefallen daß Reginald Lautham sich sehr viel Mühe gab, ihr zu gefallen. Zwar hatte sie geglaubt, er suche sie nur in eine leichte Liebelei zu verstricken. Allein Gwens Worte verrieten ihr, daß es sich um etwas Ernsthaftes handelte. Und da stieg plötzliche Angst in ihr auf, daß diese Neigung Reginalds ihr das Bleiben hier im Haus unmöglich machen könnte. Sie war überglücklich, dieses Friedensasyl gefunden zu haben — sollte sie weiter wandern müssen, in neue Kämpfe gestürzt werden?

Als sie wieder dem Hause zugingen, kam Reginald ihnen entgegen. Rosanna wurde vor Angst und Unruhe sehr rot und gab vor, mit Winnie sofort ins Haus zurück zu müssen. Gwen kam ihr zu Hilfe und bestätigte, es sei höchste Zeit, daß Winnie ihre Milch bekäme.

So wagte Reginald nicht, Rosanna zurückzuhalten, aber er tröstete sich damit, daß Winnie großmütig versprach: »Wir kommen bald wieder!«

»Du kannst mich noch ein Stück durch den Park begleiten, Regi«, sagte Gwen, ihre Hand unter des Bruders

Arm schiebend. Sie gingen eine Weile stumm nebeneinander her. Regi mußte es erst verwinden, daß Rosanna fortgegangen war, und Gwen überlegte, wie sie dem Bruder auf schonendste Weise beibringen könnte, daß er sich keine Hoffnung auf Rosanna machen dürfe. Sie hatte ihm noch mit keinem Wort verraten, daß sie um seine Neigung zu Rosanna wußte. Jetzt mußte sie Farbe bekennen — mußte ehrlich und offen mit ihm sprechen.

Nach kurzem Zögern sagte sie, Regis Arm an sich drückend:

»Regi — es ist gut, daß Miß Rosanna mit Winnie fortging, ich habe etwas mit dir zu besprechen.«

Er wachte aus seiner Versunkenheit auf.

»Um was geht es denn, Gwen?«

Wieder drückte sie seinen Arm.

»Um etwas, mein guter Regi — das dich sehr betrüben wird.«

Unruhig forschend sah er sie an.

»Ich kann nicht sagen, daß ich mir wünsche, etwas zu hören, was mich betrüben könnte.«

»Das wünscht man sich niemals, Regi.«

»Nun also — heraus damit. Wenn du so eine lange Vorrede brauchst, handelt es sich wohl um etwas Schlimmes —«

»Ja, Regi. Ich — nun ja, ich weiß, daß du Miß Rosanna sehr gern leiden magst.«

Seine Stirn unter dem blonden Schopf, den der Wind etwas zerwühlt hatte, rötete sich jäh. Er sah die Schwester fast drohend an.

»Nun gut — ich leugne es nicht. Aber du darfst nicht glauben, daß ich mir dabei von dir hereinreden lasse.«

»Das will ich gewiß nicht tun, Regi. Sieh mal, als ich es merkte, da hab' ich mich aufrichtig gefreut, zu sehen, daß du endlich einer Frau gut sein kannst. Aber — ich habe vorhin Rosanna ein wenig ausgehorcht, um dir die Sache leicht zu machen — und da — ja, Regi, da habe ich erfahren, daß sie niemals heiraten will, weil sie eine unglückliche Liebe im Herzen trägt.«

Er blieb eine Weile stumm. Dann sagte er mit heiserer Stimme:

»Nun sag mir alles, Gwen.«

»Ach, Regi — tut es sehr weh?«

»Laß das!« sagte er rauh. »Sag mir alles — jedes Wort, das sie gesprochen hat.«

Sie erstattete gewissenhaft Bericht, und er hörte ihr mit starrem Gesicht zu.

Dann sagte er gepreßt:

»Gwen, ich habe sie sehr lieb — so lieb, daß ich daran dachte, sie zu meiner Frau zu machen. Glaubst du nicht, daß — daß sie den anderen vergessen könnte?«

»Nein, Regi, ich will keine falschen Hoffnungen in dir erwecken. Wenn du gehört hättest, wie sie das sagte: Ich werde nie heiraten, weder den einen noch einen anderen — du hättest sogleich gemerkt, daß ihr das tiefster Ernst war.«

Eine Weile schwiegen die Geschwister. Dann sagte Regi bittend:

»Gwen, du bist nun schon so weit gegangen in deiner Sorge um mich — tue mir den Gefallen, geh noch einen Schritt weiter.«

»Was soll ich tun, Regi?«

»Ich bitte dich, frag sie ohne alle Umschweife, ob sie meine Frau werden würde, wenn ich um ihre Hand anhielte. Vielleicht hat sie das doch nur so hingesagt wie viele Mädchen, die behaupten, nicht heiraten zu wollen, und es dann doch tun. Glaube nicht, daß es Feigheit von mir ist, wenn ich sie nicht selber frage, aber — ich würde sie durch meine Frage mehr beunruhigen, als wenn du es tust.«

»Ich werde sie fragen und dir volle Wahrheit verschaffen. Auch ich glaube, es ist besser, wenn ich ihr diese Frage vorlegen werde. Sie fürchtet sich vielleicht, ihre Stellung aufgeben zu müssen, falls sie deine Werbung zurückweisen würde. Ich glaube, der Gedanke beunruhigt sie sehr. Du wirst ja verstehen, was das für das arme Ding bedeuten würde, denn, abgesehen von Marys Gehässigkeiten, fühlt sie sich hier wohl und geborgen. Und wir wollen sie doch um keinen Preis aus diesem Friedensasyl vertreiben.«

»Unter keinen Umständen. Dennoch möchte ich Gewißheit haben. Du wirst alles taktvoll erledigen, Schwesterchen; ich würde sie sehr gern zu meiner Frau machen, aber ... nun ja – an gebrochenem Herzen werde ich dennoch nicht sterben, wenn sie damit nicht einverstanden ist. Aber eine Gewißheit will ich haben, die, daß ich sie auf alle Fälle in Sicherheit weiß und sie gelegentlich einmal sprechen kann.«

»Du sollst mit mir zufrieden sein. Regi. Wirst du sehr unglücklich sein, wenn sie nicht deine Frau werden will?«

Er lächelte gezwungen, aber es klang ein wenig bitter, als er sagte:

»In solchen Fällen begnügt man sich ja wohl mit der Versicherung gegenseitiger Freundschaft.«

»Mein guter Regi!« sagte Gwen in ehrlichem Bedauern.

Er wehrte hastig ab.

»Nur kein Mitleid, Gwen – sonst bemitleide ich mich schließlich selber, und das ist ein scheußliches Gefühl. Nur gut, daß ich Miß Pferdezahn nicht heiraten muß, das ist bei alledem ein gewisser Trost.«

So scherzte er, damit Gwen sich nicht zu sehr um ihn sorgen sollte.

Sie gingen noch eine Weile spazieren.

»Mußt mir Zeit lassen, Regi«, sagte Gwen nach einer Weile, »ich will eine Gelegenheit abpassen, wo ich ganz allein mit ihr bin.«

»Selbstverständlich! Ah – da kommt sie mit Winnie zurück –, du gestattest, daß ich mich seitwärts in die Büsche schlage. Ich bin jetzt kein guter Gesellschafter.«

»Soll ich nicht mit dir kommen, Regi – ich laß dich nicht gern allein.«

»Es ist aber für mich das beste, jetzt allein zu sein.«

Und schnell ging er davon. Gwen sah ihm nach und wischte sich hastig eine Träne aus den Augen.

»Mein armer Regi – es hat ihn hart getroffen. Aber vier Wochen später hätte es ihm noch viel weher getan.«

Sie wandte sich um und ging Rosanna und Winnie entgegen.

Zum Glück übernahm vorläufig Winnie die Unterhaltung, denn Gwen war ein wenig aus den Fugen und Rosanna sehr unruhig und bedrückt.

12

Am übernächsten Morgen, als William Lautham am Frühstückstisch die Post austeilte, überreichte er auch Rosanna einen ziemlich gewichtigen Brief.

»Das ist hoffentlich eine beruhigende Antwort auf Ihr Telegramm«, sagte er lächelnd.

Alle merkten, daß Rosanna vor unterdrückter Erregung sehr blaß wurde. Sie legte den Brief ungeöffnet neben sich und beschäftigte sich weiter mit Winnie. Gladys rief ihr aber freundlich zu:

»Wenn Sie Ihren Brief gern ungestört lesen wollen, Rosanna, dann gehen Sie ruhig auf Ihr Zimmer – wir werden einmal versuchen, allein mit Winnie fertig zu werden.«

Aber Rosanna hatte sich schon gefaßt, obwohl sie als Absender auf der Rückseite des Briefes Ralfs geliebten Namen gelesen hatte.

»Es hat Zeit, Mrs. Lautham, bis ich Winnie versorgt habe. Wenn Sie mir nachher gestatten, mich eine Weile zurückziehen zu dürfen, nehme ich das dankbar an.«

Regi hatte Rosanna scharf beobachtet, und ein eifersüchtiges Gefühl bemächtigte sich seiner. Er ahnte, daß der Brief von dem Mann kam, dem ihr Herz gehörte. Es tröstete ihn auch nicht, daß er wußte, sie könnte auch diesem nicht angehören.

Gwen hatte noch keine Gelegenheit gefunden, mit Rosanna im Interesse ihres Bruders zu sprechen. Also war er noch nicht ohne jede Hoffnung. Aber der Brief beunruhigte ihn sehr.

Rosanna war entschieden etwas zerstreut und atmete auf, als sie sich zurückziehen konnte.

Mit zitternden Füßen lief sie hinauf in ihr Zimmer und schloß es hinter sich ab. Was würde sie lesen müssen? Ziemlich kraftlos sank sie in einen Sessel und öffnete den Brief. Da stand:

»Mein sehr geehrtes gnädiges Fräulein! Zuerst danke ich Ihnen herzlich, daß Sie mir endlich Ihre Adresse geschickt haben. Ich habe mich lange bemüht, sie in Erfahrung zu bringen, war sogar zweimal in Hamburg, immer in der Hoffnung, Sie zu finden. Daß ich erfuhr, Sie machten die Reise nach New York als Stewardeß, war ein glücklicher Zufall. Ich fand Ihren Namen in der Schiffsliste. Als der Dampfer zurückkam, begab ich

mich noch einmal nach Hamburg, in der Hoffnung, Sie noch auf ihm zu finden, allein ich mußte zu meinem Bedauern hören, daß Sie drüben eine andere Stellung gefunden hätten. Mein Telegramm, das ich Ihnen an Bord des Dampfers sandte, haben Sie wohl verspätet erhalten, und ich danke Ihnen, daß Sie mir überhaupt darauf Antwort gaben. Aus Ihrem Telegramm entnahm ich freilich, daß Sie nur in der Sorge, Ihrer Frau Schwester könne etwas geschehen sein, geantwortet haben. Aber was Sie auch dazu bewogen haben mag, ich danke dem Schicksal, daß es geschehen ist.

Warum ich so eifrig nach Ihnen suchte und — warum ich Ihnen dies alles schreibe, werden Sie kaum begreifen können. Aber ich muß versuchen, Sie daran glauben zu machen, Rosanna Marten — daß ich Sie liebe, sehnsüchtig und heiß und innig, wie ich nie zuvor eine Frau geliebt habe und nie wieder lieben werde.

Ich weiß, daß Sie mir nicht sogleich glauben werden, was ich Ihnen gestanden habe, fühle, daß ich erst um Ihr Vertrauen, Ihren Glauben kämpfen muß. Und deshalb legen Sie meinen Brief jetzt nicht unwillig beiseite, sondern lesen Sie weiter, was ich Ihnen zu sagen habe. Rosanna, von dem Moment an, da sie Ihr großherziges Opfer brachten — für Ihre Schwester, wie Sie mich glauben machen wollten, nur für Ihre Schwester —, von dem Moment an, als Sie vor den Richtern standen und mich mit Ihren wundervollen reinen Augen flehend ansahen, von diesem Augenblick an habe ich Sie geliebt und werde Sie ewig lieben. Alles fiel von mir ab, was vordem gewesen war. Der Rausch, der mich Ihrer Schwester verfallen ließ, war schon vorher verflogen, und alles andere, was mich noch bewegte, erschien mir klein und wesenlos dem Empfinden gegenüber, das mich von diesem Augenblick an beherrschte.

Dürfte ich Ihnen alles das Auge in Auge sagen, würden Sie mir vielleicht eher glauben. Aber ich kann jetzt nicht von hier fort, wollte ich nicht meine ganze Zukunft aufs Spiel setzen und damit – wenn alles kommt, wie ich es mir wünsche – auch die Ihre. Denn es ist mein sehnlichstes Verlangen, Rosanna, Sie zu meiner Frau zu machen, und ich bitte Sie, mir zu glauben, daß es auf Erden keine geliebtere Frau geben wird als Sie.

Bitte, glauben Sie mir, Rosanna! Und denken Sie daran, daß ich die Stunden zähle, bis ich Ihre Antwort auf dieses Schreiben in meinen Händen halte.

Ich küsse Ihre Hände, Rosanna, und bin für immer Ihr ergebener, Sie innig liebender

Ralf Tiefenbach.«

Ralf hatte mit Absicht in diesem Brief nichts davon geschrieben, daß Ursula ihm verraten hatte, daß Rosanna ihn liebe und daß sie hatte sterben wollen, wenn auch er hätte das Tor des Todes durchschreiten müssen.

Daß er um dieses ihn beglückende Geheimnis wußte, wollte er nicht verraten, weil er ahnte, daß das die feinfühlige und zurückhaltende Rosanna beschämen würde. Sie selbst sollte ihm eines Tages sagen, daß sie ihn liebte, dann erst würde er ganz glücklich sein. Und er ahnte, daß er schwer um dieses Geständnis von ihren Lippen würde kämpfen müssen.

Mit welchen Gefühlen Rosanna diesen Brief las, läßt sich nicht beschreiben. Sie weinte vor tiefer Ergriffenheit, wollte gern glauben, was in dem Brief stand, und vermochte es doch nicht. Es wäre ja ein Wunder, wenn Ralf Tiefenbach sie wirklich liebte, ein holdes Wunder. Was hatte bewirkt, daß sein Herz sich plötzlich ihr zugewandt haben sollte? Er wollte sie gewiß nicht belügen, aber er hielt wohl für Liebe, was nur Mitleid war. Vielleicht ahnte er doch, saß sie sich für ihn geopfert hatte, daß sie nun heimatlos war und dem Leben unbeschützt gegenüberstehen mußte. Er war doch ein vornehmer, anständiger Mensch, wenn er auch geirrt hatte. Daß seine Gefühle für Ursula erkaltet waren, glaubte sie ihm — er und sie waren so verschiedene Menschen, daß eine dauernde Bindung zwischen ihnen unmöglich war. Aber daß er nun sie selbst lieben sollte, so lieben, wie er ihr das versicherte, vermochte sie nicht zu glauben. Es würde eine furchtbare Enttäuschung geben, wollte sie das tun, denn eines Tages würde er einsehen, daß nur Mitleid ihn zu ihr getrieben hatte.

Und — was dann?

Aber wäre es am Ende nicht doch möglich, daß er sie liebte?

Der Gedanke daran überwältigte sie beinahe.

Auf einmal schlug eine Uhr. Sie schrak zusammen und wußte nicht, wie lange sie über dem Brief gesessen hatte. Am liebsten hätte sie ihn gleich beantwortet, aber jetzt mußte sie ihren Pflichten nachgehen.

Sie steckte den Brief wieder in den Umschlag und barg ihn unter ihren Kleidern auf ihrem Herzen.

Als sie zu den anderen zurückkam, sahen sie ihr an, daß sie eine gute Nachricht erhalten hatte, und der Hausherr fragte lächelnd: »Also, nun ist alles wieder im Lot?«

Rosanna wurde rot. Ach nein, keineswegs. Allein, es war immerhin ein Glück, daß Ralf Tiefenbach ihr so viele liebe Worte geschrieben hatte, und so sagte sie aufatmend:

»Ich habe gute Nachricht erhalten. Mr. Lautham.«

Sie merkte nicht, daß Reginald sie mit einem schmerzlichen Blick ansah.

Der Hausherr zog sich bald zurück, um den bewußten Brief an seinen Vater zu schreiben, und Gwen rief ihm nach: »Mach deine Sache gut, William!«

»Ich werde das Schreiben eurer Kritik unterbreiten.«

»Famos! Also laß uns rufen, wenn es soweit ist.«

Reginald war in das nebenan liegende Musikzimmer getreten und griff ein paar Akkorde auf dem Flügel.

»Oh«, sagte Mrs. Gladys, »jetzt fällt mir ein, Regi, daß du noch gar nicht musiziert hast. Und wir hatten uns doch schon auf einige schöne Hauskonzerte gefreut. Du wirst an Miß Rosanna eine sehr gute Begleiterin haben. Auch singt sie sehr schön.«

Reginald erschien in der Tür.

»Miß Rosanna ist musikalisch?«

»Nur für den Hausgebrauch, Mr. Lautham«, erwiderte Rosanna lächelnd.

Er fand, daß ihr Lächeln, seit sie den Brief erhalten hatte, noch süßer und reizender geworden war als vordem, und das tat ihm weh. Aber er sagte ruhig:

»Wollen Sie mich zur Probe gleich einmal zu einem Lied begleiten, Miß Rosanna?«

Diese hatte zwar genug anderes zu tun, aber nach einem fragenden Blick auf ihre Herrin, die ihr aufmunternd zunickte, sagte sie:

»Gern — wenn Ihnen meine Begleitung genügt.«

»Das ist herrlich, Miß Rosanna, da kann ich wenigstens mal ungestört Zuhörerin spielen, sonst muß ich Regi immer begleiten«, sagte Gwen, nahm Winnie an die Hand und ging mit ihr in das Musikzimmer hinüber.

Die Hausfrau folgte. Rosanna nahm am Flügel Platz, und Reginald wühlte unter den Noten. Sie sah darauf nieder und blickte überrascht zu ihm auf.

»Sie singen Brahms?«

»Mit Vorliebe. Können Sie das Lied begleiten?«

»Gewiß, ich singe es selbst.«

Und sie begann sogleich das Vorspiel. Gleich darauf setzte Reginald ein:

»Immer leiser wird mein Schlummer.«

Er sang sehr gut und sehr ausdrucksvoll. Rosanna lauschte mit Vergnügen der warmen, weichen Männerstimme.

Leise öffnete sich die Tür, und der Hausherr kam herein — er hatte in seinem Zimmer den Gesang gehört und verschob die Abfassung des Briefes an den Vater, um zuhören zu können.

Auch Gwen und Gladys lauschten andächtig, und selbst die kleine Winnie hielt ihren sonst so geschäftigen Plaudermund.

Als das Lied zu Ende war, wurde lebhaft Beifall geklatscht.

»Da kommen wir unvermutet zu einem Morgenkonzert!« rief der Hausherr. »Ich bitte um Weiteres!«

»Du sollst doch an Vater schreiben, William«, mahnte Gwen vorwurfsvoll.

»Ach, das hat noch Zeit. Heute ist Sonntag, da bleibt mir noch der ganze Tag. Jetzt verlangt mich nach Musik — Miß Rosanna muß auch etwas zum besten geben.«

Rosanna zierte sich nicht. Sie war irgendwie ergriffen von Reginalds Gesang, das traurige Lied hatte ihr ans Herz gegriffen, und als er gesungen hatte: »Einen andern wirst du küssen!« da hatte eine schmerzliche Klage in diesen Worten gelegen.

Sie suchte nun unter den Noten und fand ihr Lieblingslied von Grieg. Sie dachte an Ralf Tiefenbach, griff nach dem Lied und wollte sich setzen, um sich selbst zu begleiten. Da nahm ihr Reginald das Heft aus der Hand.

»Jetzt werde ich mich revanchieren für Ihre ausgezeichnete Begleitung.«

Als er das Blatt auflegte, sah er einen Moment darauf nieder. Er kannte das Lied, sang es selbst sehr gern.

Und er wußte, dieses Lied, von Rosanna gesungen, würde alles, was er für sie empfand, in seinem Herzen lebendig machen. Aber — er wußte auch, daß sie es für einen andern singen würde.

Mit einem Ruck richtete er sich aus seiner Versunkenheit auf und begann das Vorspiel. Dann fiel Rosanna ein:

Du mein Gedanke, du mein Sein und Werden,
Du meines Herzens erste Seligkeit.
Ich liebe dich wie nichts auf dieser Erden,
Ich liebe dich in Zeit und Ewigkeit.

Ich denke dein, kann stets nur deiner denken,
Nur deinem Glück ist dieses Herz geweiht.
Ich liebe dich wie nichts auf dieser Erden,
Ich liebe dich in Zeit und Ewigkeit.

Es klang ein Jubel aus diesem Lied, zu dem sich Rosannas zweifelndes Herz erhob. Sie dachte an Ralf. Ob er sie liebte oder nicht — sie durfte ihn lieben, in Zeit und Ewigkeit. Vielleicht wäre es zuviel des Glückes gewesen, wenn er sie liebte wie sie ihn.

Reginald erkannte, daß es keine Hoffnung für ihn gab. Was sie gesungen, galt einem andern, das wußte, fühlte er. Und ohne zu ihr aufzusehen, begleitete er sie noch zu einem zweiten Lied, das sie vor ihn hinlegte. Es war wieder ein Lied von Brahms:

Am Sonntagmorgen, zierlich angetan,
wohl weiß ich, wo du da bist hingegangen,
Und manche Leute waren, die dich sahn,
Und kamen dann zu mir, dich zu verklagen.

Als sie mir's sagten, hab' ich laut gelacht
Und in der Kammer dann geweint zur Nacht.
Als sie mir's sagten, fing ich an zu singen,
Um einsam dann die Hände wund zu ringen.

Rosannas jubelnde Stimmung war umgeschlagen; alles, was sie um Ralf gelitten, sprach aus diesem zweiten Lied, und Reginald fühlte mit ihr und hätte sie gern getröstet und sich zugleich von ihr trösten lassen.

Als sie geendet hatte, spielte er einen übermütigen lustigen Schlager. Er wollte die traurige Stimmung wegspielen.

Und es gelang ihm auch, zumal Winnie, die diesen Schlager schon oft von den Dienstboten im Haus gehört hatte, im zierlichen Tanzschritt über den Teppich glitt und die absolut nicht für ein Kind passenden Worte dazu sang. Sie ahnte ganz gewiß nicht, was für einen tollen, übermütigen Sinn diese Worte hatten, sang sie aber in ihrer Unschuld gravitätisch im richtigen Tempo. Das wirkte so reizend naiv, daß alle entzückt waren, und nicht nur die stolzen Eltern. Reginald hob Winnie empor, drückte sie an sich und sang mit ihr.

»Schenk mir doch ein kleines bißchen Liebe.«

Aber dabei war ihm zumute, als solle ihm das Herz brechen.

Der Hausherr dankte für das schöne Morgenkonzert und meinte, auf die Fortsetzung am Abend lege er großes

Gewicht. Rosanna und Reginald versprachen, ihr möglichstes zu tun, und Gwen begann mit ihrer »Heimat, teure Heimat« zu singen, und zwar mit so sentimental kitschigem Ton, daß wieder alle lachen mußten. Wonach sie anscheinend tief beleidigt sagte, sie habe etwas sehr Ernstes und Gefühlvolles singen wollen; aber, nehme man so verständnislos ihre Darbietungen auf, würde sie sich heute abend nicht an dem Konzert beteiligen.

Sie hatte erreicht, was sie wollte, Reginald war von seinem Liebesschmerz abgelenkt, und das genügte ihr als Dank für ihre mehr komische als gefühlvolle Darbietung.

Der Hausherr verschwand nun wieder, um seinen hochwichtigen Brief zu schreiben, Rosanna hatte im Haushalt zu tun, Winnie begleitete sie, und Gwen erklärte, sie müsse gleichfalls einen wichtigen Brief schreiben. So blieb der Hausfrau Zeit, wieder ein wenig zu ruhen, was sie leider immer noch nötig hatte.

13

Am Nachmittag dieses Tages gelang es Gwen endlich, mit Rosanna über die Angelegenheit ihres Bruders zu sprechen. Diese Gelegenheit fand sich nach Tisch, als Winnie zur Ruhe gebracht worden war. Die beiden Brüder saßen noch bei einer Zigarre im Gespräch zusammen. William hatte kurz vor Tisch ihm und Gwen den Brief an ihren Vater vorgelesen. Er lautete:

»Mein lieber Vater! Es hat mir sehr leid getan, daß Du Gwen und Regi nicht begleitet hast, und ich würde mich sehr freuen, wenn Du sie wenigstens am Ende ihres Urlaubs abholen würdest.

Aber um gleich mit der Tür ins Haus zu fallen, ich muß Dir sagen, daß die beiden mich beauftragt haben, Dir mitzuteilen, daß sie sich nicht entschließen können, zu Dir zurückzukehren, wenn Du ihnen nicht Dein Wort gibst, sie nicht zu einer Heirat gegen ihren Willen zu zwingen. Im Vertrauen will ich Dir kundtun, lieber Vater – ganz im Vertrauen, daß die beiden abenteuerliche Pläne haben, wenn Du nicht auf die bewußten Heiratsprojekte verzichtest und ihnen nicht versprichst, sie in diesem Punkt nie mehr beeinflussen zu wollen. Ich halte es sogar für nötig, Dir mitzuteilen, wozu die beiden entschlossen sind, falls Du Deine Hand von ihnen abziehen solltest. Reginald will sein Privatvermögen, das von Mutter stammt, benützen, um sich als Opernsänger ausbilden zu lassen. Er wird also zum Theater gehen. Und Gwen ist entschlossen, sich der Filmlaufbahn zu widmen. Ihr mütterliches Erbe macht sie ja von Dir unabhängig, und Du wirst auch sie nicht hindern können, diesen Plan auszuführen, wenn Du auf Deinen Heiratsplänen bestehen bleibst. In dieser Beziehung hast Du kein Glück mit Deinen Kindern, lieber Vater – sie haben alle drei einen gewissen sentimentalen und romantischen Einschlag und wollen durchaus nur aus Liebe heiraten. Ich gebe Dir zu bedenken, was für einen Skandal es geben würde, wollten die Kinder des Verlegers Lautham zur Bühne und zum Film gehen.

Ich hielt es für meine Pflicht, Dir diese Entschlüsse von Gwen und Regi anzuvertrauen, obwohl sie mich nicht dazu ermächtigt haben. Bitte, sei gut und großherzig, laß Deine Kinder nach ihrer Art glücklich werden und halte sie vor allen Dingen von Unbesonnenheiten zurück.

Ich hoffe, bald eine günstige Nachricht von Dir zu er-

halten, damit die beiden nicht erst mit Film und Oper in Verbindung treten, sonst kann man sie vielleicht nicht mehr davon zurückhalten. Am besten, Du kommst zu uns und gibst ihnen selber das Versprechen, sie nicht mehr beeinflussen zu wollen. Wir würden uns sehr freuen.

Mit herzlichen Grüßen von uns allen
Dein Sohn William.«

Als Gwen und Regi das angehört hatten, lagen sie sich erst gegenseitig in den Armen und umfaßten dann jubelnd den ältesten Bruder.

»William, wann ist dir diese wundervolle Idee mit der Oper und dem Film gekommen, davon hast du uns ja gar nichts verraten!«

»Sie kam mir vorhin, als ich Reginald singen hörte und als du dein ›teure Heimat‹ mit so zwerchfellerschütternder Komik zum besten gabst. Da dachte ich mir, daß ihr euch sehr gut zu Film und Theater eignen würdet, und malte mir aus, was Vater dazu sagen möchte. Das war jedenfalls eine brauchbare Waffe, und ich beschloß, sie zu benutzen. Ehe Vater euch zum Film und zur Oper gehen läßt, verzichtet er lieber auf seine Heiratspläne.«

Die Geschwister tanzten mit ihm im Zimmer herum.

»Großartig! Wirklich großartig! William – das bauen wir ganz groß aus, darauf muß Vater anbeißen, wir benutzen das als Drohung, und damit kriegen wir ihn bestimmt klein!« So jauchzte Gwen, und Reginald mußte ebenfalls lachen, trotz seines heimlichen Liebeskummers.

Der Brief wurde ohne den geringsten Einwand genehmigt und ging mit der nächsten Post ab.

Am Nachmittag ging Gwen zu Rosanna auf deren Zimmer. Diese war nicht sehr erfreut darüber, denn sie war gerade dabei, den Brief Ralf Tiefenbachs nochmals durchzulesen. Verlegen barg sie ihn in einem Kästchen.

»Ich störe wohl, Miß Rosanna? Bitte verzeihen Sie, ich weiß, daß Sie jetzt, solange Winnie schläft, eine ihrer wenigen Freistunden haben. Aber ich muß einmal ungestört mit Ihnen sprechen, und dazu findet sich nur selten Gelegenheit. Darf ich also eine Weile bei Ihnen Platz nehmen?«

Rosanna hatte sich schnell gefaßt.

»Bitte sehr, Miß Gwendolin.«

»Ja, gern, aber bitte, kürzen Sie meinen Namen einfach in Gwen ab. In seiner ganzen Ausdehnung ist er zu groß für meine kleine Person.«

Rosanna lächelte.

»Wenn Sie gestatten, gern, Miß Gwen.«

»So ist es recht. Bitte, setzen Sie sich endlich einmal, damit Sie ein wenig Ruhe haben. Was macht Ihr verwundetes Knie?«

»Es ist vollständig heil, auch die Narbe wird wohl noch verschwinden.«

»Das freut mich. Macht Mary Ihnen immer noch soviel zu schaffen?«

»Nein, seit ich ihr einige Male klargemacht habe, daß ich mir keine Übergriffe mehr gefallen lasse, weicht sie mir aus, wie und wo sie kann.«

»Das ist ihr Glück. Regi ist fuchsteufelswild, seit ich ihm erzählt habe, wie sie mit Ihnen umgegangen ist.«

»Oh — das hätten Sie nicht tun sollen.«

»Zwischen Regi und mir gibt es keine Geheimnisse. Deshalb weiß ich auch ganz genau, wieviel er von Ihnen hält. Miß Rosanna, sagen Sie mir einmal ehrlich — ist Ihr Herz ganz und für alle Zeit an einen anderen gebunden?«

Rosanna wurde sehr rot, und ihr Blick flog zu dem

Kästchen hinüber, das Ralfs Brief barg. Das merkte Gwen sehr wohl.

»Ich will ehrlich zu Ihnen sein, Miß Gwen: Ja — mein Herz ist für alle Zeit gebunden, obwohl ich bisher keine Hoffnung hatte, überhaupt wiedergeliebt zu werden.«

»Aber seit heute wissen Sie, daß diese Hoffnung sich erfüllen kann? Ich habe es aus Ihrem Lied herausgehört: Daraus klang der Jubel eines liebenden Herzens, das nicht mehr hoffnungslos ist.«

Rosanna sah sie verlegen an.

»Sie haben sehr scharfe Augen und Ohren, Miß Gwen.«

»Weil es in diesem Fall das Glück meines Bruders gilt, Miß Rosanna. Obwohl ich nun schon zu wissen glaube, daß es umsonst sein wird, frage ich Sie, ob Sie meines Bruders Werbung annehmen würden, falls er Sie bäte, seine Frau zu werden.«

Rosanna richtete sich erschrocken auf.

»Das wird Ihr Herr Bruder doch nicht tun?«

»Er unterläßt es, wenn er weiß, daß er keine Hoffnung hat. Er weiß auch, daß er Sie von hier vertreiben würde, falls er Sie zwänge, ihm einen Korb zu geben. Mögen Sie auch so viele Arbeit haben, immerhin ist meines Bruders Haus ein Asyl für Sie, ist Ihnen sogar etwas wie eine Heimat geworden. Und die soll Ihnen nicht verlorengehen, solange Sie ihrer bedürfen. Darum auch hat Regi mich gebeten, Ihnen diese Frage vorzulegen.«

Rosanna krampfte die Zähne zusammen.

»Es ist eine große Ehre für mich, daß Herr Lautham mich für würdig befindet, mich an seine Seite stellen zu wollen. Und es tut mir sehr weh, ihm einen abschlägigen Bescheid zu erteilen. Was Ihr Herr Bruder mir durch sie bieten läßt, ist ein beneidenswertes Los, nicht nur, was die äußeren Verhältnisse anbelangt, sondern auch, weil er ein vornehmer und anständiger Charakter ist. Aber gerade darum soll er eine Frau bekommen, die ihm ihr ganzes Herz entgegenbringt. Gott mag ihm helfen, daß er eine solche findet. Ich bin sehr traurig, ihm Schmerz bereiten zu müssen.«

»Also — es gibt gar keine Hoffnung für ihn? Auch nicht, wenn — der andere Ihnen verloren bleibt?«

»Auch dann nicht, Miß Gwen; ich kann nur diesen einen Mann lieben, das sollen Sie wissen — und wie ich geartet bin, kann ich auch nur diesem einen angehören.«

Eine Weile blieb es still.

»Gerade diese Denkart macht Sie sehr liebenswert, Miß Rosanna, und mein Bruder tut mir sehr leid, daß er verzichten muß. Er hat sich noch niemals einer Frau genähert, das weiß ich, und deshalb freute ich mich aufrichtig, als ich merkte, daß er sein Herz an Sie verlor. Und nun soll ich ihm also sagen, daß es keine Hoffnung für ihn gibt?«

»Ich kann nur einmal lieben.«

»Die Sache ist erledigt, und Regi wird sich mit Ihrer Freundschaft begnügen. — Und nun nichts mehr von dem allen.« Gwen erhob sich und reichte Rosanna die Hand. — »Ich werde nun meinen Bruder aufsuchen und ihm sagen, was ich ihm leider sagen muß.«

»Ich bedauere Sie deswegen. Es ist eine schwere Aufgabe für Sie, und ich begreife kaum, daß Sie mir trotzdem Ihr Wohlwollen nicht entziehen.«

»Sie können doch nichts dafür. Das Herz läßt sich nichts gebieten.«

Damit ging Gwen hinaus.

Rosanna blieb seufzend zurück. Nein, das Herz ließ sich nichts gebieten, das wußte sie aus eigener Erfahrung. Wie glücklich und zufrieden sie hätte sein können, wenn sie Reginald Lauthams Liebe hätte erwidern können. An seiner Liebe hätte sie ganz gewiß nicht zu zweifeln brauchen. Aber — ihr Herz sprach nur für Ralf Tiefenbach.

Wieder las sie seinen Brief durch, und wieder schmeichelten sich seine Worte in ihr Herz. War sie nicht eine Törin, daß sie noch zweifelte? War es nicht besser und richtiger, sie glaubte an seine Worte, an seine Liebe und ließ alles, was sie bedrückt und gequält hatte, hinter sich?

Gwen traf Regi noch bei William. Sie forderte ihn zu einem Spaziergang auf, und er ahnte sogleich, daß sie ihm etwas zu sagen habe. Darum erklärte er sich bereit, sie zu begleiten. William, aber begab sich zu seiner Gattin, der heute, am Sonntag, der größte Teil seiner Zeit gehörte.

Gwen hatte ihre Hand unter Reginalds Arm geschoben, und so schritten sie nebeneinander her. Reginalds Gesicht sah etwas blaß unter den blonden Haaren hervor. Als Gwen lange stumm blieb und mit sich rang, wie sie dem Bruder möglichst schonend berichten sollte, was sie von Rosanna gehört hatte, sagte er etwas heiser:

»Rede nur, Gwen — ich weiß schon, was du mir melden wirst, wußte es bereits, als Rosanna ihre Lieder sang. Das erste war ein jubelndes Bekenntnis ihrer Liebe zu einem andern — das zweite war der Ausdruck tiefer Trauer und Angst, daß der Mann, den sie liebt, ihr nicht treu sein oder sie überhaupt nicht lieben könnte.«

Sie drückte seinen Arm an sich.

»Ich weiß nicht, ob du ganz recht gehört hast, Regi. Glücklich scheint sie in ihrer Liebe zu dem andern nicht zu sein. Irgendein Hindernis steht zwischen ihnen. Aber sie hat mir gesagt — wörtlich: ›Mein Herz ist für alle Zeit gebunden, obwohl ich bisher keine Hoffnung hatte, daß ich überhaupt wiedergeliebt wurde.‹«

»Ah, und heute der Brief hat ihr wohl eine Hoffnung darauf erschlossen — wenn auch vielleicht nichts als eine solche.«

»Das war auch meine Ansicht, und ich sprach sie ihr gegenüber aus. Und dann habe ich sie klipp und klar gefragt, wie sie sich dazu stelle, wenn du sie bitten würdest, deine Frau zu werden.«

»Und?«

»Sie erschrak, war sehr traurig und betrübt, daß sie dir weh tun müsse. Sie hält dich für einen vornehmen und anständigen Charakter. Aber gerade darum müßtest du eine Frau bekommen, sagte sie, die dir ihr ganzes Herz entgegenbrächte. Gott möge dir dazu helfen. Sie sei sehr traurig, daß sie dir Schmerzen bereiten müsse. Ich fragte sie dann noch, ob sie auch dann deine Frau nicht werde möchte, wenn sie alle Hoffnung auf eine Vereinigung mit dem Mann ihrer Liebe aufgeben müsse. Sie antwortete mir, daß es auch dann nicht geschehen könne, sie könne diesen einen Mann lieben, und, dürfe sie ihm nicht angehören, wollte sie auch nie einen anderen heiraten.«

»Also vollkommen aussichtslos! Ich habe es geahnt.«

»Mein armer Regi!«

»Nein, laß nur, Gwen, ich muß eben damit fertig werden.«

»Sie ist sehr dankbar, daß du alles so taktvoll und zartfühlend durch mich erledigen ließest und daß sie nun nicht gezwungen ist, ihre Stellung hier im Haus aufzugeben. Ich sage dir offen, Regi, sie war reizend und wie immer liebenswert, und es tat ihr wirklich schrecklich leid, dir weh tun zu müssen.«

»Das glaube ich schon, Gwen, sie gehört nicht zu den Frauen, die sich mit ihren Anbetern brüsten, wie die Indianer mit erbeuteten Skalps. Sie ist ein feiner, lieber

Mensch — sonst hätte ich sie auch nicht so liebgewonnen. Und siehst du, Gwen, es ist mir ein Trost, daß sie eine gewisse Wertschätzung für mich hat. So kann ich mir wenigstens einbilden, daß ich ihre Liebe hätte erringen können — wenn ihr Herz noch frei gewesen wäre. Dieser andere ist selbstverständlich ein Deutscher.«

»Das ist wohl anzunehmen.«

Er atmete tief auf, und weil er sah, wie traurig Gwen war, zwang er sich zu einem Scherz:

»Es ist gut, Gwen, daß ich jetzt nicht zu Hause bin, in meiner augenblicklichen Stimmung wäre es Vater vielleicht gelungen, mich mit der Dame mit den Pferdezähnen zu verheiraten. Mir ist jetzt schon alles eins.«

»Um Gottes willen, Regi — so tief darf deine Verzweiflung nicht sein. Du wirst schon eine andere Frau finden, die dich tröstet. Weißt du, vorigen Sommer hast du mir doch mal erzählt, du hättest in Florida im Seebad eine kleine Miß kennengelernt, die in San Franzisko lebt. Sollen wir beide eine Reise nach dort machen William leiht uns seinen Wagen. Wir wollen sie besuchen, du kennst doch den Namen und die Adresse.«

Gwen fuhr sich durch das Haar.

»Sie war wirklich süß, die kleine Maud. Aber nein, Gwen, jetzt bin ich nicht imstande, an eine andere zu denken. Vielleicht später einmal.«

Gwen wußte, daß gegen eine unglückliche Liebe nur eine glückliche als wirksames Gegenmittel hilft, und sie beschloß, ihren Bruder, sobald sein erster Schmerz überwunden sein würde, doch nach San Franzisko zu bringen.

Um ihn von dem abzulenken, war ihn im Augenblick bewegen mochte, und um ihn ein wenig zu erheitern, begann sie:

»Was sagst du zu Williams meisterhaftem Schachzug Vater gegenüber? War sein Brief nicht ein diplomatisches Meisterwerk?«

Er mußte lachen.

»Ich möchte Mäuschen sein, wenn Vater diesen Brief liest. William hat ihm ja nicht einmal den Trost gelassen, uns mit Enterbung drohen zu können.«

Gwen lachte.

»Was prompt erfolgt wäre, hätte William nicht vorgebaut. Was denkst du, wird nun geschehen?«

»Erst wird Vater toben, ganz für sich allein, dann wird er ein halbes Dutzend Bücher wildwütend auf die Erde werfen, dann wird er sich ermattet in einen Sessel fallen lassen und uns in Gedanken die fürchterlichsten Koseworte an den Kopf werfen und dann — ja, das kommt nun auf die Umstände an: entweder er schreibt doch, daß er uns enterbt, oder er kommt angefahren, um uns mit Gewalt ins Ehejoch zu spannen.«

Sie mußten trotz allem Herzenskummer beide lachen. Dann kam Gwen ein Gedanke, den sie bei sich großartig nannte. Sie beschloß, ihn, wenn sie wieder allein war, näher zu beleuchten. Jetzt mußte sie sich als liebevolle Schwester erst noch ein wenig ihrem Bruder widmen. Sie blieben zusammen, bis zum Tee gerufen wurde.

Dabei traf Reginald wieder mit Rosanna zusammen und brachte es fertig, sie ruhig und freundlich wie immer anzusehen und sich auch mit ihr zu unterhalten, als sei nichts geschehen. Sie hatte ihn mit Gwen kommen sehen und sich gesagt, diese würde ihm alles bereits eröffnet haben. Und sie bewunderte ihn und war ihm dankbar, daß er ihr alles so leicht machte. Gwen drückte ihr beruhigend die Hand und nickte ihr zu. Nach dem Tee spielten die beiden Brüder eine Partie Schach. Rosanna und Winnie entfernten sich, und so blieb Gwen mit Gladys allein.

»Gladys, würdest du mir, ohne viel zu forschen und zu fragen, einen Gefallen tun?«

»Selbstverständlich, Gwen.«

»Also, erst einmal eine Frage – kennst du in San Franzisko eine Familie Mellvil?«

»Wenn du die Familie John Mellvils, des Schiffsreeders, meinst – ja, die kenne ich. Du weißt ja, daß wir jedes Jahr einige Zeit in San Franzisko verleben, des Theaters, der Konzerte, der Geselligkeit wegen. Und Mellvils gehörten zu unserem Bekanntenkreis.«

Nachdenklich sah Gwen vor sich hin.

»Hm! Hat dieser John Mellvil nicht eine Tochter, die Maud heißt?«

»Stimmt! Er hat nur einen Sohn und eine Tochter, und die heißt Maud.«

»Vielleicht weiß du auch, ob diese Miß Maud im vorigen Sommer in einem Seebad in Florida war?«

Gladys lachte.

»Aber Gwen, das ist ja das reine Verhör. Aber ich weiß zufälligerweise auch das, weil ihre Mutter mir erzählte, Maud sei mit ihrer Tante dort gewesen und habe sich sehr gut unterhalten. Ich glaube sogar, sie hat mir so etwas angedeutet, die kleine habe sich in einen jungen Mann verliebt, der ebenfalls dort zur Kur war.«

Gwen atmete tief auf, ganz tief.

Also, wenn dieser junge Mann nicht mein Bruder Regi war, dann glaube ich nicht mehr an eine Vorsehung, dachte sie. Und dann sagte sie, Gladys bittend ansehend:

»Kannst du diese Miß Maud nicht für ein paar Wochen hierher einladen – würde sich dazu nicht ein Vorwand finden lassen?«

»Nichts leichter als das. Maud hat mir versprochen, uns gelegentlich zu besuchen. Daran brauche ich sie nur zu erinnern. Aber willst du mir nicht sagen, was das zu bedeuten hat?«

»Das soll bedeuten, daß wir beide ein wenig Vorsehung spielen werden, geliebte Gladys. Aber — du mußt dich noch weiter opfern. Mußt noch einen Gast einladen.«

»Wen denn noch, Gwen?« fragte Gladys schmunzelnd.

»Mr. Percy Hundley, den Chefredakteur unserer Zeitung in Philadelphia.«

Mit komischem Entsetzen sah Gladys sie an.

»Willst du Maud Mellvil etwa mit diesem Percy Hundley verheiraten?«

Gwen wehrte energisch ab.

»Auf gar keinen Fall, Gladys — auf den habe *ich* es abgesehen, für Maud habe ich eine andere Verwendung.«

»Oh, Gwen — mir ahnt Schreckliches!«

»Ahne, soviel du willst, aber verrate kein Wort.«

»Sag mir nur eines — Maud und Regi?«

»Sei still, kein Wort davon, er darf nicht wissen, daß sie hierherkommen wird.«

»Aber Mr. Percy Hundley wird ahnen, daß eine Miß Gwendolin Lautham hier ist?«

»Weiß er schon, Gladys. Und auf eine Absage darfst du nicht hoffen, er kommt.«

Sie mußten beide lachen.

»Also eine richtige Verschwörung gegen deinen Vater?«

»Nennen wir es so, nur schweige gegen jedermann, vor allem Regi gegenüber — wenn Vater kommt, auch dem gegenüber.«

»Wenn ich nur wüßte —«

»Nichts sollst du wissen, dann trifft dich keine Verantwortung.«

»Ich meine ja nur, was William dazu sagen wird?«

»Den überlaß mir, Gladys; ich wollte nur erst wissen,

ob du mich sehr verwünschen würdest, wenn ich dir noch mehr Gäste in dein Haus lüde.«

»Aber Gwen, wenn ich dir und Regi einen Gefallen tun kann! Ich habe ja Rosanna, die erledigt alles tadellos. Und ich hatte mir wirklich schon immer vorgenommen, Maud Mellvil herzubitten.«

»Na, wenn das nicht alles Vorsehung ist, dann weiß ich nicht, wie eine solche aussieht. Du mußt mir helfen, Gladys, allein kann ich das nicht bewältigen.«

»Gut, aber ich rate dir, mach dir vor allen Dingen Rosanna zur Bundesgenossin, die wird dich wahrscheinlich tatkräftiger unterstützen können als ich.«

Gwen legte den Finger an das Näschen.

»Du, das ist ein glorreicher Gedanke — wird gemacht. Miß Rosanna soll ebenfalls Vorsehung spielen helfen. Sie ist ja verschwiegen.«

»Unbedingt.«

»Also bitte, schreibe gleich die Einladung — ich notiere dir hier Percy Hundleys Adresse. Inzwischen werde ich Rosanna bearbeiten.«

Sie mußte, als sie hinauseilte, bis in die Wirtschaftsräume dringen, um Rosanna zu finden, und traf sie mit Winnie und Mary zusammen bei den Obstkonserven. Mary kniete neben Winnie und wollte sie liebkosen. Winnie ließ sich das nicht gern gefallen und strebte aus ihren Armen zu Rosanna hinüber.

»Laß mich, Mary, du tust mir weh!«

Damit riß sie sich los und schlang die Ärmchen um Rosanna. Mary verlor sich wieder einmal ganz in ihren eifersüchtigen Haß.

»Laß doch den deutschen Eindringling, Winnie, komm zu deiner Mary, die dich so sehr liebt«

»Ich mag dich nicht, Mary, du kommst mir immer mit

deinen Zähnen zu nahe, wenn du mich küßt, das mag ich nicht.«

In ihrer Wut packte Mary einen der schweren Dosenöffner, der auf dem Tisch lag, und wollte Rosanna damit ins Gesicht schlagen. Da wurde ihre Hand festgehalten und zurückgerissen. Unbemerkt war Gwen eingetreten und konnte so Rosanna vor einer Verletzung im Gesicht schützen.

»Sie sind wohl von Sinnen, Mary!« rief Gwen und schleuderte Marys Hand mit dem Büchsenöffner von sich.

Die erboste alte Frau wandte sich nun gegen Gwen.

»Sie haben hier nichts zu suchen, Miß Gwendolin, hier sind die Wirtschaftsräume, in denen nur das Personal zu tun hat.«

»Machen Sie sich nicht lächerlich. Und dieses Mal wird meine Schwägerin erfahren, was für Feindlichkeiten Sie gegen Miß Rosanna loslassen — auch von der anderen Sache wird sie erfahren, bei der Sie Miß Rosanna so schwer verletzt haben, daß sie tagelang heftige Schmerzen erdulden mußte.«

»Sie hat geklatscht!« rief Mary, wütend auf Rosanna starrend.

»Nein, ich habe sie gezwungen, mir Rede zu stehen, weil ich die böse Wunde am Knie gesehen habe. Nur weil sie mich darum gebeten hat zu schweigen, habe ich meiner Schwägerin nichts gesagt. Jetzt aber soll es geschehen.«

Mary sank jammernd in sich zusammen. Rosanna erhob bittend die Hände:

»Sagen Sie nichts, Miß Gwen; Mary ist in ihrer Eifersucht halb unzurechnungsfähig.«

»Und wird Sie in ihrer Wut noch einmal schwer verletzen. Wenn ich sie nicht davon abhielt, hätten Sie jetzt eine schwere Verletzung im Gesicht.«

»Böse Mary — sie ist immer böse zu Rosanna«, sagte Winnie und hielt sich an Rosannas Rock fest.

Rosanna tat die Alte trotz alledem leid.

»Sie wird es nicht wieder tun, Miß Gwen, ich möchte die Herrin nicht durch derartiges aufregen.«

»Wenn die Herrin mir gram wird, dann bringe ich erst Sie beide um — und dann mich selbst«, schrie Mary, so laut sie konnte.

Damit verriet sie sich aber selbst, denn der Lärm zog William herbei, der ihn von der Halle aus gehört hatte. Er vernahm die letzten Worte Marys und trat ärgerlich hinter sie, faßte ihre Schultern und herrschte sie unwillig an:

»Was habe ich da hören müssen? Sind Sie von Sinnen, Mary? Wen wollen Sie umbringen?«

»Miß Rosanna und mich, und dann sich selbst«, sagte Gwen ganz beklommen. »Ich glaube, William, sie ist krank. Ich kam eben dazu, wie sie Miß Rosanna mit dem Büchsenöffner ins Gesicht schlagen wollte. Und neulich hat sie Rosanna schwer mißhandelt — du erinnerst dich, daß diese ein wehes Knie hatte. Nun, sie hatte eine böse Wunde daran, wollte euch aber nicht beunruhigen und Mary nicht anklagen. Denn Gladys sollte jede Aufregung erspart werden.«

»Das sind ja nette Sachen. Was hat sie Miß Rosanna neulich getan?«

Gwen berichtete und überhörte alle Beschwichtigungsversuche Rosannas. Mary wurde vorläufig auf ihr Zimmer verbannt und sollte dort abwarten, was man über sie beschließen würde.

»William — ich glaube wirklich, daß Mary nicht ganz

zurechnungsfähig ist. In einem solchen Anfall kann sie ja auch Winnie etwas zuleide tun.«

William zuckte die Achseln.

»Ich werde mit Gladys sprechen — sie muß fort, es hat keinen Zweck, sie zu halten. Sie mag auf einem der Obstgüter untergebracht werden. Dort hat sie Ruhe und Pflege. Hier im Haus kann man sie nicht mehr behalten.«

»Das ist auch meine Meinung, William.«

Er sah Miß Rosanna an.

»Warum haben Sie uns nicht gleich gesagt, daß Mary Sie so schwer verletzt hat?«

»Sie ist eine alte, arme Person, ich wollte sie nicht anklagen. Ihre Eifersucht entspringt ihrer Liebe zu Winnie und der Herrin — sie gönnt mir nicht, daß ich um diese sein darf.«

»Gut, wir haben ihre Schwächen lange genug geduldet — es ist auch für sie besser, wenn sie ganz zur Ruhe kommt.«

Gladys mußte sich, wenn auch schweren Herzens entschließen, die alte Dienerin fortzugeben. Es gab eine aufregende Szene, bei der deutlich zutage trat, daß Mary entschieden nicht mehr zurechnungsfähig war. Sie wurde darum auch nach einer Heilanstalt gebracht.

Gwen kam heute nicht mehr dazu, Rosanna als Bundesgenossin zu werben. Sie verschob es auf den nächsten Tag. Als Reginald von dem Vorfall zwischen Mary und Rosanna hörte, war er zuerst sehr zornig auf die alte Dienerin, aber dann tat sie ihm leid, wie allen anderen.

14

Als Rosanna nach diesem aufregenden Tag endlich abends ihr Zimmer aussuchen konnte, war sie so müde, daß sie sich am liebsten gleich niedergelegt hätte. Aber sie sagte sich, daß Ralf Tiefenbach auf ein Lebenszeichen von ihr warte, und so wollte sie ihm heute noch antworten, denn morgen würde ihr dazu wahrscheinlich wieder keine Zeit bleiben.

Sie setzte sich an ihren Schreibtisch und legte sich einen Bogen zurecht. Aber schon bei der Anrede stockte ihr die Feder. Schließlich stand aber doch das formelle: »Sehr geehrter Herr Doktor« da, und sie ließ es auch stehen. Eine vertraulichere Anrede wagte sie nicht zu gebrauchen. Dann fuhr sie fort:

»Ihren liebenswürdigen Brief habe ich erhalten, und ich kann Ihnen nicht beschreiben, wie er auf mich gewirkt hat. Alles, was Sie darin sagen, hat mich tief bewegt. Wie glücklich würde ich sein, wenn ich Ihren Worten glauben könnte. Nicht, daß ich annehme, Sie hätten mir bewußt etwas Unwahres geschrieben — aber ich muß mir sagen, daß es unmöglich ist, daß Sie mich lieben. Wahrscheinlich ist es nur Mitleid. Mitleid mit einem Mädchen, dem Sie sich zu Dank verpflichtet fühlen.

Ich wollte nicht, daß Sie sich durch ein solches Gefühl bedrückt fühlten. Deshalb schrieb ich Ihnen, ich hätte alles nur meiner Schwester wegen getan. Ich kannte Sie hinlänglich, um fürchten zu müssen, Sie würden sich als die schuldige Ursache betrachten, daß ich meine Heimat verließ, um den Lebenskampf allein aufzunehmen. Mein Brief sollte Ihnen bezeugen, daß Sie keine Schuld daran hätten. Aber nach Ihrem Schreiben, Ihrer Erklä-

rung, daß Sie mich lieben, fühle ich mich außerstande, Ihnen länger mit einer Unwahrheit gegenüberzustehen. Ich brauche Ihnen dabei ja auch nicht ins Antlitz zu sehen, werde Sie wohl nach menschlichem Ermessen überhaupt nicht wiedersehen. Also will ich Ihnen offen bekennen, daß in der Hauptsache die Angst um Sie mich zu meiner falschen Aussage bewog, weil – weil ich Sie liebe – liebte, vom ersten Augenblick an, da ich Sie im Haus meiner Schwester sah.

Ich wußte, daß meine Schwester kein Wort zu Ihren Gunsten sprechen würde, wußte, daß Sie somit nicht imstande waren, ein Alibi nachzuweisen. Da vermochte ich an nichts weiter zu denken, als wie ich Sie retten könnte. Es gibt Dinge, die man seiner Wesensart nach einfach tun muß, weil man nicht anders kann. Leicht wurde es mir nicht, mich vor so vielen Augen als eine Schuldige zu bekennen – ein armes Mädchen hat nichts als seinen guten Ruf. Aber daran durfte ich nicht denken, da ich annehmen mußte, man würde sie verurteilen, ohne meine falsche Aussage, die ich auch beschworen hätte. Ich war außer mir, daß Sie es mir unmöglich machten, und die Erregung über das alles ließ mich zum ersten Mal im Leben ohnmächtig werden. Sie sind mir aber keinen Dank schuldig – ich tat es für mich – für meine Liebe. Und ich schäme mich nicht, Ihnen das heute zu gestehen. Sie sollen ganz klar sehen. An Ihre Liebe kann ich nicht glauben, denn täte ich es und würde später enttäuscht werden, wenn Ihnen die Erkenntnis käme, daß nur Mitleid Sie zu mir geführt hat, so wäre das tausendmal schlimmer für mich als der Tod.

Ich tat Ihnen leid, weil ich mich opfern wollte, und Ihr Mitleid halten Sie jetzt für Liebe. Wollte ich auf Ihre Werbung eingehen, würden wir beide eines Tages un-

glücklich sein, Sie, weil Sie erkennen müßten, daß Mitleid etwas anderes ist als Liebe, ich aber, weil ich lieber selbst unglücklich bin und bleiben werde, als auch Sie unglücklich zu machen. Denn eines Tages wird ja auch zu Ihnen die reine wahre Liebe kommen, und dann darf ich für Sie nicht eine Last sein, die Sie sich unbedacht aufgeladen haben.

Eine große Beruhigung haben Sie mir gegeben durch die Versicherung, daß zwischen meiner Schwester und Ihnen alles aus ist. So brauche ich keine Angst mehr zu haben, daß Ihnen beiden Unheil drohen könnte.

Ob Sie mir weiter schreiben dürfen? Ich kann es Ihnen nicht verbieten – aber was sollten Sie mir noch mitzuteilen haben, nachdem ich alles geklärt habe? Ich wünsche Ihnen von ganzem Herzen ein anderes, ungetrübtes Glück und – danke Ihnen trotz allem, daß ich Sie lieben durfte. Das werde ich tun können, solange ich will, niemand kann mir das verbieten. Das ist immerhin ein Glück für mich.

Leben Sie wohl, Ralf Tiefenbach –
alles Gute mit Ihnen.
Ihre Rosanna Marten.«

Als Rosanna diesen Brief beendet hatte, warf sie sich, an Gott und der Welt verzweifelnd, auf den Diwan und weinte, als könnte sie mit ihren Tränen alles fortspülen, was sie bedrückte. Und die Versuchung kam über sie, den Brief nicht abzuschicken, sondern ihm einen anderen zu senden, in dem sie seine Werbung annahm. Aber dann faßte sie sich, verschloß ihn und legte ihn in den Hausbriefkasten.

Am anderen Morgen, als Rosanna Winnie ankleidete, trat Gwen in das Kinderzimmer.

»Miß Rosanna, ich möchte etwas mit Ihnen besprechen, was mir sehr am Herzen liegt. Darf ich Sie heute nach Tisch noch mal in Ihrem Ruhestündchen stören?«

»Das bedarf doch keiner Frage, Miß Gwen.«

»Also gut! Ich komme, sobald Sie Winnie nach Tisch zu Bett gebracht haben. Und jetzt wollen wir zum Frühstück gehen. Ich war sehr betrübt, daß wir gestern durch die Aufregung mit Mary um unser Abendkonzert gekommen sind. Ich hatte schon einige Duette ausgesucht, die Sie und mein Bruder Regi sicherlich sehr schön gesungen hätten. Nun muß das heute abend geschehen, wenn Sie nicht zu müde sind. Infolge Marys Ausscheiden haben Sie freilich noch mehr zu tun als sonst.«

Rosanna lächelte.

»Im Gegenteil, Miß Gwen, es wird jetzt alles viel besser laufen, Mary hat mir oftmals Steine in den Weg geworfen, indem sie meine Anordnungen umstieß und die Leute durcheinanderbrachte. Die arme Mary — ich habe schon immer geglaubt, daß sie mehr krank als schlecht sei.«

»Nun, sie ist nie ein solches Lamm gewesen wie Sie, auch nicht, als sie noch ganz gesund war. Sie war im Hassen immer stärker als im Lieben, und ihre Liebe für Gladys und Winnie war viel mehr Egoismus als etwas anderes.«

»Hoffentlich wird sie bald wieder gesund.«

»Das wollen wir hoffen, aber mein Bruder wird sie trotzdem nicht wieder ins Haus nehmen. Er hat große Angst bekommen, daß sie seiner Frau und auch Winnie einmal etwas antun könnte.«

Sie gingen hinunter in das Frühstückszimmer, wo gleich darauf auch die beiden Brüder mit Gladys eintraten. Auch am Frühstückstisch wurde wieder von Mary gesprochen.

»Ihnen hat sie leider böse mitgespielt«, sagte Gladys.

»Die Wunde am Knie — Gwen hat mir davon erzählt — war keineswegs unerheblich, und gestern hätten Sie beinahe eine böse Verletzung im Gesicht davongetragen! Ein wahres Glück, daß meine Schwägerin noch rechtzeitig eingreifen konnte.«

Reginald war bei diesen Worten Mrs. Lauthams sehr blaß und sah Rosanna besorgt an.

»Es ist zum Glück alles gut abgelaufen, und man muß hoffen, daß Mary bald wieder gesund wird.«

Jetzt wurde die Post gebracht, und der Hausherr verteilte sie.

Danach fuhr er mit Reginald hinunter zu seinem Betrieb. Die beiden Damen blieben allein, denn Rosanna und Winnie hatten das Zimmer schon verlassen.

»Hast du schon an Maud Mellvil geschrieben, Gladys?«

»Nein, noch nicht, ich wollte erst mit William darüber sprechen. Gleich nachher schreibe ich.«

»Dann will ich dich nicht weiter aufhalten, Gladys. Aber bitte — vergiß auch die Einladung an Percy Hundley nicht.«

Gladys lachte.

»Ich werde mir doch nicht deine Ungnade zuziehen.«

So wurde alles nach Gwens Wünschen erledigt.

Nach Tisch, als Winnie zur Ruhe gebracht worden war, schlüpfte Gwen in Rosannas Zimmer.

»Da bin ich, Liebste, und nun will ich Ihnen sagen, was ich auf dem Herzen habe.«

»Ich bitte darum — bitte, nehmen Sie Platz.«

Sie saßen einander gegenüber, und Gwen faßte Rosannas Hand und sagte:

»Können Sie verstehen, daß ich meines armen Bruders Herzenswunde heilen möchte?«

Rosannas Gesicht rötete sich.

»Sehr gut kann ich das verstehen, Miß Gwen.«

»Und würden Sie mir dabei helfen wollen?«

»Mit all meinen Kräften, wenn ich es könnte.«

»Also hören sie zu. Regi hat voriges Jahr in einem Seebad in Florida eine junge Dame kennengelernt, die ihm ausnahmsweise sehr gut gefiel — vielleicht wäre mehr als bloßes Wohlgefallen daraus geworden, wenn die beiden jungen Leute länger zusammengewesen wären. Denn zufällig habe ich in Erfahrung gebracht, daß diese junge Dame wahrscheinlich meinem Bruder auch nicht ganz gleichgültig gegenübersteht. Regi hat dann wohl nicht mehr oft an sie gedacht und — dann hat er Sie kennengelernt, und die junge Dame war vergessen. Da aber seine Liebe zu Ihnen eine unglückliche ist — und da man eine solche nur durch eine glückliche heilen kann —, möchte ich versuchen, die Fäden zwischen den beiden wieder anzuknüpfen, denn ich nehme an, daß jeder unglücklich Liebende geneigt ist, sich durch eine neue Liebe trösten zu lassen.«

Rosanna atmete tief auf.

»Wie froh wollte ich sein, würde Ihr Herr Bruder getröstet werden.«

»Nicht wahr! Und nun hören Sie noch etwas. Mein Vater möchte Regi und mich nach seinem Wunsch verheiraten, wir sind aber beide fest entschlossen, uns seinem Willen keinesfalls zu fügen.«

Und Gwen berichtete Rosanna, was sie getan hatte, um Regi wieder mit Maud Mellvil zusammenzubringen, und was ihr Bruder William an ihren Vater geschrieben hatte. Dann fuhr sie fort:

»Gladys hat mich darauf hingewiesen, Sie als Bundesgenossin zu werben, obwohl sie keine Ahnung hat, daß Sie von Regi geliebt werden. Wird also Maud Mellvil, wie ich hoffe, hierherkommen, dann müssen Sie mir helfen, zwischen Regi und ihr alle äußeren Hindernisse aus dem Weg zu räumen. Wir müssen ihnen möglichst oft Gelegenheit verschaffen, miteinander allein sein zu können. Sollte aber mein Vater kommen, um uns durch sein persönliches Erscheinen zur Vernunft zu bringen, dann würde er wahrscheinlich jedes Alleinsein zwischen Regi und der jungen Dame zu vereiteln suchen. Deshalb möchte ich Sie bitten, meinem Vater möglichst viel Gesellschaft zu leisten, seine Aufmerksamkeit abzulenken und ihn mit Winnie zu beschäftigen. Ich gebe Ihnen dann noch die nötigen Anweisungen. Wollen Sie das tun?«

»Aber ja, Miß Gwen, ich würde gern Schwereres vollbringen, wenn ich Ihrem Herrn Bruder zu seinem Glück verhelfen könnte.«

»Gut! Sie werden vielleicht denken, all das, was ich von Ihnen fordere, könnte ich selber besorgen. Aber das wird wahrscheinlich nicht der Fall sein – denn Gladys wird zu gleicher Zeit einen jungen Mann einladen, der vor allen Dingen schuld daran ist, daß ich den Ehekandidaten meines Vaters unausstehlich finde. Dieser junge Mann wird meine Zeit reichlich in Anspruch nehmen. Verstehen Sie?«

Rosanna mußte lachen.

»Oh, ja, das verstehe ich schon, Miß Gwen. Und ich verspreche Ihnen, daß Ich Ihren Herrn Vater auch von Ihnen und diesem jungen Herrn nach Möglichkeit ablenken werde.«

Auch Gwen lachte und berichtete Weiteres über Percy Hundley. Dann sagte sie:

»Sie sind eine sehr verständige junge Dame. Vielen Dank für Ihre Zusage. Aber noch eines! Wir wollen unseren alten Herrn dadurch gefügig machen, daß wir ihn damit ängstigen, wir, das heißt, Regi und ich, seien fest entschlossen, zur Oper oder zum Film zu gehen. Deshalb bitte ich Sie, bei etwaigen Unterhaltungen mit Papa möglichst oft davon zu sprechen. Sie wüßten genau, daß solche Absichten beständen. Uns würde er das vielleicht nicht so recht glauben; daher versuchen Sie, alles daranzusetzen, um ihm die Überzeugung beizubringen, wir seien fest entschlossen, uns der Kunst zu widmen, und hätten bereits Fühlung mit zuständigen Stellen genommen. Erzählen Sie ihm ruhig, ich hätte, wäre ich allein oder mit Ihnen zusammen gewesen, schon allerlei Rollen probiert, und daß Sie Regi sehr häufig auf dem Flügel begleiten müßten, wenn er Opernpartien studiere. Sie verstehen mich doch?«

Wieder lachte Rosanna.

»Sie sollen mit mir zufrieden sein, Miß Gwen, ich werde mich schon dieser diplomatischen Sendung gewachsen fühlen.«

Gwen drückte ihre Hand.

»Mein Dank ist Ihnen gewiß, sicherlich auch der Regis, sobald er seine unglückliche Liebe in eine glückliche verwandelt haben wird. Ob unser Vater kommt, ist noch nicht gewiß, aber ich müßte ihn schlecht kennen, wenn er nicht durch die Macht seiner Persönlichkeit seine eigensinnigen Kinder zum Gehorsam zwingen wollte. Ich habe Ihnen über alles reinen Wein eingeschenkt, weil ich weiß, daß man Ihnen vertrauen kann, und weil Sie intelligent genug sind, die kleine Rolle zu spielen, die ich Ihnen zuerteilt habe.«

»Sie können ganz beruhigt sein, Miß Gwen.«

»Hm! Sollte mein Vater also kommen und der bewußte junge Mann auch – der erscheint übrigens bestimmt –, dann wundern Sie sich, bitte, nicht, wenn wir beide uns anscheinend sehr feindlich gegenüberstehen.«

»Ich werde mich über nichts wundern, Miß Gwen.«

Nun mußten sie beide lachen, und die Angelegenheit war erledigt.

15

Es lief alles so ab, wie Gwen vorausgesehen und angeordnet hatte.

Maud Mellvil nahm sehr erfreut die Einladung der Mrs. Lautham an, die in ihrem Brief geschrieben hatte:

»Ich glaube Ihnen versichern zu können, daß Sie gerade jetzt eine leidlich frohe Zeit hier verleben werden, da meines Mannes jüngere Geschwister Gwendolin und Reginald zu Besuch hier sind. Da ist es nicht gar zu einsam in unserem Haus.«

Als Gwen diese Worte in Gladys' Brief gelesen hatte, küßte sie die Schwägerin auf die Wange.

»Fein hast du das gemacht, Gladys; wenn sie jetzt annimmt, wissen wir wenigstens schon, daß Regi ihr nicht unsympathisch ist. Sie wird sich seiner erinnern – und alles Weitere werden wir dem Schicksal anheimstellen, wobei wir freilich unser Amt als Vorsehung nicht außer acht lassen werden.«

Maud Mellvils Antwort traf sehr schnell ein. Sie nahm die Einladung anscheinend sehr gern an. Auch Percy Hundley hatte sozusagen umgehend seine Zusage erteilt. So wurde Maud schon in zwei Tagen erwartet und Mr. Hundley zum Wochenende.

Aber schneller als die beiden traf Mr. Lautham ein.

Nicht einmal schriftlich angemeldet hatte er sich, sondern platzte eines schönen Nachmittags mir nichts dir nichts in die Teestunde der Hausherrin herein. Er hatte sich nicht einmal die Zeit genommen, abzulegen, und ließ, als er alle seine Lieben hübsch beisammen fand, ohne Rücksicht auf die ihm noch unbekannte Rosanna seinem Zorn sogleich die Zügel schießen.

Er hatte vielleicht Angst gehabt, zu spät zu kommen, um seine beiden jüngsten Kinder von ihren »blödsinnigen Ideen« zu kurieren.

»So, also hier finde ich euch noch? Ich glaubte schon, ihr hättet eure Verrücktheiten bereits ausgeführt. Film und Oper? Das könnte mir gerade passen. Was denkt ihr euch denn eigentlich?« platzte er in die friedliche Unterhaltung hinein.

Gwen spielte entzückend Theater:

»Oh, William, du hast Vater unser Geheimnis verraten!« rief sie vorwurfsvoll dem ältesten Bruder zu.

»Gott sei Dank, daß er das getan hat, wenigstens eines meiner Kinder, das den Skandal begreifen kann, den ihr, du und Regi, in Szene setzen wollt. Ich bin gekommen, um das zu verhindern. Packt eure Sachen, ich nehme euch sofort mit nach Hause.«

»Aber, lieber Papa, lege doch erst ab, hier ist es sehr heiß, du wirst auch hungrig und durstig sein nach der anstrengenden Fahrt«, sagte Gladys.

Rosanna hatte sich ebenfalls erhoben und trat hinter den alten, aufgeregten Herrn.

»Darf ich Ihnen Ihren Mantel abnehmen?« fragte sie artig und wollte ihren Worten die Tat folgen lassen.

Er fuhr zu ihr herum.

»Wer ist denn das? Wollt ihr mich der jungen Dame nicht vorstellen?« sagte er grantig.

»Das ist Miß Rosanna Marten, unser guter Hausgeist, ohne den wir schon nicht mehr existieren können, lieber Vater«, stellte William vor.

Der alte Herr sah Rosanna mit einem scharfen Blick an, und da wurde plötzlich sein Ton milder, seine zornigen Augen blickten wohlgefällig auf die vor ihm Stehende.

»So, so! Also — eine Tasse Tee nehme ich gern, aber dann fahre ich gleich mit den beiden ab. Filmstar und Operntenor! Das könnte mir fehlen.«

»Ich singe doch Bariton, lieber Vater!« sagte Reginald.

»Meinetwegen Baß, aber sicherlich nicht auf der Bühne.«

»Oh, lieber Vater, wir fühlen aber den Drang zur Kunst in uns«, flötete Gwen, probierte einen Filmblick und zeigte alle ihre weißen Zähne, weil das im Film immer ein strahlendes Lächeln markiert und weil ein Filmstar ohne entblößte Zähne überhaupt nicht denkbar ist.

Ihr Vater sah sie mit einem unbeschreiblichen Blick an.

»Du bist verrückt!«

»Aber Vater!«

»Schweig still!«

Rosanna hatte ihm Tee zurechtgemacht, nachdem sie sich bei Gwen leise erkundigt hatte, wieviel Zucker er nahm und ob sonst etwas dazu. So schwamm eine schöne runde Zitronenscheibe, wie er es liebte, in seiner Tasse, und der Tee war gerade so süß, wie er es liebte. Einen kurzen, forschenden Blick warf er auf Rosanna.

»Woher wissen Sie, daß ich den Tee so nehme?«

»Miß Gwen hat es mir so gesagt. Darf ich jetzt ein Zimmer für Mr. Lautham richten, Mrs. Lautham?«

»Ja, bitte, Rosanna, das größte und schönste Fremdenzimmer, vorn heraus.«

»Wozu? Ich fahre mit Gwen und Regi gleich wieder fort.«

»Das dulde ich nicht, Vater, du mußt dich nach der anstrengenden Reise erst einige Tage ausruhen und darfst nicht gleich wieder auf und davon«, sagte William.

»Und außerdem sind unsere Ferien noch lange nicht zu Ende, lieber Vater, und wenn sie zu Ende sind, ohne daß wir dein Versprechen haben, um das William dich in unserem Namen bat, treten wir sogleich unsere Stellungen an. Denn bis dahin haben wir unsere Verträge abgeschlossen.«

Er starrte seine Tochter an und lachte nervös und spöttisch auf.

»So schnell wollt ihr eine Stellung haben? Das glaubt ihr wohl selber nicht.«

»Doch, Vater, man ist sehr darauf aus, den berühmten Verlegernamen Lautham auf den Reklamezetteln gedruckt zu sehen«, bemerkte Regi großartig.

Der alte Herr setzte seine Teetasse hart nieder und wollte empört auffahren. Inzwischen aber hatte Rosanna Winnie etwas zugeflüstert, und diese stand plötzlich vor dem erzürnten Großvater und sagte mit ihrem Silberstimmchen:

»Aber, lieber Großpapa, du hast Winnie noch keinen Kuß gegeben, und du darfst nicht wieder fort, du mußt bei uns bleiben, weil wir dich so liebhaben.«

Er sah ziemlich ratlos auf das Kind, nahm es dann beim Kopf und küßte es.

»Wer hat dir denn den hübschen Spruch beigebracht, Winnie?«

Die lachte und schwang sich auf sein Knie.

»Rosanna hat mich all das geheißen.«

»So, so — Miß Rosanna also dachte zuerst daran, daß

ich hier auch noch ein Enkelchen habe, das den armen Großpapa, der soviel Ärger mit seinen Kindern hat, liebevoll begrüßt.«

Winnie streichelte seine Wange, was Rosanna sie ebenfalls geheißen hatte, und sagte: »Du mußt aber hierbleiben — hat auch Rosanna gesagt.«

Wieder sah der alte Herr wohlgefällig in Rosannas errötendes Gesicht.

»Na, ein paar Tage kann ich ja vielleicht ausspannen. So lange sollt ihr noch Bedenkzeit haben. Dann habt ihr euch zu entscheiden: Vaterhaus — oder Film und Oper.« Es klang bereits etwas weniger zornig.

Man atmete auf. Zeit gewonnen, alles gewonnen. Und Rosanna hatte bei dem alten Herrn schon einen Stein im Brett.

Diese verschwand nun sogleich, um das Zimmer für Mr. Lautham senior richten zu lassen. Dabei stellte sie schelmisch lachend fest, daß dieser einen Koffer mitgebracht hatte, dessen Inhalt gut für acht Tage, wenn nicht für länger, reichen würde. Sie ging in das Zimmer zurück und fragte:

»Darf ich Ihren Koffer auspacken lassen?«

»Das kann mein Diener tun, der weiß am besten damit Bescheid. Nur soll er sich erst erfrischen. Die Fahrt war ziemlich anstrengend. Darf ich Sie bitten, Miß Rosanna, dafür zu sorgen?«

»Ist schon geschehen, Mr. Lautham.«

Er nickte ihr zu, und sie entfernte sich wieder.

Der alte Herr beschäftigte sich nun ausschließlich mit Winnie und ihren Eltern. Die beiden eigenwilligen Kinder beachtete er anscheinend nicht. Sie waren vorläufig sozusagen in der Versenkung verschwunden. Aber dann fing er doch wieder an, sie zornig anzufahren.

»Schreckliche Kinder habe ich. Statt mir zu danken, daß ich ihnen so gute Partien verschaffen will, wollen sie einfach zum Film und zur Oper, wollen unter die Komödianten gehen. Könnte mir fehlen, meinen guten alten Namen auf den Anschlagsäulen zu sehen!«

»Aber Vater, es steht doch bei dir, das zu verhüten. Gib uns nur das Versprechen, daß du von deinen Heiratsplänen absehen willst. Ich kann mich nicht bereitfinden lassen, die Dame mit den Pferdezähnen zu heiraten, und Gwen läßt sich ebensowenig mit dem Waschlappen verheiraten, der ihr widerwärtig ist.«

»Ach, ihr würdet auch jede andere Partie zurückweisen, die ich euch vorschlagen würde. Denkt doch nicht, daß mir lediglich um Geld zu tun ist. Ich würde zum Beispiel gar nichts dagegen haben, wenn Regi ein so reizendes Mädel heiraten würde, wie — na ja — wie diese Miß Rosanna, die doch sicherlich arm ist wie eine Kirchenmaus.«

Regi wurde sehr blaß. Dann sagte er ernst und ruhig:

»Nun gut, Vater, um dir meinen guten Willen zu beweisen — wenn Miß Rosanna mich will, werde ich sie heiraten.«

Alle, außer Gwen, sahen ihn erstaunt an.

»Das würdest du tun?« fragte sein Vater.

»Nur, um dir zu beweisen, daß es nicht nur Trotzköpfigkeit ist, wenn ich dir nicht gehorche.«

Der alte Herr wurde still. Dann sagte er:

»Ist dir die Dame, die ich dir erwählte, denn wirklich so unsympathisch?«

»Na, ich danke!« stieß Regi außer sich hervor.

»Ist sie denn wirklich so häßlich? Mir gefällt sie sehr gut.«

»Es gibt ja Leute, die Menschen mit Pferdeköpfen gut

leiden mögen, dazu gehörst anscheinend auch du, lieber Vater. Und – wenn es so ist – wie wäre es, wenn du sie heiraten würdest. Als Stiefmutter will ich sie gern anerkennen.«

Der alte Herr sah seinen Sohn eine Weile sprachlos an.

»Müßten deines Vaters graue Haare diesen Vorschlag nicht sehr sonderbar erscheinen lassen?«

»Durchaus nicht, Vater, du bist ja noch gar nicht so alt, bist noch gesund und rüstig, und die Pferdedame würde ganz gewiß ja sagen.«

Der alte Herr schlug auf den Tisch.

»Nun ist es genug mit dem Unsinn. Mich verlangt jetzt nach einem Spaziergang – aber – ich möchte allein sein. Nur Winnie soll mich begleiten.«

Winnie ging auf einen Wink ihres Vaters artig mit. Als der alte Herr mit ihr das Zimmer verlassen hatte, sagte Gwen gemütsruhig:

»Es dauert nicht lange, dann ergibt sich die Festung. Daß du ihm die Pferdedame angeboten hast als eigenes Ehegespons, hat ihn heftig erschüttert. Ich glaube, er würde sich dafür bedanken, und das hat ihm klargemacht, daß auch du das gleiche Recht hast.«

»Meinst du wirklich, Gwen? Es tut mir leid, daß wir ihm so zusetzen müssen, unserem lieben alten Paps! Aber man muß sich seiner Haut wehren.«

Sie besprachen noch ihren weiteren Kriegsplan, und Gwen versicherte, daß Rosanna bereit sei, sie zu unterstützen, sie habe es für besser gehalten, sie einzuweihen.

Als der alte Herr mit Winnie durch die Halle ging, kam Rosanna aus dem Kellergeschoß herauf. Winnie, der ein wenig bangte vor dem Spaziergang, mit dem Großvater, der gar nicht sehr lieb war, rief sie an.

»Rosanna, ich gehe mit Großvater spazieren, bitte

komm doch mit!« Und dabei sah sie Rosanna flehend an. Diese blickte zu dem alten Herrn hinüber.

»Großvater möchte mit dir allein sein, Winnie.« Der alte Herr richtete sich auf.

»Durchaus nicht, Miß Rosanna — es würde mich freuen, mit Ihnen ein wenig plaudern zu können, Sie scheinen hier im Haus sozusagen der cinzige Mensch zu sein, der Kopf und Herz auf dem rechten Fleck hat.«

Dabei sagte er sich, daß er Rosanna vielleicht ein wenig aushorchen könnte über das, was seine Kinder hier gegen ihn ausspielen wollten. Alles das kam ihm nicht recht geheuer vor, und er witterte etwas wie eine Mausefalle. Gwen kannte ihren Vater sehr genau — sie hatte geahnt, daß er irgendwie hinter ihre Pläne kommen wollte, und daß dafür ausschließlich Rosanna zu gebrauchen war. Deshalb hatte sie diese als Bundesgenossin geworben.

»Wenn Sie es wünschen, Mr. Lautham, komme ich gern mit, da ich im Augenblick abkömmlich bin.«

Mr. Lautham triumphierte. Jetzt konnte er die junge Hausgenossin seiner Kinder ausforschen, ohne daß diese ihr hätten Anweisungen geben können, da sie ja nichts von seinem Kommen gewußt hatten, und seit seiner Ankunft waren sie mit dieser Miß Rosanna nicht allein gewesen. Daß seine Tochter ihn so genau kannte, um alles vorauszuahnen, kam ihm nicht in den Sinn.

So ging Rosanna, Winnies andere Hand fassend, neben ihm her.

Eine Weile blieben sie stumm und antworteten denn nur auf Winnies Geplauder, die jetzt sehr vergnügt war, da Rosanna bei ihr war und sicherlich nicht zuließ, daß der Großvater böse zu ihr war.

Als sie an die Parkwiese kamen, bat der Großvater Winnie, ihm einen Strauß für sein Zimmer zu pflücken.

Das tat sie nur zu gern, und nun hatte der alte Herr Rosanna ungestört für sich.

»Sagen Sie mir, Miß Rosanna — was wird hier eigentlich gegen den armen alten Großvater gespielt? Sie scheinen ja sozusagen zur Familie zu gehören und eingeweiht zu sein.«

»Ich weiß nicht, was Sie meinen, Mr. Lautham — wollen Sie sich bitte klarer fassen, dann will ich Ihnen gern antworten, soweit ich es darf.«

»Nun also — was wissen Sie zum Beispiel von den Absichten meiner Kinder, zur Oper und zum Film zu gehen?«

Rosanna errötete ein wenig und versuchte soviel wie möglich bei der Wahrheit zu bleiben und dennoch so diplomatisch zu antworten, daß sie Gwen und Reginald helfen konnte.

»Zufälligerweise kann ich Ihnen darüber Auskunft geben, Mr. Lautham, da Miß Gwen mich ins Vertrauen gezogen hat. Doch sie sprach vorhin wohl ganz offen mit Ihnen darüber.«

»Ich zweifle eben an ihrer Offenheit; mir scheint, man will mich täuschen.«

»Ich weiß nur von Miß Gwen, daß sie und ihr Bruder Reginald sehr betrübt sind, daß ihr Vater sie zwingen will, Heiraten einzugehen, die ihnen im Innersten widerstreben. Da sie aber annehmen, daß Sie, wenn sie sich weigern, sie verstoßen könnten, wollen sie eben versuchen, sich selbst eine Existenz zu gründen. Denn sie sind nicht vermögend genug, ohne ihres Vaters Beihilfe ihr Leben zu fristen. Und — von Herrn William Lautham wollen sie auch keine Hilfe annehmen, um ihn nicht in einen Konflikt mit Ihnen zu bringen.«

»Hm! Sie meinen also wirklich, daß solche Pläne bestehen?«

»Miß Gwen hat mir alles ihre Filmpläne Betreffende

anvertraut und auch über Mr. Reginalds Absichten mit mir gesprochen. Er singt sehr viel, und ich muß ihn bei dem Einstudieren von Opernpartien begleiten. Miß Gwen probiert übrigens häufig Filmszenen.«

Rosanna sagte sich, daß sie unbedingt die Unwahrheit sprechen mußte, wenn sie Gwen und Regi helfen wolle.

»So, so«, meinte der alte Herr nachdenklich, »also ist es ihnen wirklich ernst. Ich glaubte, man wolle mir nur blauen Dunst vormachen. Sagen Sie mal, Miß Rosanna — haben meine Kinder noch über Weiteres mit Ihnen gesprochen?«

Rosanna wurde wieder sehr rot, sie dachte an Regis Heiratsantrag und an Gwens Beglückungspläne, ganz abgesehen von Gwens eigenen Liebesangelegenheiten.

»Weiter haben sie mir nichts verraten. Ich weiß nur, daß sie sehr glücklich wären, wenn sie nicht gegen ihren Willen zu einer Ehe gezwungen würden. Und — ich glaube, nun Sie wissen, wie ernst es ihnen mit ihrer Weigerung ist, werden Sie nicht hartherzig sein. Man kann sich doch nicht zur Liebe zwingen, und ohne Liebe heiraten ist härter als der Tod. Wie könnte ein liebender Vater seine Kinder bewußt unglücklich machen?«

Er sah sie an, als wisse er nicht, ob er zornig auffahren oder sich schämen müsse. Nach einer Weile meinte er:

»Ich hatte ihnen doch so glänzende Partien ausgesucht.«

»Es ist sehr ehrenwert von Miß Gwen und Mr. Reginald, daß sie sich nicht für Geld verkaufen.«

»Ach — das ist doch sentimentaler Unsinn. Man merkt, daß Sie eine Deutsche sind.«

»Miß Gwen ist aber derselben Ansicht, obgleich sie Amerikanerin ist. Und eine junge Dame, die etwas auf sich hält, läßt sich nicht verhandeln.«

»Ach, Unsinn, ich bin überzeugt, daß Sie gern ja und

amen sagen würden, wenn Sie plötzlich eine reiche Partie machen könnten.«

»Sie irren, Mr. Lautham, ich bin ein armes Mädchen und darauf angewiesen, mir mein Brot selbst zu verdienen. Aber ich würde keinen Mann heiraten, den ich nicht liebte.«

»Ich möchte eine Probe auf das Exempel machen.«

»Bitte, tun Sie das ruhig.«

Er sah sie forschend an. Dann sagte er langsam und sehr deutlich:

»Was würden Sie sagen, wenn ich jetzt um Ihre Hand für meinen Sohn anhalten würde?«

Wieder wurde sie sehr rot, erwiderte aber ruhig und bestimmt:

»›Nein‹ würde ich sagen.«

Er lachte ein wenig.

»Weil Sie glauben, daß mein Sohn auch diesen Heiratsplan verwerfen würde, schon weil er von mir kommt. Aber Sie irren — er hat mir gesagt, er würde Sie heiraten, wenn Sie ihn wollten, um mir seinen guten Willen zu beweisen. Ich sagte ihm nämlich, daß mir gar nicht besonders viel am Geld liegt. Nur will ich nichts von der neuen Zeit wissen, und daß sich die Kinder gegen die Eltern auflehnen. Wir haben auch nach dem Wunsch unserer Eltern geheiratet, als wir jung waren, und sind sehr glücklich geworden.«

»Auch wenn Ihr Herr Sohn mich, um Sie zufriedenzustellen, heiraten wollte, könnte ich es nicht tun — weil ich ihn nicht liebe.«

»Na, hören Sie mal, Sie sind ja noch unvernünftiger als meine Kinder.«

»Mag sein, Mr. Lautham«, sagte Rosanna, und plötzlich kam ihr ein Gedanke, wie sie Gwen unterstützen und Regi helfen könnte, und fuhr fort:

»Ihr Herr Sohn hat es jedenfalls als selbstverständlich betrachtet, daß Sie nicht im Ernst verlangen würden, er solle eine Person an seine Seite stellen, die sich in abhängiger Stellung befindet und obendrein noch bettelarm ist. Aber ich weiß, daß er Ihnen sehr gern den Willen tun würde, wäre ihm die von Ihnen ins Auge gefaßte Dame nicht durchaus unangenehm. Ebenso ist es mit Miß Gwen. Wie denn, wenn Sie eine beiden jungen Herrschaften mehr zusagende Wahl treffen würden? Es gibt doch noch andere annehmbare Partien. Es ist mir zum Beispiel bekannt, daß demnächst eine Miß Mellvil aus San Franzisko zu Besuch hierherkommen wird. Es soll eine reizende junge Dame sein und — ihr Vater ist ein reicher Schiffsreeder. Also ganz bestimmt eine gute Partie. Vielleicht können Sie Ihren Sohn mit der verheiraten.

Aber ich würde klug sein an Ihrer Stelle und mir nicht anmerken lassen, daß ich das in Erwägung zöge. Sie müßten Mr. Reginald in einer Weise beeinflussen, daß er gar nicht merkt, wo Sie hinauswollen. Das ist ja die Kunst des erfahrenen Alters, daß es die jungen Leute so lenkt, daß sie es nicht gewahr werden und kein Widerspruch geweckt wird. Ich glaube, auf diese Weise würden Sie Ihren Willen durchsetzen.

Ebenso könnten Sie mit Miß Gwen verfahren. Wir erwarten dieser Tage noch einen Gast. Mr. Percy Hundley, den Chefredakteur einer großen Zeitung in Philadelphia. Das wäre gleichfalls ein sehr passender Schwiegersohn für Sie. Seine Tätigkeit schlägt in Ihr Fach, er ist ein sehr bedeutender Mensch mit einer großen Zukunft. Sicherlich könnte er in seiner einflußreichen Stellung auch Ihnen von großem Nutzen sein. Versuchen Sie, Miß Gwen dahin zu beeinflussen, daß sie sich für den entschließt. Wenn Sie wünschen, will ich Ihnen gern helfen, soweit es in meinen schwachen Kräften steht. Dann können Sie jetzt den Großmütigen spielen und zu gleicher Zeit Ihre Kinder vom Film und von der Oper zurückhalten. Lassen Sie sich das Versprechen geben, daß beide diese Absicht aufgeben, wenn Sie nicht auf Ihrem Kopf bestehen. Ich weiß, Sie wollen Ihre beiden jüngsten Kinder gern bald verheiraten, weil sie das Alter dazu haben. Vielleicht hätten Sie das schon längst erreicht, wenn Sie etwas diplomatischer vorgegangen wären. Meinen Sie nicht auch?«

Rosanna hatte mit ebensoviel Wärme wie Eifer gesprochen, in der Hoffnung, den Geschwistern so am besten zu helfen und doch kein Zerwürfnis mit dem Vater aufkommen zu lassen. Ihre Worte wirkten deshalb sehr überzeugend auf den alten Herrn, und er sagte nach längerer Pause:

»Frauen sind doch die geborenen Diplomaten. Was Sie sagen, scheint mir klug und verständig — ich habe es vielleicht wirklich falsch angefangen. Ich werde mich also mal der Führung einer jungen, klugen Miß unterwerfen — wir sind somit Verbündete. Sie helfen mir, und ich werde Ihnen dankbar sein, wenn ich triumphieren kann und meine Kinder sich mir schließlich doch fügen. Wissen Sie, mein ältester Sohn hat auch schon gegen meinen Willen geheiratet — das soll mir nicht noch mal passieren, man kann sich doch von seinen Kindern nicht auf dem Kopf herumtanzen lassen. Nicht, daß ich etwas gegen meine Schwiegertochter Gladys hätte, sie ist eine entzückende Frau — aber ich habe es lange nicht verwinden können, daß William eigene Wege gegangen ist.«

»Vielleicht haben Sie es schon damals nicht diplomatisch angefangen, Mr. Lautham. Wenn man seinen Willen durchsetzen will, darf man das niemals allzu deutlich merken lassen, zumal nicht, wenn man so temperamentvolle und zielbewußte Kinder hat wie Sie. Aber wenn Sie meinen Rat befolgen, werden Sie Ihr Ziel erreichen und doch der Überlegene sein.«

Rosanna hatte den alten Herrn völlig eingefangen. Er bewunderte sie geradezu und ahnte nicht einmal, wie groß die Diplomatie war, die sie angewandt hatte. Nun fehlte nichts weiter, als daß Regi sich mit Miß Maud Mellvil trösten ließ — alles andere würde sich von selber entwickeln. Der alte Herr fragte sie noch ein wenig aus über diesen Chefredakteur Hundley, von dem er noch nie etwas gehört hatte, obwohl er an einer Zeitung in Philadelphia angestellt war. Rosanna ließ gar keinen Zweifel aufkommen an der großen, einflußreiche Bedeutung dieses Mannes, von dem sie nur wußte, was Gwen ihr berichtet hatte. Daß ein reicher Schiffsreeder als Schwiegervater für seinen Sohn Reginald annehmbar sei, bezweifelte er nicht. Und so hatte Rosanna klug die verwirrten Fäden in Ordnung gebracht, und der alte Herr kehrte besänftigt und zum Frieden mit seinen Kindern bereit nach Hause zurück.

Winnie hatte unterdes einen großen Blumenstrauß gepflückt, und diesen stellte Rosanna in das Zimmer des alten Herrn. Während sie damit beschäftigt war, trat Gwen verstohlen ein.

»Miß Rosanna, Sie hatten eine lange Unterredung mit meinem Vater. Haben Sie irgend etwas erreicht?«

Rosanna lachte leise.

»Ich kam mir vor wie ein Diplomat, der verschiedene Mächte, die sich feindlich gegenüberstehen, miteinander versöhnen soll. Aber ich glaube, es ist mir gelungen. Wundern Sie sich nicht, wenn Ihr Vater friedensbereit und sanftmütig ist, kommen Sie ihm liebevoll entgegen und versteifen Sie sich nicht weiter auf Ihre Film- und

Opernpläne. Alles Weitere berichte ich Ihnen heute abend, wenn alle zur Ruhe gegangen sind. Kommen Sie, bitte, auf mein Zimmer. Jetzt muß ich mich um die Abendtafel kümmern. Und bitte, verständigen Sie Ihren Herrn Bruder, auch er solle sich freundlich zu dem Vater stellen, damit er seine Heiratspläne aufgibt.«

Gwen umarmte und küßte Rosanna.

»Sie sind ein Engel, Miß Rosanna! Also heute abend weiterer Kriegsbericht.«

16

Es ging wirklich alles nach Wunsch. Der alte Herr machte Frieden mit seinen Kindern, mit einem überlegenen Humor, der sie an ihm entzückte. Regi gab feierlich das Versprechen, nicht zur Oper zu gehen, und Gwen verzichtete mit einem dramatischen Augenaufschlag auf den Film.

Dafür musizierte Rosanna nach Tisch mit Regi, und der alte Herr stellte ganz vergnügt fest, daß sein Sohn wirklich einen sehr schönen Bariton habe, der zudem im Verein mit dem Mezzosopran Rosannas sehr gut zur Geltung käme. Denn sie sangen einige Duette zusammen, und der ahnungslose Vater wußte nicht, was der Stimme seines Sohnes diesen Schmelz, diese berückende Weichheit gab.

Miß Rosanna gefiel ihm immer besser, und er betrachtete seine »Bundesgenossin« immer wieder mit einem überlegenen Schmunzeln.

Er hatte sich auch schon bereit erklärt, einige Wochen bei seinen Kindern auszuspannen, und so war alles in bester Ordnung.

Am späten Abend, als alles zur Ruhe gegangen war, schlich sich Gwen in Rosannas Zimmer. Sie kuschelte sich in einen tiefen Sessel und sagte erwartungsvoll:

»Nun beichten Sie, Miß Rosanna, ich muß alles wissen, was Sie mit Vater besprochen haben.«

Rosanna tat das auch rückhaltlos.

»Ich habe wirklich gelogen wie der gewiegteste Diplomat, Miß Gwen, aber ich wollte die Gelegenheit, Ihnen und Ihrem Bruder zu helfen, nicht ungenützt vorübergehen lassen. Und ich glaube, es ist mir gelungen, alles zum Besten zu wenden.«

Und sie gab ziemlich wortgetreu den Inhalt ihrer Unterredung mit dem Vater wieder.

»Es war ja sehr gut, Miß Gwen, daß Sie mich in alles eingeweiht hatten, sonst hätte ich nicht so wirksam für Sie beide eintreten können. Nun mag Gott helfen, daß sich die Herzen Ihres Bruders und Miß Mellvils zusammenfinden, dann wird alles zum guten Ende kommen.«

»Ja, dazu muß Gott helfen. Von diesem Teil Ihrer Unterredung mit meinem Vater kann ich Regi allerdings nichts offenbaren, ich werde nur andeuten, daß Vater das nächste Mal vorsichtiger zu Werke gehen wird. Daß ich mich mit Percy Hundley verloben will, muß ich Regi allerdings beichten, aber er wird auf meiner Seite stehen, das weiß ich, denn es ist absolut nichts gegen ihn einzuwenden. Jedenfalls herzinnigen Dank, Rosanna — wir wollen die dumme Miß vor unserem Namen streichen, ja? Sie haben uns so große Dienste geleistet, wie sie nur eine echte, treue Freundschaft leisten kann. Also bitte, helfen Sie uns weiter. Vielleicht brauchen wir diese Hilfe noch, vielleicht geht das eine oder das andere nicht so glatt, wie wir es möchten.«

»Nur Mut! Ich helfe Ihnen, soviel ich kann. Und es

wird mich sehr froh und stolz machen, wenn ich es vermag. Im übrigen, Gwen, ist Ihr Herr Vater ein reizender alter Herr. Kleine Schwächen haben wir alle, und seine Schwäche ist die, daß er seine Kinder nach seinem Willen beglücken möchte, ohne daß er einsieht, daß jeder Mensch nur auf seine eigenen Art glücklich werden kann.«

»So ist es, Rosanna! Und wir wollen Vater von Herzen weiter lieben, wenn er es sich nur gefallen lassen will. Schade, daß ich Ihnen nicht auch auf irgendeine diplomatische Weise zu Ihrem Glück verhelfen kann. Ist das nicht möglich, Rosanna?«

Diese schüttelte mit einem wehen Lächeln den Kopf.

»Nein, Gwen — mir kann keiner helfen, nicht einmal ich selbst. Ich habe mein Lebensschiff gründlich verfahren, weil ich nur ein ganzes, volles Glück will oder keines. Ich bin ein Mensch, der dem Schicksal keine Zugeständnisse machen kann. Bei mir heißt es: Alles oder nichts. Alles kann ich nicht haben, also muß ich mich mit dem Nichts begnügen.«

»Ich will mich nicht in Ihr Vertrauen drängen, Rosanna, aber vielleicht brauchen Sie einmal einen Menschen, dem Sie sich erschließen können, dann lassen Sie mich dieser Mensch sein.«

Rosanna reichte ihr dankbar die Hand.

»Ach, liebe Gwen, wollte ich offen sein, müßte ich einen Menschen anklagen, der mir nahesteht; das kann ich nicht und will es nicht. Es ist nicht mangelndes Vertrauen Ihnen gegenüber. Wie gern wälzte ich mir einmal alles, was mich bedrückt, von der Seele, aber ich kann und darf es nicht.«

»Dann muß ich sehen, wie ich Ihnen auf andere Weise meine Dankbarkeit beweisen kann.«

»Sie tun es dadurch, Gwen, daß Sie mir Ihre Freundschaft schenken.«

Mit einem festen, herzlichen Händedruck schieden sie.

Am andern Morgen herrschte überall Frieden und Eintracht. Der alte Herr sonnte sich in seiner eigenen Großherzigkeit und Überlegenheit und fühlte sich ganz behaglich, weil alle ihn mit so vieler Liebe und Zärtlichkeit umgaben.

Sooft es ging, suchte er Rosannas Gesellschaft, und sie tat alles, was in ihren Kräften stand, um ihn zugunsten seiner Kinder zu beeinflussen. Immer blieb sie mit Gwen im Einverständnis. Diese war ungemein gespannt, wie Mauds Besuch auf ihren Bruder Regi wirken würde. Er ahnte nichts von ihrem Kommen, wußte nur, daß Gladys einige Gäste eingeladen hatte, damit sie mehr Unterhaltung haben sollten.

Reginald rang mannhaft mit seinem Liebesschmerz und suchte seine Gefühle für Rosanna auf den Ton einer herzlichen Freundschaft herabzustimmen. Durch Gwen wußte er von allem, was die Schwester und er Rosanna zu verdanken hatten, und das tat ihm immerhin wohl, weil er daran erkannte, daß sie ihm wenigstens sympathisch gegenüberstand.

Und dann kam Maud!

Regi stand am Fenster, als sie vorfuhr, und sah nur etwas Elegantes, Graziöses und Flinkes aus dem Wagen steigen, das eine unbestimmte Erinnerung in ihm wachrief. Interessiert ging er hinunter in die Halle, um sich der Besucherin vorstellen zu lassen. Schon als er die Treppe herunterkam, erkannte er Maud Mellvil und stutzte. Eine Weile verhielt er den Schritt und sah zu, wie alle Hausgenossen sie begrüßten. Dann war er plötzlich mit einem

Satz unten, fühlte etwas wie eine heimliche Freude in sich aufsteigen und verneigte sich vor dem schlanken, zierlichen Persönchen.

Ein frohes, lachendes Gesicht hob sich zu ihm empor, eine kleine feste Hand schob sich in die seine, und ein helles Stimmchen sagte:

»Guten Tag, Mr. Lautham! Das hätten wir uns wohl nicht träumen lassen, daß wir uns so bald wiedersehen würden —«

»Ich freue mich über die Überraschung, Miß Maud, ich hatte keine Ahnung, daß Sie der hier erwartete Besuch seien!«

»Ah — Sie und Reginald kennen sich, Maud?« fragte Gladys sehr erstaunt.

Maud nickte ihr lachend zu.

»Wir lernten uns vorigen Sommer in Florida kennen und sind viel zusammengewesen. Ich wußte ja, daß ich Sie hier finden würde, Mr. Reginald, Mrs. Gladys hatte es mir bereits mitgeteilt. Aber Sie waren ahnungslos hinsichtlich meines Kommens.«

»Leider, sonst hätte ich mich schon im voraus darauf freuen können.«

»Hätten Sie das getan?« fragte sie schelmisch.

»Ich hoffe, Sie bezweifeln das nicht. Wir verlebten doch schöne und frohe Stunden zusammen, und ich hoffe, daß wir das hier auch tun werden.«

Sie sah ihn mit einem weichen, strahlenden Blick an, der ihm das Herz erwärmte.

Beinahe schämte er sich dieser Empfindung.

Rosanna und Gwen hatten indessen einen verstohlenen Blick getauscht, der so viel sagen sollte, als daß sie von dieser Begrüßung in jeder Weise befriedigt seien.

Der alte Herr erschien erst ein wenig später. Er sah sich

die junge Dame genau und mit kritischen Blicken an und wechselte dann ebenfalls einen verstohlenen Blick mit Rosanna.

Als er hernach eine Weile mit ihr allein war, sagte er schmunzelnd:

»Mein Sohn Regi wird diesmal keinen Grund zu einem Protest haben, wenn ich ihm diese junge Dame als Frau offeriere.«

»Gewiß nicht, Mr. Lautham, aber bitte – er darf nichts davon merken.«

»Unbesorgt – ich habe von Ihnen viel gelernt.«

Und der alte Herr glaubte wirklich, daß der Plan in seinem Kopf entstanden sei. Maud Mellvil mit seinem Sohn zu verheiraten.

Fehlte nur noch der Chefredakteur.

Auf den war Papa Lautham außerordentlich gespannt. Gefiel ihm der ebenso gut wie Maud, wollte er sehr zufrieden sein!

Er überlegte als guter Geschäftsmann schon eifrig, wie man sich diesen Mr. Hundley dienstbar machen könnte, falls er sein Schwiegersohn werden würde.

Ganz im Vertrauen fragte er auch seinen Sohn William, was dieser Chefredakteur Hundley für ein Mensch sei. William verbarg seine Verlegenheit, er konnte doch nicht eingestehen, daß er ihn noch gar nicht kenne und daß er eigentlich von Gwen eingeladen sei. So zog er sich mit einem allgemeinen Lobgesang auf Mr. Hundley aus der Affäre, in der Hoffnung, daß seine Schwester Gwen sich einen wertvollen Mann ausgesucht habe.

Mr. Hundley traf am Sonnabend ein und wurde von allen Seiten herzlich begrüßt – nur von Gwen nicht, die sich abseits hielt und nur eine schnellen, verstohlenen Blick mit ihm wechselte. Percy Hundley mußte aber gut informiert sein, denn auch er schien Gwen gar nicht zu beachten, begrüßte sie steif und förmlich, zeigte sich sonst aber als ein so liebenswürdiger Gesellschafter, daß man ihn gleich liebgewann. Am meisten nahm der alte Mr. Lautham ihn in Anspruch, den es im geheimen wurmte, daß Gwen sich ihm gegenüber so abweisend verhielt. Er beklagte sich auch bei Rosanna darüber und meinte, da werde er wohl wieder eine Niederlage erleiden. Gwen sei einfach ruppig zu Hundley. Regi dagegen scheine sich ja diesmal seinen unausgesprochenen Wünschen zu fügen und beschäftige sich sehr viel mit Maud Mellvil, wenn er ihn unbemerkt an ihre Seite dirigierte. Aber Gwen werde wieder halsstarrig sein.

Rosanna wußte sehr wohl, daß Regi sich viel mit Maud beschäftigte, weil Gwen und sie ihm zu häufigem Alleinsein mit ihr verhalfen. Gwen aber wollte ihrem Vater den Gefallen tun, ihn zu überzeugen, daß schließlich nur sein Wille maßgebend sei, wenn sie sich endlich Hundley gegenüber zugänglicher zeigte. Daß die beiden jungen Menschen schon einige Male heimlich im Park zusammengetroffen waren und sich gründlich miteinander ausgesprochen hatten, ahnte der alte Herr selbstverständlich nicht. Und als er sich jetzt bei Rosanna über Gwens Halsstarrigkeit beklagte, sagte sie tröstend:

»Sie müssen nicht glauben, daß Gwen Mr. Hundley nicht mag. Das Abweisende ist nur auf mädchenhafte Schüchternheit zurückzuführen. Und Mr. Hundley scheint schon ein warmes Interesse für sie zu haben. Ich will Ihnen gern helfen, Mr. Lautham, und versuchen, Gwen und den Herrn Chefredakteur zuweilen allein zusammenzubringen. Man kann in der Beziehung ja vieles tun. Mr. Hundley scheint jedenfalls eine große Verehrung für Sie zu hegen und wird sich nicht sehr sträuben,

Ihr Schwiegersohn zu werden. Gestern hörte ich, wie er sagte, er sei alt genug, um endlich an eine Heirat zu denken, aber er habe bisher noch keine Gelegenheit gehabt, sich eine passende Lebensgefährtin zu suchen.«

»So, so? Nun, das ist ja recht günstig, Miß Rosanna. Also ich bitte Sie um Ihre Beihilfe. Sie sind in der Tat eine sehr kluge junge Dame und haben mir gut geraten. Diesmal möchte ich jedenfalls nicht enttäuscht werden.«

»Das werden Sie auch nicht, wenn Sie weiter so diplomatisch vorgehen, daß sowohl Gwen als Mr. Reginald glauben müssen, daß Ihr Wille gar nicht maßgebend ist. Sie werden dann beide sehr erstaunt sein, wenn sie erkennen, daß sie, ohne es gemerkt zu haben, doch von Ihnen beeinflußt worden sind.«

So spielte die ganze Gesellschaft ein lustiges Spiel mit dem alten Herrn, bis auf Regi und Maud, die nicht ganz eingeweiht waren.

Gwen und Maud verstanden sich von Anfang an sehr gut, und erstere hatte es bald heraus, daß die neue Freundin ihren Bruder innig liebte. Ihre Augen waren holde Verräter, und Regi hätte von Stein sein müssen, wäre er dem Zauber ihres Wesens nicht endlich erlegen. Zuweilen tat ihm das Herz Rosannas wegen heimlich noch ein wenig weh, aber, gottlob, davon ahnte Maud nichts. Beide kamen sich bald so nahe, daß Gwen und Rosanna mit dem Stand der Dinge sehr zufrieden sein konnten.

Daß Rosannas Stellung im Haus eine immer festere wurde, kam ganz von selbst. Niemand hätte sie mehr als Angestellte gewertet, sie schien beinahe schon ganz zur Familie zu gehören, und das fühlte sie und war dem Schicksal dankbar, daß sie diesen Friedenshafen gefunden hatte. Wenn sie abends endlich allein war und dann an sich denken konnte, überfiel sie freilich immer wieder brennende Sehnsucht nach Ralf Tiefenbach. Sie fragte sich, ob er ihr wohl wieder schreiben würde, oder ob ihre Absage ihn endgültig von ihr getrennt habe.

Je mehr es merkbar wurde, daß die beiden jungen Paare sich zusammenfanden, desto einsamer fühlte sie sich. Man brauchte sie jetzt schon nicht mehr, man fand sich auch ohne sie ganz gut zurecht.

Nur Winnie und der alte Herr bedurften ihrer noch.

Gottlob, daß ihre Pflichten ihr nicht allzuviel Zeit ließen, trüben Gedanken nachzuhängen.

Inzwischen war Mary aus der Heilanstalt entlassen.

Die Ärzte hatten gemeint, es habe sich bei ihr in der Hauptsache um eine seelische Depression und um eine nervöse Überreizung gehandelt. Sie meinten daher, man könne unbedenklich ihre Rückkehr in die Freiheit und in das Leben befürworten. Es wäre sogar wünschenswert, man ließe sie irgendeine leichte Arbeit verrichten, die ihr darüber hinweghelfe, allzuviel nachzugrübeln.

So hatte William Lautham sie bei einem seiner Beamten untergebracht, die die Aufsicht über die Obstplantagen zu führen hatten.

Jeder von diesen bewohnte ein hübsches kleines Häuschen, und in einem solchen erhielt Mary ein nettes Zimmer und anständige Verpflegung und konnte sich, wenn sie wollte, in irgendeiner Weise nützlich machen.

Mary war meist still und in sich gekehrt. Wie sehr in ihrem kranken Gemüt der Haß auf Rosanna weiterfraß, ahnte niemand. Nur ihr gab sie die Schuld, daß sie von ihrer jungen Herrin und ihrem süßen Baby fortgemußt hatte. Aber sie sprach niemals darüber. Wenn sie aber genauer beobachtet worden wäre, hätte man zuweilen ein seltsames Gebaren bei ihr bemerken können.

Der Verwalter besaß eine Flinte, mit der er nach Vögeln und sonstigem Getier schoß, das den Obstbäumen schädlich war. Diese Flinte stand in einem hölzernen Gestell, den Lauf nach oben, außen neben der Küchentür, und sobald sich das räuberische Gesindel bemerkbar machte, ergriff er sie und schoß sie ab.

Für Mary hatte dieser Vorgang stets ein besonderes Interesse, und wenn sie allein und unbeobachtet war, nahm sie oftmals die Flinte aus dem Gestell, legte sie an und suchte mit haßfunkelnden Augen ein unsichtbares Ziel. Sie stieß dann allerlei Worte hervor — und immer war Rosannas Name dabei.

Das wurde, wie gesagt, zu keiner Zeit von irgendwem bemerkt. Sie tat das immer nur, wenn sie allein war.

Mrs. Lautham sorgte in ihrer gütigen Art auch weiter für Mary, sie erhielt saubere Kleidung und kleine Geschenke, die ihr Freude machen sollten. Aber alles das legte Mary stillschweigend beiseite. Es wurde in einer Schublade verwahrt, aber in Gebrauch nahm sie nichts. Und nichts konnte sie darüber trösten, daß man sie aus dem Haus verbannt hatte, in dem ihre Herrin und das Baby wohnten.

Aber William Lautham litt nicht, daß sie wieder in die Villa kam. Und als seine Gattin den Wunsch äußerte, Mary wenigstens einmal wieder zu besuchen, verbot er es ihr strengstens.

»Ich hätte keine Ruhe, Gladys, wüßte ich sie bei dir, auch dann nicht, wenn ich dich begleiten könnte. Du mußt immer bedenken, daß ihr gegenüber Vorsicht am Platze ist. Wenn man sie auch als gesund entlassen hat — sie ist bösartig und gereizt und kann irgend etwas anstellen.«

So fügte sich Gladys, aber sie bedauerte die alte Mary sehr.

Während die Liebesangelegenheiten zwischen den beiden Paaren weiter gediehen und Mr. Lautham sen. schon im Innern triumphierte, daß diesmal sein Wille geschähe, kam der Tag heran, auf den Marys Geburtstag fiel. Mrs. Lautham besprach mit Rosanna, was man ihr an Geschenken zuschicken sollte.

»Wenn ich nur zu ihr fahren und ihr das alles selber bringen könnte, dann würde sie erst die rechte Freude daran haben. Aber mein Mann hat es streng verboten«, sagte die Hausherrin.

Rosanna sann eine Weile nach, dann sagte sie, im Bestreben, Mary wohl zu tun:

»Wie wäre es, wenn Sie noch eine Photographie von sich und Winnie zu den Geschenken legen würden, Mrs. Lautham? Ich werde gern hinüberfahren, ihr alles bringen und ihr erzählen, wie freundlich Sie ihrer stets gedenken.«

Gladys sah sie sinnend an.

»Das ist eine gute Idee — ja, Rosanna. Ich wäre Ihnen aufrichtig dankbar, wenn Sie das tun wollten. Es erscheint mir geradezu herzlos, Mary so ganz in der Verbannung zu halten. Und wenn Sie zu ihr kommen und ihr unsere Gaben bringen, wird sie merken, wie gut auch Sie es mit ihr meinen.«

»Gut, Mrs. Lautham, ich fahre, wenn Winnie ruht, gleich hinüber.«

»Ja, tun Sie das, aber mein Mann darf nichts davon wissen, sonst gibt er es nicht zu. Ich werde es ihm erst erzählen, wenn Sie wieder zurückgekommen sind.«

»Ja, so ist es gut, dann brauchen wir wenigstens keine Heimlichkeit daraus zu machen.«

Es traf sich gut, daß Mr. Lautham sich gleich nach Tisch mit seinen Gästen in die Fabrik begab, um ihnen den Betrieb zu zeigen.

Rosanna, die alles dort schon kannte, war nicht mit von der Partie und hatte darum hinreichend Muße, ihr Vorhaben auszuführen.

Bis zur Rückkehr ihrer Herrschaft hoffte auch Rosanna längst wieder daheim zu sein.

Als sie in dem Verwalterhaus ankam, war Mary im Garten, und Rosanna baute alles in ihrem Zimmer auf. Erst dann bat sie die Verwalterin, Mary rufen zu lassen.

Diese erschien auch bald darauf und blieb wie gebannt auf der Schwelle stehen. Sie sah das Bild, stürzte darauf zu und bedeckte es mit Küssen. Dabei stammelte sie sinnlose hastige Worte und küßte das Bild immer wieder. Rosanna wußte nicht, ob sie das hörte, was sie zu ihr sagte. Von den anderen Geschenken nahm Mary gar keine Notiz.

Nur zuweilen traf Rosanna ein haßerfüllter Blick aus ihren Augen.

An diesem erkannte Rosanna, wie gut es war, daß Mary nicht mehr im Haus war. Sie wagte es nicht, sich der Alten zu nähern, denn als sie einen Schritt auf sie zugekommen war, glühte ihr aus deren Augen verhaltene Wut entgegen, und sie rief zornig:

»Du bist schuld daran, daß ich meine süße Herrin und mein süßes Baby nicht mehr sehen kann.«

Dieser Ausbruch erschütterte Rosanna. Sie fühlte, Mary mußte viel kränker sein, als man annahm; es wäre besser gewesen, wenn man sie in der Anstalt behalten hätte. Das wollte sie auch Mr. Lautham sagen. Ein Gefühl der Furcht, wie es Rosanna noch nie empfunden, bemächtigte sich ihrer, und da sie merkte, daß ihre Gegenwart Mary nicht wohl tat, sondern sie nur immer mehr aufregte, sagte Sie:

»Ich muß jetzt wieder fort, Mary, Winnie bedarf meiner.«

Gerade das hätte sie nicht sagen sollen. Es weckte den ganzen fanatischen Haß der alten Frau. Ein unheimliches Flackern war auf einmal in ihren Augen.

Rosanna hielt es für angezeigt, sich zurückzuziehen, und verließ schnell das Zimmer. Kaum daß die Tür hinter ihr ins Schloß gefallen war, sprang Mary darauf zu und schlug wütend mit der Faust dagegen.

Rosanna, die das gehört, beeilte sich, aus dem Haus zu kommen, und lief zum Wagen hin. Ihr war auf einmal, als könne sie nicht schnell genug von hier fortkommen.

Indes hatte Mary leise die Tür geöffnet und schlich wie eine Katze hinter ihr her bis zu der Küchentür, neben der die geladene Schrotflinte lehnte.

Sie ergriff sie mit zitternden Händen, riß sie empor und legte auf Rosanna an.

Der Chauffeur, der draußen neben dem Wagen wartete, sah, daß sie auf Rosanna zielte, und rief dieser laut zu, sie solle sich niederwerfen. Aber schon krachte der Schuß.

Rosanna schrie laut auf. Zum Glück hatten sie von der ganzen Schrotladung nur zwei Körner getroffen. Das eine zwischen Hals und Schulter, das andere hatte ihren linken Oberarm gestreift.

Sogleich war ihr weißes Kleid mit Blut gefärbt. Mary lachte irre und heiser auf. Der Verwalter kam aus dem Haus gestürzt, als er den Schuß gehört hatte, und entriß Mary die Flinte. Aber er und der Chauffeur hatten alle ihre Kräfte nötig, sie zu bändigen. Es half nichts, man mußte ihr die Hände mit einem Riemen zusammenbinden, denn die erste Sorge galt jetzt der jungen Deutschen, die vor Schreck beinahe betäubt war.

Man führte sie ins Haus, und der Verwalter holte sogleich seinen Verbandskasten herbei und säuberte die beiden Wunden. Das einzige Geschoß, das wirklich eingedrungen war, saß zum Glück nicht tief und ließ sich leicht entfernen.

»Gottlob«, sagte der Verwalter aufatmend, »daß Sie nicht die ganze Ladung bekommen haben, Miß Marten; das wäre schlimm gewesen. Mag der Teufel wissen, was in die Alte gefahren ist.«

»Sie wollte mich töten«, stammelte Rosanna.

»Davon bin auch ich überzeugt. Sie hätten nur sehen sollen, mit welch haßerfülltem Blick sie die Flinte auf Sie anlegte«, meinte der Chauffeur. »Sie hatte ganz bestimmt die Absicht, Sie zu ermorden.«

Rosanna schauderte.

»Das arme alte Wesen! Sie ist sehr viel kränker, als man annimmt, sie kann in ihrem Wahn noch viel Unheil anrichten!« sagte der Verwalter. »Ich behalte sie jedenfalls nicht im Haus, meine Frau ist oft allein, wenn ich durch die Plantagen gehe. Was soll die dann mit ihr anfangen, wenn sie so einen Anfall bekommt? Das ist doch regelrechter Wahnsinn!«

Rosanna war gleichfalls davon überzeugt. Man hatte Mary einstweilen in ihrem Zimmer eingeschlossen und hörte sie jetzt toben und schreien und Gegenstände umherwerfen.

»Ich muß sofort mit Mr. Lautham telephonieren, sie muß fortgebracht werden.«

»Aber — bitte, erwähnen Sie nicht, daß ich hier bin.«

»Wie soll ich Mr. Lautham dann aber klarmachen, was hier geschehen ist?«

»Warten Sie einen Moment — ich will zuerst mit Mrs. Lautham sprechen, sie kann ihrem Gatten am besten selber Bescheid sagen.«

»Schön, so telephonieren Sie zuerst.«

Rosanna rief darauf Mrs. Gladys an, die sich sogleich meldete.

»Hier ist Rosanna, Mrs. Lautham. Ich muß Ihnen leider eine betrübliche Mitteilung machen.«

»Was ist denn geschehen?«

»Mary ist viel kränker, als wir dachten. Ich möchte Sie nicht beunruhigen — aber der Verwalter weigert sich, sie länger in seinem Haus zu behalten, und mir scheint — sie ist wahnsinnig geworden.«

»Mein Gott! Sie sind doch nicht in Gefahr, Rosanna?«

»Ich war es, Mrs. Lautham, aber Gott hat es nicht gewollt, daß eine Katastrophe daraus wurde. Diesmal darf ich Ihnen nichts verschweigen, denn Marys Verhalten ist entschieden gemeingefährlich. Sie — ja, sie wollte mich erschießen, sie legte die Flinte auf mich an.«

»Rosanna — um des Himmels willen, es ist Ihnen doch nichts geschehen? Ich könnte es mir nicht verzeihen, Sie zu ihr geschickt zu haben.«

»Es ist gottlob gut abgegangen, zwei kleine Schrotkugeln haben mich an Arm und Schulter getroffen, es sind aber nur Fleischwunden. Der Verwalter hat sie sogleich gereinigt und verbunden. Aber Mary hat wohl gemeint, daß andere Geschosse als Schrot in der Flinte seien. Sie war wieder sehr ausfallend und sah mich an, daß ich zum ersten Mal in meinem Leben Furcht vor einem Menschen empfand. Sie ist mir nachgeschlichen, als ich mich ziemlich bestürzt entfernte, und ich merkte nicht, daß sie die Flinte auf mich anlegte.«

»Aber woher hatte Mary die Flinte?«

»Der Verwalter schießt das Raubzeug damit, und sie steht zu diesem Zweck immer bereit.«

»Das ist ja schrecklich. Werden Sie denn nach Hause kommen können, arme Rosanna?«

»Gewiß, sorgen Sie sich nicht um mich, ich fahre jetzt gleich heim. Da kommt eben der Verwalter wieder, der nach Mary gesehen hat. Er hat sie einschließen müssen. Soll er Ihnen selber Bescheid geben?«

»Ich bitte darum.«

Der Verwalter meldete sich.

»Mrs. Lautham, Mary muß sofort aus dem Haus, sie hat obwohl ich ihr die Hände gebunden hatte, alles in ihrem Zimmer durcheinander geworfen. Die Geschenke von Ihnen liegen alle bunt durcheinander; Ihr und Ihres Töchterchens Bild liegt zertrümmert am Boden, und sie hat es mit Füßen getreten. Ich habe mir nicht helfen können, ich mußte ihr sogar noch die Füße binden. Das ist entschieden Tobsucht. Darf ich nicht gleich bei Mr. Lautham anklingeln, damit er in der Anstalt Bescheid gibt?«

»Nein, lassen Sie – mein Mann hat Gäste in der Fabrik und darf nicht gestört werden. Ich selbst werde sofort in der Anstalt anrufen und das Nötige veranlassen. Bitte, sorgen Sie inzwischen dafür, daß Mary sich kein Leid antun kann. Sie ist ja krank, man muß sie entschuldigen. Und sagen Sie mir, Herr Verwalter, ist Miß Rosanna wirklich nicht ernstlich verletzt?«

»Gottlob ging die Hauptladung an ihr vorbei, nur zwei kleine Schrotkugeln trafen. Es ist nicht schlimm, ist nur ziemlich schmerzhaft.«

»Gottlob! Ich danke Ihnen, und sogleich klingele ich in der Anstalt an, damit man Mary abholt. Ich begreife nicht, daß der Arzt sie als geheilt entlassen konnte.«

»Offen gestanden, ich habe das schon lange nicht begriffen, sie war mehr als seltsam all die Zeit über, und ich wäre sie schon längst gern wieder losgewesen. Ich wollte die Herrschaft nur nicht beunruhigen. Aber so geht es nicht mehr weiter.«

»Nein, nein, sie wird schnellstens abgeholt werden. Bitte, Miß Rosanna möchte noch einmal an den Apparat kommen.«

Diese meldete sich, und Mrs. Gladys sagte kläglich:

»Kommen Sie nur so schnell wie möglich heim, damit ich Sie wieder aufrecht vor mir sehen kann. Hätte ich Sie doch nicht zu Mary geschickt!«

»Daran war nur Ihr gutes, großes Herz schuld, Mrs. Lautham. Bitte, nicht sorgen, es ist ja alles noch gut abgegangen. Ich komme sofort zurück.«

Rosanna fuhr schnellstens nach Hause. Sie dankte Gott, daß er sie vor einer großen Gefahr behütet hatte. Die Wunden schmerzten wohl, aber es war nicht unerträglich. Und während sie in die Wagenpolster zurückgelehnt dasaß, mußte sie an Ralf Tiefenbach denken. Würde er sehr um sie getrauert haben, wenn statt der Schrotkugeln ein richtiges Geschoß sie getroffen und ihrem Leben ein Ende gemacht hätte?

Und sie fühlte mit einer aufwallenden Seligkeit — ja, es würde ihn geschmerzt haben. Denn gleichgültig war sie ihm bestimmt nicht. Konnte es nicht am Ende doch Liebe sein, was er für sie empfand? Und war sie nicht sehr töricht gewesen, daß sie ihn zurückgewiesen hatte? Ach, wenn sie doch an seine Liebe glauben dürfte, wie glücklich hätte sie sein können.

Sie wäre fast eingeschlafen vor Ermattung und schrak auf, als der Wagen hielt. Sie hatte erst schnell in ihr Zimmer huschen wollen, um sich umzukleiden, damit Mrs. Lautham nicht ihre blutbefleckten Kleider sehen sollte, aber diese kam ihr schon mit blassem Gesicht am Portal entgegen und sah entsetzt auf die starken Blutspuren. Rosanna winkte ihr lächelnd zu.

»Es sieht viel schlimmer aus, als es ist; ich bin eben zu

vollblütig und kann einen kleinen Aderlaß wohl vertragen«, scherzte sie.

Mit einer unendlich zarten, fast mütterlichen Gebärde legte Mrs. Lautham den Arm um sie und führte sie in ihr Zimmer.

»Meine arme Rosanna, was haben Sie hier schon alles erdulden müssen, Sie, die Sie uns so teuer und unentbehrlich geworden sind!«

»Dafür will ich gern ein wenig Blut fließen lassen, Mrs. Lautham.«

Diese wollte unbedingt die Wunden sehen, um sich zu überzeugen, ob sie wirklich nicht schlimm seien. Sie verlangte, daß sofort ein Arzt geholt würde. Aber Rosanna lachte ihr alle Sorgen fort.

»Ein Arzt ist völlig überflüssig, der Verwalter hat mich tadellos verbunden, ich kann das, wie Sie wissen, sehr gut beurteilen. Die kleinen Wunden werden schnell heilen. Das Ganze ist nicht halb so schlimm wie damals meine Verletzung am Knie, und vor allen Dingen hindert mich absolut nichts an der Arbeit.«

»Sie gehen jetzt sofort zu Bett und ruhen sich wenigstens einige Stunden aus, Rosanna.«

Diese lachte.

»Das kommt gar nicht in Frage, ich nehme jetzt frische Wäsche und ein anderes Kleid, und dann wecke ich mein kleines Murmeltier. Winnie schläft doch noch?«

Damit lenkte sie ihre Herrin von sich selbst ab. Und es gelang ihr, diese zu beruhigen. Mrs. Gladys teilte ihr mit, daß sie der Anstalt Weisung gegeben habe, Mary abzuholen. Man sei dort sehr betroffen gewesen, daß sie solch einen schweren Anfall gehabt habe, und nun ebenfalls der Ansicht, daß sie unter dauernder Beobachtung bleiben müsse.

»Ich bin nur gespannt, was mein Mann zu alledem sagt. Er wird mir schwere Vorwürfe machen, daß ich Sie hingeschickt habe.«

»Es ist doch nicht nötig, daß wir es ihm sagen.«

»Doch, Rosanna, er mußt selbstverständlich alles erfahren, und er wird zanken, aber mir verzeihen. Und Sie kommen wieder eine Stufe höher bei uns allen. Was sollten wir nur ohne Sie beginnen?«

Mrs. Gladys nahm Rosanna plötzlich in die Arme und küßte sie herzlich. Das bewegte Rosanna tief. Sie wußte, fühlte, hier hatte sie wirklich eine Heimat gefunden. Alle kamen ihr liebevoll und mit Hochachtung entgegen, und sie hätte sehr zufrieden und glücklich sein können — wenn Tiefenbach drüben im fernen Deutschland nicht ihr ganzes Herz besessen hätte.

An ihre Schwester dachte sie kaum noch. Sie hatte ihr, wenige Tage bevor sie an Ralf geschrieben hatte, Mitteilung zukommen lassen, wie gut sie es hier getroffen habe. Aber bis jetzt hatte Ursula nicht geantwortet. Nachrichten brauchten allerdings lange, herüber und hinüber. Aber gleich konnte Ursula ihren Brief unmöglich beantwortet haben, sonst hätte die Antwort längst da sein müssen.

17

Rosannas Wunden heilten auch diesmal sehr schnell, und sie wurde von allen Seiten ein wenig verwöhnt. Jeder wollte ihr etwas besonders Liebes antun. Und Regis Herz irrte noch einmal sehr bedenklich von Maud ab und begann abermals in schnellstem Tempo für Rosanna zu schlagen. Aber als er sah, wie Maud sich ebenfalls sehr lieb und sorglich um Rosanna bemühte und ihr alles mögliche zum Geschenk brachte, erwärmte sein Herz sich rasch wieder für Maud, und er fand, daß sie sehr liebenswert sei.

Einige Tage später erhielt Rosanna den lange erwarteten Brief von ihrer Schwester. Diese schrieb:

»Liebe Rosanna! Also endlich weiß man, wo Du vor Anker gegangen bist. Du scheinst ja in den Glückstopf gegriffen zu haben, und man könnte Dich beinahe beneiden um all das Schöne und Gute, was Du genießen darfst. Ein schönes Stück Welt hast du zu sehen bekommen, und ich bewundere den Mut, mit dem Du Dich durchgesetzt hast. Du wirst nun wohl drüben jenseits der großen Wasser bleiben! Du hast es jedenfalls in dem anscheinend fürstlichen Haushalt besser als ich. Jedenfalls klagt Richard immer sehr, wenn die Sprache auf Geldangelegenheiten kommt, und ich glaube tatsächlich, daß Du zu beneiden bist, wenn Du weiter unverheiratet bleibst. Kannst Du uns nicht mal etwas von den berühmten kalifornischen Konserven schicken? Sie sollen vorzüglich schmecken.

Ach ja, ich fühle mich oft recht unglücklich und hätte doch wirklich ein anderes Los verdient.

Neues habe ich Dir nicht zu melden, ich suche mir mein langweiliges Laben dadurch etwas erträglicher zu machen, daß ich jede Woche einmal ins Theater oder in die Oper und zweimal nachmittags zum Tanztee gehe. Das sind meine vergnügtesten Stunden. Weihnachten will ich mir von Richard einen neuen Persianerpelzmantel kaufen lassen. Ich möchte ihn mit Nerzkragen haben, aber Richard macht schon jetzt Schwierigkeiten.

Mal sehen, ob ich ihn dazu bringe. Persianer mit Nerz ist jetzt große Mode. Also sieh mal, was Du mit den kalifornischen Früchten für mich tun kannst, vielleicht trifft Deine Sendung zum Weihnachtsfest ein. Du würdest mir wirklich eine Freude damit machen. Laß mal wieder von dir hören.

Mit herzlichen Grüßen
Deine Schwester Ursula.«

Ein schmerzliches Lächeln zuckte beim Lesen dieses Briefes um Rosannas Mund. War ihre Schwester immer so oberflächlich gewesen, oder fiel ihr das jetzt erst auf? Sie fragte sich, ob Ursula überhaupt auf ihren Brief geantwortet haben würde, wenn es sie nicht nach kalifornischen Konserven verlangt hätte.

Es wäre ihr sehr peinlich gewesen, Mr. Lautham zu bitten, ihr Konserven für ihre Schwester abzulassen, sie wußte, er hätte sie ihr geschenkt. Und das wollte sie nicht. So schrieb sie einfach aus einem der ihr zugänglichen Kataloge eine Bestellung aus, sandte sie mit dem erforderlichen Geld und Ursulas Adresse an die Fabrik und bat um Erledigung. Sie wußte, dann wurde Mr. Lautham nicht erst damit behelligt.

An demselben Tag, an dem Rosanna den Brief ihrer Schwester erhalten hatte, war Mr. Lautham sen. mit bekümmerter Miene zu ihr gekommen.

»Ich weiß nicht, Miß Rosanna, die Sache geht nicht vorwärts. Regi und Maud Mellvil sehen sich wohl zuweilen sehr verliebt an, aber Gwen kann sich anscheinend mit Mr. Hundley nicht so recht verstehen. Sie stellt sich fast feindlich zu ihm, noch immer.«

Rosanna machte ein schelmischen Gesicht.

»Ich will Ihnen etwas anvertrauen, Mr. Lautham, wenn

ich auch einen Vertrauensbruch Gwen gegenüber begehe. Sie hat mir gesagt, Mr. Hundley gefalle ihr sehr gut, und er lasse sie auch zuweilen merken, daß er sich für sie interessiere. Aber sie wage es nicht, darauf einzugehen, denn sie habe Angst, ihr Vater könnte dagegen sein, und dann käme es wieder zu Zerwürfnissen. Sie habe ihren alten Herrn aber so lieb, daß sic solche nicht heraufbeschwören wolle, und deshalb begegne sie Mr. Hundley feindlich, damit dem ja nicht einfalle, um sie zu werben. Sie sehen daraus, Mr. Lautham, daß es jetzt wohl an der Zeit wäre, einzugreifen. Sie können ohne Sorge, daß es schiefgehen würde, zu Gwen sagen, daß Sie Percy Hundley gern als Schwiegersohn haben möchten.«

Der alte Herr schmunzelte überlegen.

»Na, das können wir ja tun, Miß Rosanna. Und wenn Gwen erst in eine Verlobung willigt, dann wird ja Regi auch bald vernünftig werden.«

»Das hoffe ich auch, Mr. Lautham, aber — Ihr Herr Sohn ist noch nicht ganz so weit, da müssen Sie noch ein wenig Geduld haben.«

»Aber ich möchte endlich wieder nach Hause; vorher aber möchte ich die beiden Verlobungen perfekt haben, sonst geht alles wieder auseinander, wenn ich das nicht zusammenhalte.«

»Ich hoffe, daß Gwens Beispiel anfeuernd auf ihren Bruder wirken soll. Erst bringen Sie nur das mit Gwen in Ordnung. Aber klug und diplomatisch sein, Mr. Lautham.«

Er nickte ihr schmunzelnd zu und suchte seine Tochter auf. Diese hatte selbstverständlich alles schon mit Rosanna besprochen und war vorbereitet. Ihr Vater legte den Arm um ihre Schulter und fragte:

»Sag mal, Gwen, wie gefällt dir eigentlich Mr. Hundley?«

Sie atmete tief auf.

»Ach, weißt du, lieber Vater, er gefällt mir im Grunde recht gut. Und ich brauchte ihm nur Gelegenheit zu geben, daß er mir einen Antrag macht. Aber — ich will dich doch nicht betrüben. Und ich habe es so im Gefühl, als möchtest du ihn nicht, als passe er dir nicht als Schwiegersohn.«

»Unsinn, Gwen, was soll mir denn an ihm nicht passen? Er ist doch ein entzückender Mensch und zudem in sehr guter Position. Was könnte denn an ihm auszusetzen sein?«

»Ich weiß es ja auch nicht, lieber Vater, aber — ohne deine Einwilligung heirate ich so wenig, wie ich mich zu einer Heirat zwingen lassen würde.«

Er gab ihr höchst befriedigt einen Kuß.

»Also, meine liebe Gwen — meinen Segen hast du zu dieser Verbindung, sie ist ganz nach meinem Herzen.«

Sie sah ihn zärtlich an.

»Mein guter, lieber Vater — ist das wirklich dein Ernst, oder willst du nur großmütig sein?«

»Es ist mein Ernst, Gwen.«

»Also brauche ich wirklich nicht mehr die Spröde zu spielen, wenn er sich mir nähern will?«

»Ganz gewiß nicht, meine liebe Gwen. Ich hoffe, er wird dich glücklich machen, denn er ist kein Waschlappen, sondern ein ganzer Mann.«

Sie fiel ihm um den Hals und küßte ihn.

Eine Stunde danach traf sie sich mit Percy Hundley im Park. Mit ausgebreiteten Armen flog sie auf ihn zu, und dann küßten beide sich, genau so wie immer bei derartigen heimlichen Zusammenkünften — küßten sich, bis ihnen der Atem auszugehen drohte.

Endlich sagte Percy Hundley:

»Ich muß dich erschrecken, Gwen, aber übermorgen muß ich fort, die Pflicht ruft mich wieder in meine Redaktion.«

Sie funkelte ihn mit ihren braunen Augen übermütig an.

»Kann mich nicht erschrecken, komme bald nach. Aber erst verloben wir uns.«

»Denkst du dir das so leicht? Was wird dein Vater dazu sagen?«

Sie küßte ihn lachend noch einmal.

»Ich verlobe mich hiermit auf Wunsch meines Vaters mit dir, Percy, und ich hoffe, du bist genügend erschüttert angesichts dieser Tatsache.«

Er sah sich wie hilflos um.

»Gwen, du bist sehr rücksichtslos; wie kannst du mir eine derartige Nachricht bringen, in einem Moment, wo kein Stuhl, keine Bank, nicht einmal ein Baumstumpf in meiner Nähe steht, auf dem ich fassungslos zusammenbrechen kann!«

Und dann nahm er sie in seine Arme und küßte sie, bis sie halb erstickt um Gnade flehte. Da ließ er sie ein wenig los.

»So, du Wildfang, nun gestehe, wie du deinen armen alten Papa so weit gebracht hast. Freiwillig ist er jedenfalls nicht darauf eingegangen.«

»O bitte, er schon, aber ich bin halb und halb dazu gezwungen worden, dich ihm endlich als Schwiegersohn abzuliefern. Er mag dich gern und kann nicht begreifen, was ich noch für Ansprüche stelle, wenn du mir nicht einmal genügst. Er findet sogar, daß du eine glänzende Stellung hast – also wundere dich nicht, wenn er umsonst Reklame für seinen Verlag in deiner Zeitung machen will – und nun möchte er endlich ein Brautpaar sehen. Percy, wenn du jetzt etwa noch Gelüste hast, dich von Ehefesseln zu drücken, dann ist es zu spät. Ich überliefere dich beim Tee meinem Vater als Schwiegersohn, und du mußt es standhaft über dich ergehen lassen, wenn er behauptet, er verheirate seine Kinder lediglich nach seinem Willen. Dann widersprich ihm um Gottes willen nicht; man muß ihn in dem holden Wahn lassen. Er darf nicht ahnen, daß wir schon seit Jahr und Tag dieses frohe Ereignis herbeisehnen.«

Lachend umfaßte er sie wieder.

»Du übermütiger Strolch, was eröffnet mir das für Aussichten auf mein Los als Ehemann?«

»Ja, du tust mir schon jetzt leid, armer Percy.«

»Aber nun erkläre mir erst alles genau, damit ich keinen Fehler mache.«

Sie berichtete ihm daraufhin ausführlich über den letzten Schachzug Rosannas und die Unterredung mit ihrem Vater.

»So, mein armer Percy, nun brauchst du deinem geknechteten Herzen gar keinen Zwang anzutun und kannst mir als armes Schlachtopfer, das meuchlings verlobt worden ist, zum Fünfuhrtee folgen, wo ich dich der gesamten Familie als neues Mitglied ausliefern werde. Und wehe dir, wenn du nicht ein strahlend glückliches Gesicht machst! So strahlend glücklich mußt du aussehen, daß Regi sich verlockt fühlt, baldigst deinem Beispiel zu folgen.«

»Muß ich das? Wenn ich aber gar nicht so strahlend glücklich bin, daß ich meine schöne Freiheit aufgeben soll?«

Sie nahm ihn bei beiden Ohren, zog ihn zu sich heran, küßte ihn ganz zart und leise und fragte süß und innig:

»Wirst du strahlend glücklich sein?«

Er hob ihre zierliche Gestalt empor, daß er Auge in Auge mit ihr verharrte. Das ersparte ihm jede Antwort, und Gwen schien zufrieden zu sein.

Sie hatten noch eine Viertelstunde, sich ihrer jungen Seligkeit hinzugeben, schwatzten dabei viel verliebten übermütigen Unsinn und vergaßen dabei richtig, die genaue Zeit einzuhalten.

Alle waren schon um den Teetisch versammelt, nur der alte Herr stand am Fenster und schaute nach den Nachzüglern aus. Bis er sie Arm in Arm mit strahlenden Gesichtern ankommen sah. Da wandte er sich von dem Fenster ab, nahm ebenfalls Platz und sagte überlegen:

»Ihr müßt noch fünf Minuten warten, Gwen hat sich soeben auf meinen Wunsch mit Percy Hundley verlobt. Sie haben sich dabei anscheinend ein wenig verspätet.«

Alle sahen ihn erstaunt an, nur um Rosannas Mund zuckte ein kleines Lächeln, so daß der alte Herr schmunzelnd sagte:

»Nicht wahr, Miß Rosanna – wir haben unsere Sache gut gemacht?«

»Sie haben Sie gutgemacht, Mr. Lautham, ich konnte nur ein ganz klein wenig dabei helfen.«

Niemand konnte Weiteres sagen, denn das Brautpaar trat ein. Gwen stellte sich mit Percy vor dem Vater auf.

»Lieber Vater – ich habe deinen Wunsch erfüllt. Hier ist Percy, mein Verlobter.«

Percy Hundley wurde das Strahlen nicht schwer, denn er wurde sehr herzlich als Familienmitglied begrüßt. Und während der allgemeinen Beglückwünschung bekam auch Rosanna heimlich manchen dankbaren Händedruck. Erstaunt waren aber doch alle, als sie binnen fünf Minuten eine richtige kleine Feier inszenierte, wobei Winnie ein reizendes, von Rosanna verfaßtes Gedicht aufsagen mußte, was sie schon längst in weiser Vorsicht von Rosanna gelernt hatte.

Mr. Lautham senior drückte Rosanna vielsagend die Hand. Er glaubte allein zu wissen, daß sie auf diese Feier vorbereitet gewesen war. Und das überlegene Schmunzeln um seinen Mund wollte gar nicht mehr weichen.

Percy strahlte wirklich so ansteckend und verlockend, daß Regi etwas unruhig auf seinem Sessel hin und her rutschte. Er sah erst zu Rosanna hinüber, blickte dann Maud in die schönen, dunklen Augen und begegnete darinnen einem sehr liebevollen, zärtlichen Blick. Da wurde ihm noch heißer, und er mußte sehr stark nachdenken.

Als nach einer netten kleinen Feier sich die ganze Gesellschaft zurückzog, um große Toilette zu machen für die richtige Verlobungsfeier, die auf Gladys' Wunsch am Abend stattfinden sollte, blieb Reginald allein in der Halle zurück, ging da auf und ab und sah immer wieder erwartungsvoll nach der Treppe, die ins Kellergeschoß nach den Wirtschaftsräumen führte. Und endlich erschien Rosanna, auf die er hier gewartet hatte. Er trat zu ihr heran.

»Miß Rosanna, haben Sie ein paar Minuten für mich Zeit?«

Sie sah nach ihrer Armbanduhr und sagte lächelnd:

»Wenn fünf Minuten genügen, Mr. Lautham?«

»Ich glaube wohl. Miß Rosanna, ich möchte Ihnen eine Frage vorlegen. Würden Sie es sehr charakterlos finden, nach allem, was Gwen Ihnen von mir gesagt hat, wenn — nun ja, wenn ich mich mit Maud Mellvil verloben würde?«

Sie reichte ihm mit einem schönen, guten Lächeln die Hand.

»Mr. Lautham, Sie würden mir dadurch einen schweren Stein vom Herzen nehmen. Eine unbeschreibliche Freude wäre es für mich, fänden Sie ein neues, schönes Glück, und daß Miß Maud Ihnen das bereiten würde, weiß ich gewiß. Sie liebt Sie, wie Sie es verdienen, und charakterlos ist es bestimmt nicht, wenn Sie sich einer neuen Liebe zugewandt haben, die Ihnen Trost und Glück bringen wird. Darf ich Ihnen als erste gratulieren?«

Er küßte ihr die Hand.

»Diese kleine, fleißige Hand hat hier im Haus schon so viel Gutes gestiftet, so viel Fäden entwirrt, daß sie mir schon aus diesem Grund teuer ist. Ich danke Ihnen für diesen Glückwunsch, wenngleich er noch etwas verfrüht ist. Ich habe noch nicht mit Maud gesprochen, weil ich erst mit Ihnen ins reine kommen wollte. Sie sollen nicht denken, daß ich Sie so schnell vergessen habe. Keine andere Frau wird mir sein können, was Sie mir hätten werden können, aber gleich nach Ihnen habe ich Maud lieb. Sie hat mich liebevoll getröstet, als mir recht weh ums Herz war.«

»Und sie wird auch fernerhin getreulich Leid und Freude mit Ihnen teilen, Mr. Lautham, denn sie hat ein gutes, warmes Herz und ist nicht eine von den herzlosen, verwöhnten Prinzessinnen, die auf den Reichtum ihres Vaters pochen und deren Wert damit erschöpft ist.«

»Es freut mich, daß Maud Ihnen so gefällt. Das macht meinen Entschluß noch fester. Und wenn Sie noch einmal den guten Hausgeist spielen wollen, verschaffen sie mir vor dem heutigen Abendessen eine ungestörte Viertelstunde mit Maud. Sie vollbringen ja so viele Wunder, vielleicht auch dieses. Auch ich möchte heute noch Verlobung feiern.«

Sie lächelte und nickte ihm zu.

»Ich darf Sie nicht enttäuschen, Mr. Lautham. Also eine Viertelstunde vor Beginn der Tafel wird Miß Maud in Mrs. Gladys' kleinem Salon sein.«

Wieder küßte er ihr die Hand, und sie schieden in gegenseitiger Hochachtung und als gute Freunde.

Rosanna ging danach schnell hinauf zu Miß Maud, die noch ein wenig ruhte und ein gutes Buch las. Erstaunt sah sie auf.

»Sie, Miß Rosanna? Was führt Sie zu mir?«

»Ich möchte Sie bitten, Miß Maud, gleich jetzt mit Ihrer Toilette zu beginnen. Es ist nämlich nötig, daß Sie eine Viertelstunde vor Beginn der Tafel in Mrs. Lauthams Salon sind. Mr. Reginald Lautham hat eine kleine Überraschung vor zur Verlobungsfeier seiner Schwester, und dabei sollen Sie ihm helfen.«

Maud legte bereitwillig das Buch zur Seite.

»Aber gern, ich werde kommen.«

»Und bitte, ganz pünktlich sein!«

»Unbesorgt, ich bin ganz gewiß kein Spielverderber. Sie haben jedenfalls wieder alle Hände voll zu tun! Arme Miß Rosanna!«

»Es macht mir Vergnügen, die Verlobungsfeier soll doch recht schön werden.«

Damit ging Rosanna hinaus und beeilte sich, alle nötigen Vorbereitungen zu treffen.

Regi meldete, kaum daß er sich von Rosanna getrennt hatte, ein Telephongespräch nach San Franzisko an und zog mit dem Apparat in Gladys' kleinen Salon. Bald darauf trat Maud ein, aussehend wie ein zartes rosa Wunder.

»Hier bin ich, Mr. Reginald, Miß Rosanna sagte mir, daß ich Ihnen bei einer Überraschung für die Verlobungsfeier Ihrer Schwester helfen sollte.«

Er lachte ein wenig.

»Ah, also so hat Miß Rosanna es eingerichtet. Nun gut, Sie sollen mir wirklich bei einer Überraschung helfen, Miß Maud. Ich habe nämlich ein Telephongespräch nach San Franzisko angemeldet, das jeden Augenblick eintreffen kann. Und deshalb muß ich mich kurz fassen. Maud — haben Sie etwas dagegen, wenn ich Sie heute abend als meine Braut vorstelle?«

Sie wurde ein wenig blaß und drückte die Hand auf das Herz.

Er zog sie bei den Händen dicht an sich heran.

»Ach, Regi, ich habe Sie doch schon so lange lieb — schon seit vorigem Sommer. Und ich bin doch nur so schnell hierhergekommen, weil ich spürte, daß auch Sie Sehnsucht nach mir hatten.«

Das rührte ihn sehr, sie sah so reizend aus, so gar nicht wie eine anspruchsvolle reiche Erbin, sondern wie ein liebendes Mädchen, das nur in dem Geliebten alles Glück sucht und sieht.

Es machte ihm wirklich unbeschreibliches Vergnügen, Maud auf den süßen, weichen Mund zu küssen, und er fühlte sich dabei so unerhört glücklich, daß er gar keine Zeit mehr hatte, an Rosanna zu denken.

Es ging ganz so zu wie bei einer Verlobung glücklicher junger Menschen, die sich endlich gefunden haben. Und mitten in einem langen, innigen Kuß wurden sie durch die Telephonklingel gestört. Die Verbindung mit San Franzisko war hergestellt. Maud nahm mit schelmischem Lächeln Regi das Sprachrohr aus der Hand und meldete sich. Ihr Vater war am Apparat.

»Lieber Vater, hier neben mir steht Mr. Reginald Lautham. Er möchte dir eine Frage vorlegen, auf die du ganz schnell mit einem lauten, kräftigen Ja antworten sollst.«

»Was sind das für Schnurren, Maud?«

»Keine Schnurren, lieber Vater! Mutter soll auch herbeikommen, damit du ihr ebenfalls gleich mitteilen kannst, was du hören wirst. Sie kennt Mr. Lautham – ich meine Reginald Lautham – schon aus meinen Erzählungen. Also, ist Mutter bereit?«

»Ja, sie sitzt neben mir und ist sehr neugierig.«

»Also, dann höre Mr. Reginald aufmerksam zu.«

Sie gab Regi schnell das Hörrohr; er räusperte sich ein wenig und begann:

»Sehr geehrter Mr. Mellvil, verzeihen Sie, daß wir Sie in solcher Weise überfallen, aber leider hatten wir keine Zeit zu längerer Vorbereitung. Wollen Sie mir gestatten, um Ihre Tochter Maud zu werben?«

»Wie – was – höre ich recht? Eine Brautwerbung per Telephon, Mr. Lautham!«

»Ja, etwas ungewöhnlich – aber – meine Schwester hat sich heute bereits verlobt, und Maud und ich haben keine Lust, unbeteiligt dabeizusitzen, da wir uns auch gern verloben möchten. Bitte, bitte, gestatten Sie, Sie und Mrs. Mellvil, das; ich komme dann morgen zu Ihnen, um in aller Form meinen Antrag nachzuholen und Ihnen alle Sicherheiten zu geben, die Sie von einem Schwiegersohn verlangen können.«

»Hm! Meine Frau hat nämlich den zweiten Hörer und nickt mir ein so freudiges Ja zu, daß ich kein Unmensch sein kann. Ihre Familie ist mir ja bekannt, und Maud wird sich nur einen Mann aussuchen, der ihrer würdig ist. Also meinen Segen, Kinder! Lassen sie meine Maud noch mal an den Apparat, damit sie nicht ohne den Segen ihrer Eltern Verlobung feiern muß.«

»Darum war uns beiden zu tun. Herzinnigsten Dank, Mr. und Mrs. Mellvil, wir sind sehr glücklich.«

Maud nahm Regi das Sprachrohr aus der Hand.

»Ja, sehr, sehr glücklich, liebe Eltern, ich komme morgen mit Regi zu euch. Jetzt aber Schluß, unsere Verlobung soll nämlich für das Haus hier eine Überraschung sein.«

»Nun, für uns war es auch eine«, sagte der Vater.

»Für Mutter aber nicht, sie hat ja gewußt, wie lieb ich meinen Regi habe.«

»Dann nochmals unseren Segen, Maud, und morgen feiern wir hier Verlobung. Wenn irgend möglich, bring das andere Brautpaar und eure Gastgeber mit.«

»Und Regis Vater, ja?«

»Selbstverständlich!«

»Auf Wiedersehen, liebe Eltern.«

»Auf Wiedersehen, Maud und Reginald!«

Das Brautpaar sank, als das Gespräch beendet war, sich gleich wieder in die Arme. Aber lange Zeit blieb ihnen nicht zum Austausch von Zärtlichkeiten. Sie hörten, daß die anderen sich drüben im Speisezimmer einfanden, und da gab es wieder etwas zu staunen. Für das Brautpaar Gwen und Percy war ein Sesselpaar mit einer Girlande zusammengebunden. Und auf der anderen Seite der Tafel stand ein zweites Sesselpaar, ebenso aneinander gefesselt.

Wer sollte dort sitzen?

Reginald machte dem Staunen ein Ende, trat vor seinen Vater hin, mit Maud am Arm, und sagte herzlich:

»Bitte, lieber Vater, gib meiner Braut einen Willkommenskuß. Ich habe mich mit Miß Maud verlobt.«

Strahlend sah der alte Herr zu Rosanna hinüber, als wollte er fragen: Nun, wie habe ich das gemacht?

Er zog zu Regis Verwunderung ohne jede Weigerung, ohne den kleinsten Einwand, Maud in seine Arme, küßte sie herzlich und sagte:

»Du bist eine Schwiegertochter nach meinem Herzen,

Maud Mellvil, ich heiße dich in meiner Familie willkommen.«

Dann gab es eine erregte Szene, alles umarmte und küßte sich, alles war froh und glücklich. Nur die, die alles das zuwege gebracht hatte, nahm nicht teil an dem allgemeinen Glück. Sie stand still beiseite mit feuchten Augen und dachte an einen Mann, der sie zur Frau begehrt hatte, den sie liebte mit aller Glut ihres jungen Herzens, und an den sie doch ein Nein geschrieben hatte. In dieser Stunde bereute sie es tief, ihm kein Ja gesandt zu haben. Er war sicherlich tief gekränkt und würde nie mehr von sich hören lassen. Und sie war für alle Zeit ausgeschlossen von einem Glück, wie die zwei Bräute hier es errungen hatten. Sie würde bis an ihr Ende das Los der Dienstbarkeit tragen — und eines Tages als unbrauchbar beiseite geschoben werden, um einer anderen ihren Platz einzuräumen wie die arme alte Mary, die ihre Herzenseinsamkeit dem Wahnsinn in die Arme getrieben hatte.

Bitter stieg dieser Gedanke in ihr auf. Aber dann erinnerte sich der alte Herr seiner »Bundesgenossin« und faßte ihre Hand.

»Heute abend trinke ich den ersten Schluck auf *Ihr* Wohl und *Ihr* Glück, Miß Rosanna; Sie wissen schon, warum.«

Und da hingen auch schon die beiden Bräute an Rosannas Hals und küßten sie dankbar und glücklich.

»Möge Ihnen gleiches Glück wie uns zuteil werden, Rosanna«, sagte Gwen herzlich.

Da wurde Rosanna das Herz wieder leichter. Noch hatte man sie nicht vergessen, noch war sie hier nötig, und man zollte ihr Dankbarkeit. Und bis an ihr Ende konnte und durfte sie Ralf Tiefenbach lieben — das war auch ein Glück, das ihr nichts und niemand nehmen konnte.

Und so nahm Rosanna dennoch froh und heiter an diesem Fest teil.

Als sie gleich nach Tisch Winnie zur Ruhe brachte, die heute eine Stunde länger als sonst hatte aufbleiben dürfen, schloß sie das Kind zärtlich in ihre Arme.

»Meine süße kleine Winnie — du hast mich lieb, nicht wahr — du hast mich lieb?«

Winnie spürte vielleicht das Liebesbedürfnis in ihren Worten und sagte bereitwillig:

»Soll ich dich ein wenig totdrücken, Rosanna?«

»Ja, mein Kleines, tue es nur, damit ich spüre, wie lieb du mich hast.«

Und Winnie drückte mit aller Kraft, bis sie ganz rot im Gesicht war. Dann sagte sie:

»So, nun geht es nicht toller, Rosanna, hab' keine Kraft mehr.«

Am anderen Tag fuhr die ganze Gesellschaft nach San Franzisko. Rosanna blieb mit Winnie allein im Haus zurück, und sie war froh darüber, sich einmal ein wenig ausruhen zu können.

Ihre von dem Schrotschuß herrührenden Wunden waren wieder heil; sie hatte schon die Verbände abgelegt. Nur zwei winzige rote Narben zeugten von dem Mordanschlag einer Wahnsinnigen.

Es war nun plötzlich so still und leer um sie her, daß sie nicht wußte, was sie tun sollte, obwohl sie noch hinlänglich Arbeit hatte.

Aber schon am nächsten Tag kehrten Lauthams mit ihren Gästen zurück. Nur Regi war mit Maud noch in San Franzisko zurückgeblieben. Er wollte erst in einigen Tagen nachkommen und seine Schwester abholen.

Percy Hundley mußte nun sogleich abreisen, und sein

künftiger Schwiegervater begleitet ihn. Dieser hatte ja, wie er wähnte, seinen Willen durchgesetzt, er hatte zwei Schwiegerkinder, die »er gewählt« hatte und mit denen er infolgedessen sehr zufrieden war. Man ließ ihn gern bei seinem Glauben.

Es war ausgemacht worden, Gwens Hochzeit schon gegen Weihnachten zu feiern. Ihr Vater wünschte, daß sie und ihr Mann in seinem großen Haus wohnen sollten. Man konnte darin sehr gut getrennt leben und war sich doch nahe. Gwen und Ihr Verlobter hatten zugestimmt, und der Vater war darüber sehr beglückt. Maud sollte aber noch bis Ostern bei ihren Eltern bleiben, sie wollten ihre Tochter nicht so bald hergeben, denn Reginald war ja als Nachfolger seines Vaters im Verlag unabkömmlich. Zu Gwens Hochzeit sollten sie alle nach Philadelphia kommen; auch Rosanna war herzlichst eingeladen worden. Maud wollte dann mit ihren Eltern versuchen, in der Umgebung von Philadelphia ein hübsches Haus zu finden, wo sie mit ihrem jungen Gatten wohnen sollte.

Gwen hatte sich erboten, alles für ihren Bruder und Maud nach deren Wünschen einzurichten.

Gwen und Rosanna kamen sich in diesen letzten Tagen sehr nahe und freuten sich beide auf ein Wiedersehen in der Weihnachtszeit.

Es war am Tag von Gwens Abreise, als Rosanna wieder einen Brief von Ralf Tiefenbach erhielt. Ihre Hand zitterte, als sie erblassend danach faßte. Gwen merkte das wohl; sie sagte nichts darüber, verhalf Rosanna aber zu einer ungestörten Stunde, indem sie mit Winnie in den Park ging.

18

Als Rosanna mit ihrem Brief allein war, drückte sie ihn ans Herz und sah mit großen Augen vor sich hin. Sie vermochte ihn nicht gleich zu öffnen. Daß Ralf wiedergeschrieben hatte, war ein gutes Zeichen, eine Hoffnung wollte in ihr aufkeimen, es könne doch noch alles gut werden. Sie hatte nicht mehr die Kraft, sich ganz ablehnend zu verhalten, denn die hinter ihr liegenden Wochen, in denen sie gebangt und gehofft, gezweifelt und geglaubt hatte, waren nicht spurlos an ihr vorübergegangen. Und sie liebte Ralf zu sehr, um nicht zu wünschen, daß es doch einen Weg für sie zu ihm geben würde. Gefühlsmäßig spürte sie: dieser Brief brachte die Entscheidung.

In einen Sessel sinkend, öffnete sie ihn und las:

»Meine herzlich und innig geliebte Rosanna!

Wenn Sie nur wüßten, wie sehr mich das Bekenntnis Ihrer Liebe beglückt hat und wie sehr es mich schmerzt und bedrückt, daß Sie nicht an meine Liebe glauben können. Rosanna – ich kenne jetzt erst die wahre Liebe, und die gehört Ihnen, nur Ihnen. Bitte, glauben Sie mir das. Wie können Sie nur annehmen, daß Mitleid mich bewegt? Ich würde Ihnen ganz bestimmt aus Mitleid keine Unwahrheit sagen. Eine Frau wie Sie begehrt man nicht aus Mitleid, Rosanna, der darf man nur nahen, wenn man sie ehrlich und mit allen Fasern seines Herzens liebt.

Wüßten Sie, was ich um Sie leide, Sie würden mir glauben. Ich kann Ihre Absage nicht annehmen, Rosanna, sonst würde ich ein unglücklicher Mensch, der sich ewig Vorwürfe darüber machen müßte, daß er sich sein Glück verscherzt hat in einer leichtsinnigen Stunde. Wie sehr liebe ich Sie für das tapfere und stolze Bekenntnis Ihrer Liebe zu mir. Könnte ich doch zu Ihnen eilen, ich würde Sie überzeugen, daß all Ihre Bedenken überflüssig sind. Sie müssen – müssen *die meine werden.*

Was kümmert mich das Urteil der Welt? Ich habe es auf der Anklagebank verachten gelernt. – Wenn Sie nicht nach Deutschland zurückkehren wollen, dann gehen wir in ein anderes Land. Ich hätte demnächst Gelegenheit, einer Filiale unseres Werkes in Schweden vorzustehen. Man möchte mich gern dorthin schicken, weil ich als die geeignete Persönlichkeit dafür gelte. Kommen Sie mit mir nach Schweden, Rosanna, ich habe mir Bedenkzeit ausgebeten, bis ich Antwort von Ihnen habe. Somit muß Ihr letztes Bedenken fallen. Dort kennt man weder Sie noch mich als die Teilnehmer an einem Mordprozeß. Aber wenn Sie lieber in Deutschland leben wollen, bleibe ich hier, und niemand soll es wagen, Sie scheel anzusehen. Ich müßte doch dasselbe fürchten, da man mich beschuldigte, ein Mörder zu sein. Wir beide wissen doch, daß unsere Hände rein sind. Ich glaube, ich habe hinlänglich gebüßt für das in einer leichtsinnigen Stunde Begangene. Sie aber stehen hoch und erhaben über mir.

Wenn ich trotzdem wage, Sie um Ihre Hand zu bitten, so kann nur meine Liebe zu Ihnen die Kühnheit entschuldigen. Rosanna – ich liebe Dich, Du darfst Dich mir nicht entziehen, so hart darfst Du mich nicht strafen. Ich liebe Dich! Und – wenn Du mich nicht erhören willst, komme ich und hole Dich mir. Seit ich weiß, daß Du mich liebst, lasse ich nicht mehr von Dir! Du mein süßes, geliebtes Herz, glaube mir doch! Wie kannst Du an kühles Mitleid glauben? Wenn ein Mann so zu Dir spricht, mußt Du wissen, daß ihn die Liebe dazu treibt. Alles in mir verlangt nach Dir als nach seiner Ergänzung. Ich liebe Dich! Und wenn Du Dich mir nach diesem Brief nicht ergibst, komme ich nach Kalifornien und hole Dich! Das werde ich überhaupt tun, Rosanna – auch wenn ich Deine Zustimmung erhalten habe. Ich nehme mir dann einen Urlaub, sobald ich mich entweder für Deutschland oder für Schweden entschieden habe. Glaube nicht, daß es eine Flucht ist, wenn ich mit Dir nach Schweden gehe. Ich würde dort einen größeren und selbständigeren Wirkungskreis haben als hier. Also laß mich nicht warten, depeschiere mir, daß ich kommen darf, Dich zu holen. Ich erledige dann schnell alles Nötige und eile zu Dir, mein geliebtes Herz. Besinne Dich nicht auf neue Ausflüchte, ich erkenne sie doch nicht an, denn Du liebst mich, und ich liebe Dich. Weiter ist nichts nötig zu unserem Glück.

Ich gebe Dir dann telegraphisch Bescheid, wann Du mich erwarten kannst. Wir heiraten gleich drüben, so schnell wir können, und ich führe Dich, wohin du willst. Erlöse mich von meiner Pein – du mein Glück. Kabele mir, wo ich mich mit Dir treffen kann. Mach Dich frei von Deiner Stellung, ich gönne keinem Menschen, daß er irgendein Recht auf Dich besitzt. Wann werde ich Dich in meinen Armen halten können, meine – meine *Rosanna?*

Dein Dich innig liebender Ralf.«

Rosanna ließ das Blatt sinken. Tränen füllten ihre Augen. Sie war tief gerührt, und unendliches Glücksgefühl erfüllte sie. Nein, sie durfte nicht mehr zweifeln! So schrieb nur ein Mann, dessen Herz überfloß vor Liebe und Gefühl. Es beglückte sie, zu denken, zu wissen, daß er ihr jede Entscheidung vorwegnahm. Es gab für sie überhaupt nichts anderes mehr, als einzuwilligen, seine Frau zu werden.

Seine Frau? Es flutete ihr heiß zum Herzen. Seine Frau? Konnte es ein so großes, strahlendes Glück für sie geben? Durfte sie es fassen und halten?

Sie drückte seinen Brief an ihre Lippen, an ihr Herz.

»Ralf — Ralf, ich liebe dich, ich kann mich nicht länger wehren gegen das Glück, das du mir geben willst — ich liebe dich!«

Sie vergaß alles um sich her und merkte nicht, wie schnell die Zeit verging, bis Gwen lachend an ihre Tür klopfte.

»Rosanna! Wir haben Ansprüche an Sie und können Sie nicht länger entbehren.«

Sie raffte sich auf.

»Ich komme sofort, Gwen, nur noch fünf Minuten Geduld.«

Schnell beseitigte sie die von ihren Glückstränen hinterlassenen Spuren. Und dann fiel es ihr schwer aufs Herz, daß sie nun alle die lieben, guten Menschen hier verlassen mußte. Sie wußte, das gab auf beiden Seiten ein bitteres Scheiden. Winnie von sich lassen? Mrs. Lautham nicht mehr helfen dürfen?

Aber Glück macht egoistisch, sie konnte darum ihr Lebensglück nicht zerstören.

Eilig lief sie hinunter und überlegte, wie sie alles ihrer Herrschaft beibringen sollte.

Aber sogleich wurde sie wieder von allen Seiten in Anspruch genommen. Erst, als sie überall geholfen hatte, ging sie mit Gwen und Winnie durch den Park.

Gwen hatte Rosanna scharf beobachtet und sagte nun, als das Kind vor ihnen hersprang:

»Rosanna — Sie sehen aus, als sei mit Ihrem Brief das Glück zu Ihnen gekommen.«

Dunkle Röte überzog Rosannas Gesicht.

»Sie sind so scharfsinnig. Gwen, daß man Ihnen nichts verbergen kann. Mein Lebensschiff hat frischen Wind bekommen. Es möchte befreit hinaussegeln auf das freie Meer. Aber ich muß sehr selbstsüchtig sein und alles hinter mir lassen, was mir sonst lieb geworden ist. Raten, helfen Sie mir, Gwen. Der Mann, den ich liebe und der mich nun auch von seiner Liebe überzeugt hat, will mir alle Tore des Lebens öffnen, ich soll glücklich werden, so glücklich, wie Sie es sind. Er will mich holen — ich soll ihm meine Antwort kabeln, damit er so schnell wie möglich zu mir eilen kann. Aber vielerlei hält mich hier fest: die Liebe zu Winnie, die Verehrung für Mrs. Lautham, die Dankbarkeit für alles, was mir hier Liebes und Gutes zuteil geworden ist. Was soll ich tun?«

Gwen umarmte und küßte sie.

»Ich glaube wahrhaftig, Sie überlegen noch? Rosanna, das Glück ist ein flüchtiges Ding, man muß schnell und fest zufassen, wenn es einem nahekommt. Da soll und darf man auf nichts und niemand Rücksicht nehmen. Für Winnie und Gladys tut es mir leid, aber sie müssen sich damit abfinden, ohne Sie auszukommen. Und so ungern man Sie gehen lassen wird, wird man Sie doch nicht selbstsüchtig festhalten. Sprechen Sie möglichst gleich mit Gladys, sagen Sie ihr alles, damit sie Zeit hat, Ersatz für Sie zu beschaffen. Man wird Sie hier nicht vergessen, wir alle sind Ihnen zu Dank verpflichtet. Und nun werden Sie vielleicht nicht einmal meine Hochzeit mitfeiern können, werden dann vielleicht schon über alle Berge sein. Aber ich gönne Ihnen Ihr Glück von Herzen. Sie haben es verdient. Also werfen Sie alle Bedenken über

Bord. Kabeln sie dem Mann Ihrer Liebe, daß er Sie holen und mit tausend Banden an sich fesseln soll, denn eine bessere und tüchtigere Frau, als Sie es sind, kann er nicht bekommen. Und dann gehen Sie gleich zu Gladys und sagen Sie ihr alles. Dann ist es vom Herzen herunter, und Sie können unbeschwert Ihrem Glück entgegenharren.«

Rosanna sah sie mit feuchten Augen an.

»Wie danke ich Ihnen für Ihren Zuspruch! Ich hatte ihn wahrlich nötig, weil ich mir so undankbar erscheine.«

Gwen winkte heftig ab.

»Sie sind und bleiben eine sentimentale Deutsche. Werfen Sie alle Bedenken über Bord, sonst bekommen Sie Ihr Lebensschiff nicht flott. Ich glaube nicht, daß Gladys und Winnie sich bedenken würden, sich von Ihnen zu trennen, falls sie Ihrer einmal nicht mehr bedürfen werden.«

Immer energischer redete Gwen auf Rosanna ein und bestärkte sie in ihrem Vorsatz, sich frei zu machen für Ralf Tiefenbach.

Rosanna mußte noch davon berichten, wer der Mann ihres Herzens sei, wohin er sie führen, was für ein Los er ihr bereiten würde. Und Gwen war sehr befriedigt über die Auskunft, die sie erhielt. Dann ließ sie Rosanna gehen, nahm Winnie unter ihre Obhut und ließ gar kein Zögern mehr zu.

So begab Rosanna sich ins Haus und gab zunächst ihr Telegramm an Ralf auf. Es lautete:

»Erwarte dich glücksbereit hier im Haus — entscheide alles nach eigenem Ermessen — mit allem einverstanden — Deine Rosanna.«

Sie hatte sich diese Worte notiert und lange darauf niedergesehen. Nun atmete sie auf. Der Würfel war gefallen — nun mochte Gott weiterhelfen. Sie drückte die Hände auf das Herz. Gern hätte sie viel mehr Worte gebraucht, aber was sie hätte sagen mögen, konnte sie unmöglich kabeln. Sie mußte warten, bis sie Ralf alles sagen konnte.

Alsdann suchte sie die Herrin auf, die in ihrem kleinen Salon bei einer Handarbeit saß. Sie sah freundlich zu ihr auf.

»Was bringen Sie mir, Rosanna?«

Diese sah sehr blaß aus; nur ihre Augen strahlten.

»Mrs. Lautham – ich bringe Ihnen etwas, das Ihnen vielleicht nicht erwünscht ist.«

»Oh, etwas Unangenehmes, Rosanna?«

»Es ist vielleicht anmaßend von mir, Mrs. Lautham, wenn ich annehme, daß es unangenehm für Sie ist.«

»Also betrifft es Sie?«

»Ja! Ich möchte Sie nicht gern betrüben, Sie waren immer lieb und gut zu mir, aber ich muß Ihnen sagen, daß Sie in Zukunft nicht auf meine weitere Hilfe rechnen dürfen«, sagte Rosanna leise.

Mrs. Gladys erhob sich und faßte ihre Hand.

»Rosanna – Sie wollen uns doch nicht verlassen?«

»Doch, Mrs. Lautham, ich – ich werde mich verheiraten.«

Mrs. Gladys seufzte tief auf.

»Ach, Rosanna, ich habe mir wohl zuweilen gedacht, daß ich Sie auf diese Weise verlieren könnte – aber ich schob das einstweilen weit hinaus. Sie wissen, was Sie uns geworden sind, wir verlieren Sie nicht gern.«

»Und ich verlasse Sie ebenfalls nicht gern, das werden Sie mir glauben. Ich fand bei Ihnen eine Zuflucht, als es sehr schlimm um mich stand, und ich dachte damals, ich würde freiwillig nie wieder von Ihnen fortgehen. Ich verehre Sie als meine Wohltäterin, und Winnie liebe ich von Herzen. Daß es ein Glück – ein Eheglück für mich geben könnte, erschien mir unmöglich. Und nun — nun ist plötzlich das Glück doch zu mir gekommen; der Mann, den ich liebe und auf den ich schweren Herzens verzichten wollte, läßt nicht von mir.«

»Wie gut kann ich ihn verstehen, Rosanna. Wem Sie Ihre Liebe schenken, der ist beneidenswert; dieser Ansicht sind wir alle. Es schmerzt mich sehr, daß ich Sie hergeben soll — aber wie könnte ich mich dagegen wehren? Sie verdienen es, glücklich zu sein. Hoffentlich steht uns die Trennung von Ihnen nicht allzu nahe bevor?«

»Einen Monat oder etwas länger wird es dauern. Ich habe eben meinem künftigen Gatten depeschiert, er will mich von hier abholen. Wenn es geht, werden wir uns gleich hier trauen lassen.«

Mrs. Gladys zog sie neben sich nieder.

»Sie müssen mir erzählen, Rosanna, wie alles das gekommen ist.«

Rosanna berichtete nur, was sie sagen konnte, ohne ihre Schwester anzuklagen und ohne auf den Mordprozeß zurückzukommen. Sie sprach nur davon, daß sie geglaubt habe, daß der Mann, der ihr alles sei, eine andere liebe und daß er nie zu ihr hinfinden würde. Deshalb habe sie die Heimat verlassen, um ihm aus den Augen zu kommen. Aber sie habe sich getäuscht, er liebe nur sie und habe alles aufgeboten, sie zu finden.

Ohne sie zu unterbrechen, hörte Mrs. Gladys zu und streichelte Rosanna die Hand.

»Dann kann ich Ihnen nur von ganzem Herzen Glück wünschen. Aber ich bitte Sie, mir zu helfen, einen brauchbaren Ersatz für Sie zu finden. Vielleicht können Sie Ihre Nachfolgerin hier anlernen, damit ich nicht zuviel Unruhe dadurch habe.«

»Ich hoffe, daß ich alles einrichten kann, ohne Sie allzuviel zu stören. Sie sind gütig und großherzig wie immer, und ich danke Ihnen, daß Sie mir nicht böse sind.«

»Böse? Ihnen? Aber, Rosanna, wie könnte ich das! Sie tun recht daran, ihrem Glück nachzustreben, das ist jedes Menschen Pflicht gegen sich selbst, und diese Pflicht ist die vornehmste von allen. Wir müssen aus unserem Leben das Beste machen, was wir daraus machen können.«

Sie besprachen nun noch, woher sie möglichst schnell einen passenden Ersatz für Rosanna beschaffen könnten. Rosanna machte den Vorschlag, Mrs. Lautham solle an Mrs. Mellvil telephonieren, vielleicht kenne diese eine passende Haushälterin. Das griff Gladys sofort auf und meldete unverzüglich ein Gespräch nach San Franzisko an.

Mrs. Mellvil wußte zufälligerweise sogleich Rat. Eine ehemalige langjährige Stütze von ihr, eine Mrs. Merton, sei verwitwet und suche wieder einen guten Posten. Sie könne volle Garantie für diese übernehmen, sie sei außerordentlich tüchtig, zuverlässig und auch gut zu leiden. Gerade gestern sei sie bei ihr gewesen, um sie zu bitten, ihrer zu gedenken, wenn sie etwas von einer Stellung höre, die sie ausfüllen könne.

»So kann ich Ihnen helfen und ihr auch, Gladys; soll ich sie Ihnen nächstens einmal zuschicken?«

»Lieber heute als morgen, da Miß Rosanna sie gern noch in alle ihre Pflichten einführen möchte. Einen vollwertigen Ersatz zu finden, halte ich für unmöglich, aber ich lasse mir schon daran genügen, finde ich etwas leidlich Passendes.«

»Sie werden sehr zufrieden sein, dafür bürge ich. Ich lasse die Frau auf der Stelle zu mir herbescheiden und bespreche alles mit ihr. Da fällt mir übrigens ein, Reginald will heute zu Ihnen hinaus, um seine Schwester abzuholen. Da könnte die Stütze gleich mitfahren, das heißt, wenn sie abkömmlich ist. Ich werde alles unverzüglich in die Wege leiten und gebe Ihnen noch telephonisch Bescheid.«

Dieser kam nach etwa einer Stunde, dahingehend, daß Regi die neue Wirtschafterin mitbringen würde.

Rosanna war das Herz um vieles leichter, und sie konnte sich darum beruhigter ihren Glücksträumen hingeben.

Bei der Mittagstafel erfuhr auch Mr. Lautham, daß Rosanna seinem Haus verlorengehen würde. Auch er bedauerte das lebhaft, konnte Rosanna jedoch verstehen und wünschte ihr von Herzen Glück.

Am Spätnachmittag traf Reginald in Begleitung der Mrs. Merton ein. Er hatte bereits von seiner Schwiegermutter gehört, daß seine Schwägerin eine neue Haushälterin brauche, weil ihre bisherige sich verheiraten wolle.

Da hatte sein Herz noch einmal schmerzhaft gezuckt, aber er hatte wenigstens auf der Fahrt Zeit gehabt, sich mit dem Unabänderlichen abzufinden. Er war imstande, Rosanna ziemlich ruhig Glück zu wünschen, und alle verlebten einen stimmungsvollen Abend.

Mrs. Merton hatte ihrer neuen Herrschaft gefallen und erklärte sich bereit, ihre Stellung in spätestens einer Woche anzutreten. Sie müsse nur erst verschiedenes für ihre Übersiedlung vorbereiten. Sie blieb heute im Lauthamschen Hause, schloß auch gleich Freundschaft mit Winnie, die freilich noch nicht ahnte, daß sie ihre Rosanna hergeben sollte. Diese wollte sie langsam darauf vorbereiten.

Mrs. Merton bekam Marys ehemaliges Zimmer angewiesen, und Rosanna konnte leichten Herzens den harmonischen Abend genießen. Regi und Rosanna sangen noch einmal ihre schönsten Lieder, und diese mußte versprechen, zuweilen Nachricht von sich zu geben.

Am anderen Vormittag reisten Gwen und ihr Bruder ab, nach herzlichem Abschied von allen im Haus. Auch Winnie wurde immer wieder geherzt und geküßt und rief den Abfahrenden mach:

»Bald wiederkommen!«

19

Es wurde nun sehr still in der Villa Lautham. Man bekam wieder Zeit zur ruhigen Abwicklung aller häuslichen Geschäfte.

Nach einigen Tagen erhielt Rosanna eine Depesche von Ralf:

»Heißen Dank – unendlich glücklich – Reise Sonnabend – bin 10. Dezember San Franzisko – 11. Dezember Haus Lautham – in Liebe Dein Ralf.«

Dein Ralf! Immer wieder las Rosanna diese beiden letzten Wort. Wie süß und verheißend drangen sie ihr ins Herz. Dein Ralf? War es denn wirklich so? Gehörte er ihr und sie ihm? Wie sollte sie dies große Glück fassen?

Nun konnte sie die Tage zählen, bis sie ihn wiedersah. Ob ihr Herz nicht brechen würde vor Glück? Ein wenig bangte sie vor dem Wiedersehen mit dem Geliebten. Vieles würde in ihr aufgewühlt, manches erst noch ausgeglichen werden müssen. Aber die Hauptsache war doch, daß sie einander liebten. Und an seiner Liebe wollte sie keinen Zweifel mehr aufkommen lassen – nein, das wollte und durfte sie nicht.

Zum Glück hatte sie so viel zu tun, daß ihr die Zeit

nicht lang wurde. Mrs. Merton war angekommen und erwies sich als anstellig und tüchtig. Rosanna konnte beruhigt sein, es würde alles auch ohne sie gut und glatt weitergehen, wenn Mrs. Gladys auch immer wieder sagte, daß ihr niemand Rosanna ersetzen könne.

Rosanna brachte Winnie schonend bei, daß sie eine lange Reise machen müsse, und während ihrer Abwesenheit Mrs. Merton alles tun würde, was bisher sie getan habe.

»Aber du kommst bald wieder, Rosanna! – Dich will ich wiederhaben.«

Rosanna hatte Mrs. Gladys klargemacht, Winnie würde den Abschied leichter überstehen, wenn sie glaubte, Rosanna würde wiederkehren. Kinder vergessen leicht, und auch Winnie würde mit der Zeit vergessen und sich dann ohne weiteres in Unabänderliches fügen.

Mrs. Gladys und ihr Gatte hatten sich bereit erklärt, Rosanna die Hochzeit auszurichten. Mr. William Lautham war für seinen Distrikt Gemeindevorsteher und konnte als solcher standesamtliche Handlungen vornehmen. So konnte Rosanna in seinem Haus mit ihrem Verlobten verbunden werden. Das war Rosanna sehr lieb und enthob sie mancher Schwierigkeiten.

Die Hochzeitsfeier sollte, dahin war man übereingekommen, ganz einfach werden. Rosanna wollte alles dafür Erforderliche selbst richten, damit Mrs. Gladys möglichst wenig Umstände davon habe.

Gleich nach dem standesamtlichen Akt wünschte Rosanna mit ihrem Gatten abzureisen. Eine kirchliche Einsegnung konnte später stattfinden; am besten in San Franzisko. Mr. Lautham versprach, alles von der Villa aus vorzubereiten, sobald er sich erst mit Ralf Tiefenbach darüber ausgesprochen haben würde.

Alle freie Zeit verbrachte Rosanna damit, ihre Garderobe in Ordnung zu bringen. Sie war sehr froh, daß sie ihr kleines elterliches Erbe nicht hatte anzugreifen brauchen; ihr Kapital hatte sich sogar noch ein wenig vergrößert. Dafür konnte sie wenigstens eine kleine Aussteuer anschaffen. Das wollte sie aber erst tun, wenn sie mit Ralf an ihrem Bestimmungsort angekommen sein würde. Sie fragte sich zuweilen, was ihr lieber wäre, Deutschland oder Schweden, aber immer kam sie zu dem Ergebnis, daß es vorläufig wohl besser sei, wenn sie in ein Land gingen, wo niemand etwas von ihnen wüßte. Später konnte man ja wieder nach Deutschland zurückkehren.

Mit einer gewissen Besorgnis dachte sie an Ursula. Daß diese ihr den Besitz Ralfs nicht gönnen würde, wußte sie, hatte sie doch ihre Schwester jetzt von einer ganz anderen Seite kennengelernt.

Sie hatte bei ihr nicht einmal die Zuflucht gefunden, die sie hier gefunden, und wie außer sich mochte sie erst sein, erfuhr sie von ihrer Vermählung mit Ralf. Aber wie dem auch sein mochte, darüber mußte Ursula hinwegzukommen suchen.

Wie schnell die Tage vergingen, die sich noch von einem Wiedersehen mit dem Geliebten trennten! Einen nach dem andern strich Rosanna auf ihrem kleinen Kalender aus und zählte die übrigen. Je näher Ralf ihr kam, desto ruhiger wurde sie. Zuweilen befiel sie wieder der alte Kleinmut. Würde Ralf nicht von ihr enttäuscht sein, wenn er sie wiedersah? Er hatte sich im Geist vielleicht, ein anderes, vorteilhafteres Bild von ihr gemacht. vielleicht wurde es ihm erst, wenn er sie wiedersah, klar, daß ihn nur Mitleid zu ihr geführt hatte.

Dann lieber sterben, dachte sie erregt, und damit war es ihr ernst. Sie wollte wirklich nur alles oder nichts, und das Nichts würde den Tod für sie bedeuten.

Endlich war der zehnte Dezember angebrochen. Heute würde Ralf in San Franzisko eintreffen und morgen — morgen hier sein.

Rosanna versuchte sich das Wiedersehen mit ihm auszumalen, aber es zerrann alles in einem wirren Durcheinander. Nichts stand fest in der Erscheinungen Flucht. Nur eines wußte sie, allein mußte sie mit ihm sein beim ersten Wiedersehen. Das konnte auch ihre immer verständnisvolle und gütige Herrin verstehen, und deshalb schlug sie ihr vor, sie wolle an diesem Tag mit ihrem Gatten und Winnie einen Ausflug machen, den sie sich schon längst vorgenommen hatten. Diesen Vorschlag nahm Rosanna mit aufrichtiger Dankbarkeit an.

Und so fuhren Mr. und Mrs. Lautham mit Winnie gegen elf Uhr davon. Früher konnte Doktor Tiefenbach unmöglich von San Franzisko aus herüberkommen.

Als Rosanna allein war, machte sie sorgfältiger als je Toilette. Sie war sehr bleich, sah aber trotzdem bezaubernd aus. Sie trug ein Kleid aus weicher maulwurfsfarbener Seide, das sie besonders gut kleidete und gegen das sich das leuchtend goldbraune Haar besonders wirkungsvoll abhob. Keinen Schmuck legte sie zu diesem Kleid an. Nichts von dem, was sie besaß, schien ihr der Bedeutung des heutigen Tages zu entsprechen.

Aber gerade in ihrer Schlichtheit wirkte sie besonders reizvoll. Als sie sich prüfend im Spiegel betrachtete, durfte sie sich sagen, sie könne mit ihrer äußeren Erscheinung wohl zufrieden sein.

Gleichwohl überfielen sie auf einmal Furcht und Zweifel, und das Herz begann ihr laut und hart in der Brust zu schlagen.

Ruhelos ging sie durch das Haus, hielt an einem Eckfenster Ausschau, ob ein Wagen nahte. Sicherlich würde

Ralf von San Franzisko aus ein Auto benutzen. Damit konnte er nur die große Hauptstraße herauffahren. Sie mußte ihn also kommen sehen.

Eigentlich hatte sie ihn auf der Schwelle des Hauses empfangen wollen, aber eine gewisse Scham ließ sie davon abstehen. Da draußen konnte vielleicht jemand von der Dienerschaft sie beobachten. Das würde sic linkisch und verlegen machen. So hatte sie angeordnet, daß Doktor Tiefenbach nach seinem Eintreffen in das große Wohnzimmer geführt werden sollte.

Sie sagte sich auch, Ralf könne ja unmöglich wissen, daß es in der Umgegend hier weit und breit kein Haus gebe, daß die Villa ganz einsam liege.

Mrs. Gladys hatte angeordnet, hier im Haus ein Zimmer für ihn bereitzuhalten.

Damit würde er vielleicht nicht einmal gerechnet haben, sondern annehmen, sich Unterkunft in irgendeinem Gasthaus suchen zu müssen.

Aber dann lächelte sie über sich selbst. Ralf würde sicherlich so klug gewesen sein, sich in San Franzisko nach Haus Lautham zu erkundigen, und würde schon seine Maßnahmen getroffen haben.

»Ach — wäre er erst da und das große Wiedersehen überstanden!«

Als sie wieder an das Eckfenster trat, sah sie ein Auto die Anhöhe heraufkommen. Ihr war, als setze ihr Herzschlag aus, sie sank kraftlos in einen Sessel und betete, sie wußte nicht was.

Jetzt hielt der Wagen draußen vor dem Portal. Sie warf einen scheuen Blick hinaus. Ralf Tiefenbachs hohe, schlanke Gestalt entstieg dem Wagen; der Diener gab ihm Bescheid. Ihr war, als drehe sich alles um sie herum. Mitten im Zimmer stand sie da, mit blassem Gesicht und verkrampften Händen. Ihr Blick ruhte auf der Tür, die sich sogleich öffnen und Ralf eintreten lassen mußte. Und — sie öffnete sich — und der Diener schloß sie hinter dem Eintretenden. Eine Weile standen die Liebenden sich aufrecht gegenüber, Auge in Auge, erregt bis in das tiefste Mark und doch anscheinend ganz ruhig. Und Rosanna sah in seinen Augen, daß sie geliebt wurde, wie sehr sie geliebt wurde! Alle Zweifel schwanden, und als Ralf ihr tief aufatmend mit ausgebreiteten Armen entgegenkam, wußte sie nur eines — an seiner Brust war ihre Heimat, ihr Frieden, ihr Glück.

Innig umschlungen hielten sich beide, eines nur wissend, eines nur empfindend, daß sie am Ziel ihrer Wünsche seien, daß sie den Höhepunkt ihres Lebens erreicht hätten.

»Hab' ich dich endlich, mein geliebtes Herz? Fühlst du nun, daß es Liebe ist, die mich zu dir führt? Rosanna — meine Rosanna, wie danke ich dir, daß du mich diese Liebe lehrtest. Keine andere Frau hätte mir das sein können wie du.«

Sie sah verträumt zu ihm auf.

»Ich wußte nicht, daß ich so glücklich sein durfte, Ralf — ich wagte es nicht zu hoffen.«

Innig sah er sie an.

»Wie schön bist du — viel schöner, als du in meiner Erinnerung lebtest. Wo hatte ich meine Augen, daß ich nicht gleich erkannte, was du mir bist?«

Sie lächelte zu ihm auf.

»Namenlos groß war meine Angst, du würdest bei unserem Wiedersehen erkennen, daß doch nur Mitleid dich zu mir geführt habe.«

Da küßte er sie wieder, daß ihr diese Angst für immer verging; so küßte er sie, wie der Mann nur die Frau seiner

Liebe küßt. Wieder versank für eine Weile alles um sie her. Dann richtete Ralf sich empor und sah sich um.

»Wo bin ich hier, Rosanna? Wie kommt es, daß ich das große Glück eines Alleinseins mit dir haben darf. Ich fürchtete, dich von Menschen umgeben zu finden.«

»Ach, Ralf, meine gütige Herrin hat sich heute selbst aus ihrem Haus verbannt, sich, ihren Gatten und ihr Kind, damit wir eine ungestörte Aussprache haben könnten. Komm, setze dich zu mir — wir haben einander viel zu sagen.«

Sie wußten nicht, wo die Stunden blieben.

Von allzu vielem hatten sie einander zu erzählen.

Rosanna schilderte alles, was sie hier in Kalifornien erlebt; nur von einem sprach sie nicht: von dem, was Mary ihr angetan, und auch nicht davon, daß sie hätte Mrs. Lautham werden können.

Sie sprachen auch von Ursula.

Rosanna zeigte Ralf deren letzten Brief, und er war entsetzt über die aus diesem sprechende Herzlosigkeit.

»Wenn du wüßtest«, sagte er, »wie ich mich schäme, daß deine Schwester jemals Einfluß hat auf mich erlangen können! Wie können zwei Schwestern so verschieden sein wie ihr. Leider kann auch ich mich nicht frei von Schuld sprechen. Das hat mich schwer bedrückt, und alles, was ich ertragen mußte, sehe ich als gerechte Strafe für meinen Leichtsinn an. Wirst du mir alles das verzeihen können?«

Sie barg ihr Gesicht an seiner Schulter.

»Das ist alles vorbei und vergessen, Ralf; wir wollen nicht mehr daran denken. Auch du hast viel zu vergessen, was mich in deinen Augen belasten könnte. Vergiß auch das, vergiß und vergib, daß ich einen Meineid schwören wollte.«

Er küßte ergriffen ihre Hände.

»Für mich, Rosanna, für mich wolltest du das tun — und daran erkannte ich die Größe deiner Liebe. Ich will alles daransetzen, mir diese Liebe zu verdienen, indem ich dich so glücklich mache, wie ein Mann seine Frau überhaupt glücklich machen kann. Und nun laß dir erzählen, was ich über unsere Zukunft beschlossen habe. Für drei Jahre habe ich mich zunächst einmal nach Schweden verpflichtet. Gefällt es uns in Stockholm, kann ich für immer dort bleiben. Wenn nicht, kehre ich nach Berlin in unseren Hauptbetrieb zurück. Ich habe die Wahl. Inzwischen ist daheim alles vergessen, was mit jenem Mordprozeß zusammenhängt. Es wird selbstverständlich für mich maßgebend sein, ob du in Schweden bleiben oder wieder mit mir nach Deutschland zurückzukehren wünscht. Es macht mich glücklich, dir sagen zu können, daß ich dir ein sorgenloses Dasein bieten, daß ich dir das Leben angenehm machen, ja sogar dich so verwöhnen kann, wie mein Herz es verlangt. Wirst du damit zufrieden sein?«

»Ach, Ralf — mit dir vereint, habe ich keine Wünsche, aber — du weißt hoffentlich, daß ich ein armes Mädchen bin. Mein ganzer Reichtum sind ein paar tausend Mark, dafür will ich mir, wenn wir in Stockholm eingetroffen sind, eine bescheidene Aussteuer kaufen. Es reicht aber gerade nur für persönliche Bedürfnisse.«

Er zog sie an sich.

»Um so besser, dann kann ich alles für uns anschaffen, was nötig und wünschenswert ist. Abgesehen von meinem guten Gehalt habe ich auch sehr anständige Einkünfte aus meiner Erfindung. Nach menschlichem Ermessen wird mein Einkommen sogar jährlich steigen. Das freut mich deinetwegen am meisten. Ich will doch meiner geliebten Frau das Leben leicht und schön machen.«

Er erkundigte sich nunmehr, ob sie sich von allen Verpflichtungen hier frei gemacht habe. Sie beruhigte ihn darüber und fragte ihn, ob es ihm recht sei, wenn Mr. Lautham sie standesamtlich zusammengäbe, gleich morgen, denn sie wolle die Gastfreundschaft dieses Hauses nicht länger in Anspruch nehmen.

Er zog sie an den Händen zu sich heran, sah ihr tief in die Augen und küßte sie stumm und ergriffen. Da wußte sie, wie lieb es ihm war, sie schon morgen als seine Frau in die Arme schließen zu dürfen. Er fragte nur, ob Mr. Lautham das so schnell und ohne Aufgebot tun könne.

Da erwiderte sie schelmisch.

»Er hat deine briefliche Willensmeinung als Aufgebot angenommen, und ich hatte auch nichts dagegen einzuwenden. Mr. Lautham ist hier wie ein König in seinem Land und hat die Macht, zu lösen und zu binden. Es wird alles gutgehen, mein Ralf.«

Es war gegen fünf Uhr, als Lauthams mit Winnie zurückkamen. Sie fanden ein glückstrahlendes Brautpaar.

Ralf gefiel dem Hausherrn und der Hausfrau außerordentlich gut. Man nahm zusammen den Tee und speiste zu Abend. Ralf wurde von Winnie gnädig als Onkel anerkannt, und als sie hörte, daß er Rosanna abholen und mit ihr auf Reisen gehen wollte, sagte sie wichtig, den kleinen Zeigefinger vor seinem Gesicht emporstreckend:

»Aber bringe sie mir bald wieder, Onkel; Rosanna bangt sich sonst nach mir, und wenn sie traurig ist, muß ich sie immer ein wenig totdrücken, dann wird sie wieder froh.«

Und sie zeigte gleich einmal, was sie unter Totdrücken verstand.

Ralf wollte das Kind nicht belügen, wollte es aber auch nicht betrüben und sagte:

»Sobald ich kann, bringe ich Rosanna wieder, kleine Winnie.«

»Und laß sie ja nicht an Mary heran, die schießt sie sonst noch tot. Schau mal hier am Hals — das ist die eine Narbe, die andere hat sie am Arm unter dem Kleid.«

Und so kam nun doch heraus, was Rosanna hatte verschweigen wollen. Man mußte Ralf aufklären über Marys feindseliges Verhalten. Er wurde sehr blaß, sah Rosanna an und faßte ihre Hand.

»Das hast du mir vorenthalten?«

Als die Hausfrau später mit Rosanna eine Weile allein war, während die beiden Herren ein wenig Fühlung miteinander nahmen, sagte Mrs. Lautham, Rosannas Hand drückend:

»Doktor Tiefenbach ist ein ganzer Mann, und er liebt Sie sehr, Rosanna, das merkt man ihm an. In seinen Händen werden Sie allzeit in guter Hut sein, das scheint mit gewiß. Ich kann Sie beruhigt mit ihm ziehen lassen.«

Nach dem Abendessen saß man noch plaudernd im Salon, und nun mußte Rosanna auf Mr. Lauthams Wunsch noch einmal ihre Lieder singen. Und so hörte Ralf Tiefenbach zum ersten Male die Frau seiner Liebe singen. Auch heute klang es jubelnd aus ihrem Herzen heraus:

Ich liebe dich wie nichts auf dieser Erden,
Ich liebe dich in Zeit und Ewigkeit.

Ralf lauschte ihr voller Entzücken, und seine Augen hatten einen feuchten Schimmer.

Mrs. Lautham sagte nach diesem Lied:

»Nun werden wir Ihre Lieder nicht mehr hören, Rosanna, Sie werden sie nur noch für Ihren Gatten singen.«

Ralf zwang seine Erregung nieder.

»Was werden sie sagen, daß ich Rosanna noch nie singen hörte? Es ist heute das erstemal, und — ihr Gesang hat mich tief ergriffen. Wir haben beide einen böse Zeit hinter uns, alles sah einmal trübe und dunkel für uns aus. Gott hat es gut mit uns gemacht, und auch Ihnen beiden danke ich, daß meine Braut ein Heim bei Ihnen fand, ehe ich ihr selbst ein solches bieten konnte.«

Später als sonst ging man zur Ruhe, am liebsten hätten Lauthams die Hochzeit des jungen Paares noch einige Zeit hinausgeschoben, um dessen Gesellschaft noch eine Weile zu genießen.

Am anderen Vormittag fand die standesamtliche Trauung statt, und alles war dafür hübsch und feierlich gerichtet. Mr. Lautham hatte rechtzeitig die Kunde von Rosannas Vermählung seinen Angehörigen gemeldet, und so waren reizende Geschenke für die Braut eingetroffen.

Das wertvollste darunter war ein sehr schöner Ring von Mr. Lautham senior. Er war von einer Karte begleitet, auf der geschrieben stand:

»Meiner liebenswürdigen und klugen Bundesgenossin mit den herzlichsten Glückwünschen zur Vermählung. Sagen Sie Ihrem jungen Gatten, er sei beneidenswert.«

Auch Regi hatte einige sehr herzliche Worte gesandt. Und Gwen schickte in einem Paketchen eine Garnitur der elegantesten und schönsten Brautwäsche. Dabei lag ein Kärtchen mit folgendem Inhalt:

»Liebste Rosanna, ich vermute, daß Sie diese notwendigen Gegenstände sich nicht rechtzeitig beschaffen konnten. Deshalb habe ich für Sie besorgt, was einer so reizenden und schönen Braut zukommt. Grüßen Sie Ihren Verlobten von mir und sagen Sie ihm, außer meinem Percy sei er der beneidenswerteste Bräutigam auf Erden. Mit allen guten und herzlichen Wünschen Ihre Gwen, die gern recht oft von Ihnen hören möchte.«

Diese Karte wurde auch Ralf gezeigt, wie alle anderen Glückwünsche, und er ersah daraus, wie sehr man Rosanna allerseits schätzte.

Er sagte ganz leise zu ihr:

»Wie sehr ich zu beneiden bin, weiß nur ich allein.«

Es fand im Hause Lautham noch ein feierliches Hochzeitsfrühstück statt, bei welcher Gelegenheit auch die gesamte Dienerschaft Rosanna Glück wünschte.

Nachdem das Mahl eingenommen war, verabschiedete sich das junge Paar herzlich von Lauthams, die ihr Auto für die Fahrt nach San Franzisko zur Verfügung gestellt hatten. Mr. Lautham hatte telephonisch einen ihm bekannten Prediger benachrichtigt, das junge Paar wünsche morgen in seiner Kirche eingesegnet zu werden, und hierzu hatte der Geistliche sich auch bereit erklärt.

Den Tag darauf reisten die Neuvermählten von San Franzisko wieder ab, denn Ralf verfügte nicht über viel Zeit, weil er zu einem bestimmten Termin an seinem neuen Bestimmungsort eintreffen mußte.

Von New York aus, kurz vor Abgang des Dampfers, sandten die jungen Eheleute eine Anzeige ihrer Vermählung an Ursula.

Rosanna begleitete diese mit ein paar besonderen Worten und teilte der Schwester mit, sie und ihr Gatte würden zunächst in Stockholm ihre Zelte aufschlagen.

Als Ursula Frankenstein diese Nachricht bekam, war sie fassungslos vor Zorn und Ärger. Ihre Dienstboten und ihr Mann hatten an diesem Tag nichts zu lachen. Erst nach einiger Zeit konnte sie sich dazu entschließen, an die angegebene Adresse ein sogenanntes Glückwunschschreiben abzulassen. Es war mit Hohn geradezu gespickt. Sie gönnte Ralf Tiefenbach keiner anderen Frau, aber ihrer Schwester am allerwenigsten. Sie redete sich ein, Rosanna habe sich Ralf durch ihre »schamlose Aussage« an den Hals geworfen, und es sei empörend, derartiges an ihrer einzigen Schwester erleben zu müssen. Das setzte sie auch ihrem Mann auseinander, als sie ihm die Vermählungsanzeige hinreichte. Richard Frankenstein konnte ja nicht wissen, was in seiner Frau rang und stürmte, und suchte sie daher zu beruhigen.

»Rege dich doch nicht auf, Ursula, es ist doch immerhin noch ganz anständig von Tiefenbach, daß er sie heiratet, nach allem, was doch wohl zwischen ihnen geschehen ist. Ich bin jedenfalls froh, daß die Angelegenheit auf diese Weise aus der Welt geschafft ist.«

Ursula hätte jetzt am liebsten ihrem Mann alles verraten, um wenigstens ihren Zorn auslassen zu können, aber sie konnte sich zum Glück noch beherrschen.

Ralf und Rosanna konnte alles das nicht anfechten. Sie verlebten eine wunderbare schöne Zeit an Bord ihres Dampfers, der sie ihrem Bestimmungsort entgegentrug. Was kümmerte sie Ursula Frankenstein und deren Zorn, was kümmerte sie die ganze Welt? Sie trugen ihre Welt in sich selbst, und nur das Glück ist echt, das man in seinem eigenen Herzen hegt und trägt.

Sie hatten eine schöne, ruhige Überfahrt.

Gerade einen Tag vor dem Christfest langten sie in Stockholm an, wo sie zunächst in einem Hotel Wohnung nahmen. Denn ein Heim wollten sie sich erst in den nächsten Tagen suchen. Aber sie verlebten in ihrem Hotelzimmer einen wunderbaren Weihnachtsabend. Hand in Hand standen sie am Fenster, und aus ihren Herzen stiegen Dankgebete empor zu dem Lenker ihres Schicksals.

»Das nächste Weihnachtsfest sollst du in einem schönen, eigenen Heim feiern, meine geliebte Frau«, sagte Ralf, Rosanna zärtlich an sich drückend.

Am nächsten Tag schon fanden sie abseits vom Straßengetriebe in sehr ruhiger Gegend, am Ufer des Mälarsees, ein schönes kleines Haus.

Hier schuf Rosanna sich und dem Gatten, während dieser seinen Geschäften nachging, ein reizendes, behagliches Heim. Ralf hatte ihr eine größere Summe dazu zur Verfügung gestellt, und sie war sehr stolz und glücklich, daß ihr davon ein gut Teil übrigblieb, obwohl Ralf das gar nicht gewollt hatte.

Ihr kleines Vermögen reichte aus für eine nette Wäscheausstattung und für die nötigen Kleider. Sie war zauberhaft in ihrer Geschäftigkeit, und Ralf gewann seine süße Frau immer lieber. Anfang Februar konnten sie schon einziehen in ihr Heim. Sie gewöhnten sich sehr gut in Stockholm ein. Ralf hatte seine ihn befriedigende Arbeit und Rosanna ihren Haushalt, ihre Nähereien und — ihren ausgedehnten Briefwechsel. Denn sie schrieb sich regelmäßig mit Gwen, mit Gladys Lautham und auch mit Maud Mellvil, die nun sehr bald Maud Lautham heißen sollte. Gwen war inzwischen Mrs. Hundley geworden, und daß sie sehr glücklich war, bewies der übermütige Ton ihrer Briefe. Zuweilen sandte Reginald ihr durch seine Schwester einen verehrungsvollen Gruß, und Gwen schrieb einmal dazu:

»Regi ist auf dem besten Weg, seine Maud für das vollkommenste weibliche Wesen auf Erden zu halten. Ich

weiß, daß er seine Hochzeit sehr dringlich herbeisehnt, und wenn er einen Brief von Maud bekommt, glänzen seine Augen höchst verdächtig. Ich weiß, liebe Rosanna, daß Ihnen das sehr lieb zu hören ist, deshalb teile ich es mit. Von meinem Percy kann ich nur melden, daß er ein Ehegatte ist, der was Unvernunft anbetrifft, nur von seiner noch unvernünftigeren Gattin übertroffen wird. Zu meiner Freude versteht er sich außerordentlich gut mit meinem lieben Vater, der noch immer der festen Überzeugung ist, daß er *mir den Gatten und Regi die Frau ausgesucht hat. Er hält sich für schuldig an unserem Eheglück, und da er nun keine Schwiegersöhne und Schwiegertöchter mehr zu beschaffen hat, legt er sich ebenso energisch auf die Beschaffung von Enkeln. Täglich sucht er uns klarzumachen, daß eine Ehe erst dann gut und richtig sei, wenn wenigstens ein viertel Dutzend Kinder vorhanden wären. Da er es zu einem viertel Dutzend Kinder gebracht hat, betrachtet er sich als leuchtendes Vorbild und stellt sich uns immer als nachahmenswertes Beispiel hin.*

Es freut mich, liebste Rosanna, daß Ihre Briefe der Spiegel einer glücklichen Seele sind; wie könnte es auch anders sein. Ihr geliebter Ralf muß ja, nach Gladys' und William Schilderung, ein Ausbund von Vortrefflichkeit sein. Von meinem Percy kann ich das freilich nicht behaupten, er ist zuweilen ein ganz ungezogener Junge, aber gerade dann liebe ich ihn am meisten, und — ich glaube und hoffe, daß Ihr Ralf auch einige menschliche Untugenden hat, über die Sie verzeihend hinwegsehen können. Sonst werden die Männer allzu überlegen, und das gefällt Ihrer selbstherrlichen Gwen durchaus nicht. Die will nicht allein Fehler haben. Und leider sind die ja vorhanden, wie Sie wissen. Wenn Ihr Ralf sich leid-

lich auf einer Stufe mit Ihnen halten will, muß er schon sehr brav sein. Und um nun zum Schluß noch von etwas anderem zu reden — Gladys schrieb mir gestern, die alte Mary sei in der Anstalt gestorben, ohne wieder geistig klargeworden zu sein.

Bitte, schreiben Sie mir bald wieder; Ihre Briefe sind so interessant, ich sehe Stockholm und Ihr wunderschönes Heim beinahe greifbar vor mir. Daß Sie gern dort sind, kann ich mir denken. Und Ihr Gatte wird sich dort ebenfalls wohl fühlen.

Und nun muß ich schließen, ich höre Percy unten vorfahren, und wenn ich ihm nicht schon zwischen Tür und Angel um den Hals fliege, ist er entweder tief beleidigt, oder er hat Angst, ich sei krank geworden. Also Schluß, geliebte Rosanna, bald mehr, und das Schicksal erhalte Ihnen Ihr Glück!

Ihre Gwen.«

Als Rosanna diesen Brief gelesen hatte, sagte sie leise vor sich hin: »Gott erhalte es mir, mein schönes, stolzes Glück!«

Und da jetzt auch ihr Mann nach Hause kam, flog sie ihm ebenso froh und glücklich entgegen, wie die übermütige Gwen das wohl tun mochte. Und Ralf fing sie lachend in seinen Armen auf und küßte sie mit all der heißen Zärtlichkeit, die in seinem Herzen für sie lebte.

Band 11999

Cynthia Wright

Das Schwert der Liebe

Micheline Tevoulère, eine atemberaubend schöne junge Witwe, wird beim Feilschen um Macht und Ländereien zum Unterpfand königlicher Verhandlungen. Denn als Heinrich VIII. ihrer am französischen Hof ansichtig wird, ist er von ihr so entzückt, daß er sie zur Braut des Grafen Sandhurst bestimmt. Dieser jedoch versucht nicht nur den König zu überlisten, sondern auch die Tugend und Leidenschaftlichkeit seiner Braut auf die Probe zu stellen.

Micheline weist seinen unverhohlenen Annäherungsversuch empört zurück, doch in der Folgezeit beginnt sie sich immer mehr nach dem Mann zu sehnen, den sie verstandesmäßig ablehnt, im Herzen jedoch über alles begehrt …

BASTEI LÜBBE